올바른 지도의 뒷면에서

TADASHIKI CHIZU NO URAGAWA YORI by Yu Aizaki
Copyright ⓒ 2024 Yu Aizaki
All rights reserved.
First published in Japan in 2024 by SHUEISHA Inc., Tokyo.
Korean edition published by arrangement with SHUEISHA Inc., Tokyo
through THE SAKAI AGENCY, INC.

아이자키 유 장편소설
김진환 옮김

正しき地図の裏側より

올바른 지도의 뒷면에서

하빌리스

있어야 할 것이 사라졌다. 그 누구도 가져가지 못하도록 나만의 장소에 숨겨둔 돈이 사라졌다. 몇 달 전부터 틈틈이 일하며 번 돈으로 총 8만 엔이다. 고등학생에겐 큰돈이고, 지긋지긋한 아버지에게 벗어나고픈 마음만으로 모은 8만 엔이었다. 1만 엔 지폐 8장이 아니라 일당으로 받은 1천 엔짜리 지폐 20~30장이 섞여 겨우 모인 8만 엔이다.

필사적으로 찾았지만 짐작 가는 어느 곳에도 잔돈 하나 떨어져 있지 않았다. 낡고 헤진 다다미를 뒤집어봐도 빈 봉투조차 나오지 않았다. 불길한 예감이 들었다. 밖에서 잃어버렸을 가능성은 거의 없다. 게다가 어제까지 멀쩡히 있던 돈이 사라진 동시에 백수인 아버지가 집 안 어디에도 없는 걸 보니 피가 거꾸로 솟구치며 답은 뻔하다는 생각밖에 들지 않았다.

전화벨이 울렸다. 그 소리에 순간적으로 냉정함을 되찾았지만, 통화 상대가 자신을 경찰이라고 소개하자 또 심장이 빠르게 뛰었다.

"네. 저기, 그게……."

무슨 용건인지 듣자마자 수화기를 쥔 손에 힘이 들어갔다. 오늘처럼 눈이 내리는 날, 만취한 아버지를 발견하고 파출소로 데려왔다는 연락이었다. 그러니 아들인 나더러 모시러 오란다. 손에 쥔 수화기가 덜덜 떨릴 만큼 분노가 치밀어 올랐다.

데리러 가고 싶지 않았다. 경찰이든 법이든 뭐든 간에 그냥 무시해버리면 그만이다. 불효자라는 비난을 받겠지만, 만취한 아버지를 데리고 집에 와야 하는 수치심과 그것을 뛰어넘는 혐오감이 치솟았다.

하지만 오늘 밤은 사정이 다르다. 내 돈이 사라졌으니까. 당연히 그 돈의 행방을 알 권리가 있다. 무엇보다도 사실을 확인하기 전까지는 잠이 오지 않을 것이다. 만약 내 오해라면 어쩔 수 없는 거라고 속으로 중얼거리며, 집에 돌아온 두꺼운 옷차림 그대로 신발을 신었다. 요란하게 문을 닫고 손잡이를 확 잡아당겨 잠긴 것을 확인했다.

아니나 다를까, 아버지는 "내가 썼다"라고 쉽게 인정했다. 만취한 아버지는 내가 등을 밀어주면 걸을 수 있을 정도로 술이 깨어 있었다. 비틀거리면서도 명확한 말투로 "대신 써줬지"라고 거듭 말했다.

"내가 썼다? 대신 써줬지? 뭐가 어째?"

"어쩌라고! 네가 돈을 어디다 써야 할지 모르니까 내가 대신 써준 거 아냐."

"내 돈 어디 갔는데? 전부 내놔, 빨리."

"안 됐지만, 그럴 수가 없어. 오늘은 운이 없었거든. 원래 남의 돈일수록 잘 붙는데 말이야. 그래도 망하진 않았어. 2만 엔은 땄으니까."

"2만 엔? 그럼 뭐야, 10만 엔으로 불어났다고?"

"뭐? 이 자식, 진짜 멍청하네. 8만 엔을 써서 2만 엔을 땄다는 소리지. 산수도 못 해? 바보냐?"

"헛소리하지 마. 말싸움하기 싫으니까 빨리 내놓기나 해, 내 돈."

여기는 산에 둘러싸인 시골 마을이고, 사람보다 논밭이 더 많았다. 유일한 오락거리인 파친코 가게가 있긴 하지만, 집에서는 꽤 많이 걸어가야 한다. 그런 촌구석에서 아버지와 단둘이 살면서 오늘의 추위보다 더 힘난한 생활을 계속 견뎌야만 했다.

그런 생활에서 벗어나기 위한 돈이었다. 그걸, 내 불행의 최대 원인인 아버지가 멋대로 써버렸다는 말을 듣자 살인 충동이 일며 말문이 막혔다. 막말을 내뱉고 싶은 정도가 아니라, 온몸에 힘이 들어가며 폭력을 휘두르고 싶은 충동에 휩싸였다.

"으억……."

"안 내놓으면 가만두지 않을 거야."

이를 악물고 낮은 목소리로 말하며 가볍게 주먹을 내질렀다. 아직 취기가 남은 아버지는 자세가 무너지며 쌓인 눈 위로 넘어졌다. 처음엔 화가 난 듯 고함을 질렀지만, 내가 손전등을 들고 그냥 가버리자 "잠깐만, 가지 마" 하고 어두운 눈길 위에서 혼자 남겨지지 않으려는 듯 발버둥쳤다.

"가지 마…… 아아, 야! 아까 맞으면서 라이터 떨어뜨렸잖아."

와서 손전등으로 좀 비춰보란다. 아무래도 평소에 쓰던 오일 라이터를 떨어뜨린 모양이다. 쌓인 눈 속으로 떨어졌는지, 아버지는 엎드린 채 바닥을 손으로 헤집고 있었다.

"싸구려니까 그냥 버려."

나는 내뱉듯 말하며 다시 걸어갔다. 돌아오라는 고함을 그냥 무시해버렸다. 하지만 떨어뜨린 위치를 대충 짐작했는지, 조명 없이도 라이터는 되찾은 것 같았다. "그래, 여기 있었네" 하고 꼬부라진 혀로 중얼거리는 소리와 함께 그 자리에서 천천히 몸을 일으키는 기척이 등 뒤로 느껴졌다.

계속 내리는 눈이 땅을 뒤덮어 길을 잃기 십상이었다. 아무도 지나지 않은 눈길 위로 발자국이 깊게 남았다. 마치 내 분노의 열이 발바닥으로 분출되어 순식간에 녹아버린 것처럼 보이기도 했다.

"뭐야, 삐쳤냐? 뭘 그런 거 가지고 그래, 인마. 나중에 또 따면 될 거 아냐."

내가 두고 갈까 봐 다급해졌는지 큰 목소리로 다시 말을 걸어왔다. 사람을 깔보는 말투였지만 이런 곳에 혼자 버려지는 것에 대한 불안감도 엿보였다. 내 눈치를 보는 것이다. 아버지는 아직 취기가 남은 탓인지 자기가 지금 어딜 걷는지 제대로 인식하지 못하는 듯했다. 암흑 속에서 내리는 눈은 잠시만 눈을 떼도 자신의 현재 위치를 잊게 만든다. 지금의 아버지가 바로 그런 처지였다. 일자리를 잃은 뒤로 망가지기 시작한 아버지는 이제 인간성도 엉망이 되어버렸다. 세상에서 사라진다고 곤란해 할 사람은 아무도 없다.

이 정도로 쌓이는 눈이면 손전등도 없이 혼자 남겨진다 해도 얼빠진 사고사로밖에 보이지 않을 것이다. 그렇게 죽어주기만 한다면 더 이상 바랄 건 없다.

"너 말이야, 지금 사귀는 여자 있지?"

내가 한 번도 언급한 적 없는 사실이었기에 걸음을 멈추고 돌아보았다.

"뭐? 없는데."

이런 상황에서도 대꾸하는 내가 싫었다. 다만 아버지가 말하는 그 여자가 중학교 때부터 사귀어온 레나를 가리키는 거라면, 완전히 무시하기보다는 부정하고 싶은 마음이 앞섰다.

"머리 짧은 여자애 말이야. 너보다 키가 좀 작고 동갑인데 고등학교 교복은 남색 블레이저였어. 걔 말이야, 내가 먼저 따먹었어. 지난번에 집 앞에 와 있길래 데리고 들어가서 말이야……."

처음엔 무슨 말을 하는 건지 이해하지 못했다. 술에 취해 뇌에서 나오는 망언이라 믿었다.

"이 자식, 불쌍하기도 하지. 아빠한테 여자를 뺏기고. 엄청 흥분되더라고, 막 겁먹은 걸 보니까. 그 애, 나한테 당했다는 걸 아무한테도 말 못 했겠네."

요란하게 옷자락 스치는 소리와 함께, 내가 온 힘을 다해 내뻗은 오른쪽 발끝으로 성인 남성의 무게감이 전해져왔다. 정신을 차리고 보니 아버지의 옆구리를 걷어찬 뒤였다. 들고 있던 손전등은 언제 내던졌는지 근처에 떨어져 발밑을 비추고 있었다. 어둠 속에서 저항하는 아버지를 몇 번이고 걷어차며, 생전 처음으로 심한 막말을 쏟아냈다. '당신 때문에 내가 얼마나 비참하게 살아왔는데.' 청춘을 포기하며 필사적으로 모은 아들의 돈을 훔친 것도 모자라 그 여자친구를 강간했다고 웃으며 말하는 파렴치함에 살인 충동이 일었다.

"그만해, 이 망할 자식아."

아버지에게 강간당하는 레나의 모습이 떠올랐다. 이런 아버지라면 미성년인 여고생을 충분히 덮치고도 남을 것 같았다. 평소에 쌓였던 불만만큼 내 안에서 폭력에 대한 허들이 꽤 낮아진 느낌이 들었다. 나는 솟구치는 불쾌감을 해소하려는 일념으로 주먹을 휘둘렀다.

"사람을 갖고 노는 것도 아니고, 하아."

힘에 의존해 감정을 해결하려 들면 일시적으로나마 불쾌감을 해소할 수 있다. 결국 저항을 멈추고 입을 다문 아버지를 보니 생각지도 못한 해방감이 느껴졌다. 차오른 숨은 당황 때문이 아니었다.

여긴 키 큰 나무들로 둘러싸인 인적 드문 길이었다. 근처에는 가로등도 없고 집도 없으며, 성인 남성의 몸을 숨기고도 남을 눈이 쌓여 있다. 이렇게나 눈이 내리는데도 내 몸은 뜨거웠다. 열과 함께 발산되는 콧김 탓에 인중에 땀이 맺혔다. 손전등을 비추자 처참한 상황을 대변하듯 주위의 눈이 움푹 패 있었다. 그걸 본 순간, 나는 일종의 성취감을 느꼈다.

내가 저지른 일에 관해 잠시 멈춰 생각했다. 그다음, 오늘 밤의 날씨를 믿고 아버지를 그냥 내버려두고 가기로 결심했다. 이런 폭설에 파묻힌다면 최종적인 사인은 질식사나 동사가 될 것이다. 운이 좋다면 내가 때리고 걷어찬 상처도 동상으로 피부가 부어올라 알아보지 못할지도 모른다. 그렇게 되면 원래 만취한 상태였으므로 시체가 발견되더라도 타살로 의심될 가능성은 적을 거라 확신했다.

아버지의 몸을 뒤져보니 확실히 약 2만 엔이 있었다. 다만 2만 엔에서 2~3천 엔 정도가 모자랐다. 아니지, 모자란 건 나머지 6만 엔이다. 그것 말고는 한 푼도 나오지 않았다. 직전까지 파출소에 있었으니 신분증을 꺼내 가도 의미는 없었다. 돈을 전부 가져가면 의심받을 것 같아 1만 5천 엔만 가져가기로 했다. 1만 5천 엔. 8만 엔이 있었는데, 1만 5천 엔밖에 되찾지 못했다. 그렇게 생각하자 또 몸속 깊은 곳에서 분노가 들끓는 것을 느꼈다.

 아들 돈을 훔쳐 도박으로 불려서 되돌려놓으려 했던 걸까? 잃었으니 자포자기하는 심정으로 싸구려 술을 마구 들이켠 걸까? 어느 쪽이든 내가 감히 반항하지 못할 거라 여긴 걸지도 모른다. 그 결과 이런 꼴을 당한 거라면, 참 잘 어울리는 최후라고 진심으로 생각했다. 6만 5천 엔 덕분에 이런 아버지를 죽일 계기를 얻었다면 오히려 싸게 먹힌 셈이다.

 현장을 떠나기 전에, 주위의 눈을 걷어차 최대한 자연스러워 보이도록 폭력의 흔적을 은폐했다. 그리고 손전등으로 발밑을 비추며 어두운 눈길을 걸어가기 시작했다. 아직 되돌아갈 수 있는 거리였기에 망설임이 남아 걸음이 흔들렸다. 하지만 차츰 거세지는 눈발에 등을 떠밀리듯, 현장에서 멀어질수록 걸음이 빨라지며 최대한 먼 곳으로 가버리고 싶은 마음이 더 강해졌다. 그렇게 생각한 뒤로는 거침없었다.

 추위에 움츠러든 몸을 녹일 틈도 없이, 집에 돌아오자마자 아버지의 숙박용 가방에 옷가지와 돈이 될 만한 물건을 집어넣었다. 냉장고에 변변찮은 식재료는 없었지만, 서랍장에 통조림이 몇 개 있었다. 분명 나중에 위로받기 위해 다시 읽게 될 것 같아서 좋아하는 만화도 몇 권 챙겼다. 그건 전혀 고민하지 않았다. 오히려 고민했던 건 캠핑용 생존용품이었다. 원래는 가져가고 싶었지만, 부피가 큰 것치고는 실용성이 떨어지는 느낌이 들었다. 겨울에 노숙은 불가능하다. 밤에도 문을 여는 시설 같은 곳이나 눈을 피할 만한 건물을 찾아야만 한다. 머릿속으로 어느 정도의 대책은 세워두었지만, 그게 실제로 얼마나 통할지는 알 수 없었다.

어찌 됐든 이제 이 동네에선 살 수 없다. 그건 집으로 돌아오는 길에 이미 깨달은 사실이다. 분명 아쉬움을 느낄 여유도 없이, 평범함과는 거리가 먼 인생을 보내게 될 것이다. 역시 아버지의 죽음은 타살로 의심받고, 아들인 나를 용의자로 지목하게 될 것이다. 처음엔 만취 상태의 조난 사고로 보일 거라 믿었지만, 파출소에서 아버지를 데리고 나온 내가 제일 먼저 의심받을 거라는 사실을 뒤늦게 깨닫고 후회했다. 하지만 먼 곳으로 도망치면, 이 집에 계속 남아 있는 것보다는 체포당할 가능성이 훨씬 줄어든다.

가방끈을 어깨에 걸쳤다. 천이 얇은 싸구려 가방이었다. 방한복을 입었는데도 얇은 끈이 어깨를 강하게 파고들었다. 폭이 넓은 목도리를 꼼꼼하게 둘렀다. 아까 눈에서 미끄러진 탓에 신발이 차갑게 젖어 있었다. 하지만 아직 주먹에 남은 감촉만큼 불쾌하진 않았다.

내일 아침 기차를 타기 위해 옆 마을까지 먼 길을 묵묵히 나아갔다. 눈은 내 각오를 강하게 부정하듯 계속해서 내리고 있었다. 시간이 좀 걸리더라도 욕실에서 따뜻한 물로 몸을 데울 걸, 팔짱 낀 팔 틈새로 눈이 쌓이는 것을 보며 후회했다. 내가 처한 상황을 두려워할 기력은 남아 있지 않았다.

 엄마 얼굴은 본 적이 없다. 병이나 사고로 세상을 떠난 게 아니라, 내가 태어나자마자 이혼했다고 한다. 이유를 물은 적은 없지만, 갓난아기였던 나와 아버지를 버리고 간 것 같다. 솔직히 말해 엄마도 최악의 인간이라고 생각한다. 가족보다 자기 인생이 중요해서 무책임하게 도망친 거니까. 이혼 자체는 특별히 나쁜 짓이 아니라는 게 내 생각이다. 하지만 마치 아르바이트를 그만두듯이 자기가 낳은 아이의 육아에서조차 도망쳐버린 건, 남겨진 입장에서 도저히 이해할 수 없었다.

 엄마는 젊었다고 한다. 새로운 사랑을 하고 싶었을지도 모른다는 막연한 생각이 들었다. 실패했을 때 다시 시작하고 싶은 마음은 이해한다. 하지만 아이를 버리고 도망쳐 다른 남자를 좋아할 수 있는 사람이라면, 아들로서 그런 엄마를 용서해서는 안 될 것 같은 마음이 들었다. 엄마라는 환상에 묘한 기대를 품다보니 원망이 생긴 걸지도 모른다. 차라리 학대라도 당했다면 엄마 같은 건 필요 없다고 단념할 수 있었을 덴데.

겨울 밤길은 조용했다. 길이 눈으로 뒤덮여 평소 풍경과 달라졌어도 수도 없이 지나온 길이라 느낌으로 알 수 있었다. 다만 산 하나를 넘어야 했고, 평소보다 신중히 걸어야 해서 상당한 시간이 걸린 것 같았다. 소매에 가려진 손목시계를 일일이 확인할 여유도 없었다.

첫 번째 목적지는 통학로 중간에 위치한, 내가 지금 아르바이트를 하는 신문 배달소였다. 신문 배달의 거점이며, 구조는 창고처럼 되어 있다. 맨 먼저 출근한 배달원이라면 누구나 열고 들어갈 수 있도록, 열쇠는 담벼락에 걸린 열쇠함에 들어 있었다. 배달소에 누군가가 오기 전까진 잠시 쉬어갈 수 있을 거라 생각했다. 만약 오늘 근무인 사람이 내가 온 걸 수상히 여기더라도, 오늘이 내 배달일인 줄 알았다고 둘러대면 넘어갈 수 있을 것이다.

배달소 앞에 도착하자 예상대로 아무도 없었다. 뒷문으로 돌아가 열쇠함의 번호를 누르고 열쇠를 꺼내 문을 열었다. 배달소 안에는 작은 사무실과 신문을 분배하는 창고 같은 공간이 있다. 나는 문을 잠그고 몸을 숨기듯 그 자리에 주저앉았다.

"아아…… 최악이다, 진짜."

그렇게 숨죽여 중얼거리고서야 처음으로 현실을 직시했다. 이럴 바엔 차라리 아무 생각 없이 계속 걸어가는 게 나았을 거란 생각에 울적해져 무릎을 끌어안았다.

특히 레나에 대해선 생각하기조차 싫었다. 중학생 때부터 사귀기 시작했지만, 나는 야간 고등학교에 진학했기에 최근엔 얼굴조차 제대로 마주치지 못했다. '사귄다'는 관계만 계속 이어지는 상태에 가까웠다. 나나 레나나 연락 수단이라곤 편지를 보내거나 서로의 집에 전화를 거는 정도였다. 서로 좋아하긴 하지만, 집도 멀다 보니 이대로 자연스럽게 헤어질 것 같은 예감도 들었다.

같은 고등학교에 다녔다면 훨씬 더 적극적으로 행동할 수 있었을지 모른다. 사귄다고 해봐야 중학생의 연애였다. 진도는 딱 손을 잡는 것까지였다. 게다가 레나와 자고 싶다는 마음이 아무리 강해져도, 그러려면 단둘이 있을 방이 필요했다. 레나에게 내 아버지를 보여주고 싶지 않았다. 그런 수치심을 느낄 때마다 필요해지는 건 돈이었다. 그래서 같은 반 아이들이 평범한 고등학교 생활을 보내는 동안, 나는 일단 일을 해야 했다. 물론 그런 이유 때문만은 아니었지만, 빨리 아버지와의 생활에서 벗어나고 싶었던 건 사실이다.

우리는 각자의 학업, 내 아르바이트, 레나의 동아리 활동으로 바빴다. 그러는 사이 관계는 점점 소원해질 수밖에 없었다. 하지만 착실한 성격의 레나는 나와의 관계를 이어가려 했다. 입학식을 치른 4월부터 한두 달에 한 번씩은 편지를 보내줬으니까. 아버지가 레나의 생김새를 알고 있던 것도, 두 달 전부터 연락이 끊겨버린 것도 묘하게 납득이 갔다.

지금처럼 혼란스러운 상황일수록 사실을 제대로 확인하기 싫은 마음이 강해진다. 사실을 알게 된 후에 레나와 만난다 해도, 강간범의 아들이 무슨 할 말이 있을까? 실제로 얼굴을 마주하는 것조차 두려웠다. 억지로 집 안까지 끌려가 교복 단추가 풀린 채 필사적으로 저항하는 레나의 모습을 쉽게 상상할 수 있었다. 가장 큰 원흉인 아버지를 때려죽인 일로 어느 정도 기분이 풀리긴 했지만, 이미 벌어진 일은 치명적인 상처로 남아 쉽게 외면할 수 없었다. 아버지에 대한 분노와 레나에 대한 죄책감이 혼란스럽게 뒤섞여 정리되지 않았다. 나도 아직 감히 손대지 못한 애였는데, 왜 하필 아버지 같은 인간한테……

정신적으로 조금이라도 편해지려면 모든 걸 버리고 현실

에서 도망칠 수밖에 없다. 아버지는 곧 얼어 죽은 채 발견될 것이다. 하지만 레나를 생각하면, 술렁이는 가슴은 좀처럼 진정되지 않았다.

사무실의 뻐꾸기시계를 확인하고 몸을 일으켰다. 그리고 마치 방금 막 도착한 것처럼 보이기 위해 모든 전등의 스위치를 켰다. 현재 시각은 자정. 2시가 되면 조간신문이 도착하고, 3시 전엔 배달 오토바이가 모두가 잠든 거리를 달릴 것이다. 오늘은 눈까지 내려서 평소보다 늦어질지도 몰랐다.

"응? 어라? 코이치로?"

신문을 분배하는 창고 쪽에서 노트를 펼쳐놓고 있는데, 사무실 뒷문을 통해 하카마다 씨가 들어왔다. 턱수염이 난 30대 후반의 남자다운 얼굴에, 베이지색 다운 재킷이 잘 어울렸다.

"아, 하카마다 씨. 안녕하세요."

내가 얼굴을 들고 인사하자 하카마다 씨는 "이야, 눈이 아직도 오네" 하고 말하며 배달용 유니폼을 꺼냈다. 그리고 벽에 붙은 근무표를 확인하더니 오늘은 내 근무 요일이 아니라고 알려주었다.

"아아, 역시 맞네. 코이치로, 오늘은 네 근무 날이 아닌데."

"어, 오늘 목요일 아니에요?"

올바른 지도의 뒷면에서 **019**

"아니, 오늘은 수요일이야. 나무 목(木)하고 물 수(水), 얼핏 보면 비슷하긴 하지."

쓴웃음을 짓는 하카마다 씨를 보며 나도 과장스럽게 "와아, 진짜요?" 하고 허망한 표정을 지었다. 괜히 일찍 일어났네 하고 아쉬워하자, 하카마다 씨는 배달 준비를 계속하며 "뭐, 늦잠 자는 것보다야 훨씬 낫지" 하고 말했다.

하카마다 씨는 이른 새벽에 출근한 뒤, 사무실에서 아침밥을 먹는다. 근처에 24시간 영업하는 편의점이 문을 연 뒤에 생긴 습관인데, 직접 만들어 먹는 것보다 편의점에서 밥이나 커피를 사 먹는 게 요즘 유행이기 때문이란다. 이 일은 집에서 게으름 피우다가 급히 나오는 것보다, 사무실에 일찍 와서 시간을 보내는 쪽이 마음이 편하다. 하카마다 씨는 안쪽에서 철제 스툴을 가져오더니 "아우, 추워어, 정말 싫다아" 하고 이상한 목소리로 노래를 흥얼거리며 샌드위치를 먹기 시작했다.

평소와 똑같은 하카마다 씨를 보며, 나는 일상적인 느낌을 되찾았다. 사실 나쁜 일 같은 건 하나도 없었다고 생각하고 싶어졌다.

"하카마다 씨, 잠깐 하고 싶은 이야기가 있어요. 저에 관한 건데요."

"뭔데, 진로 상담? 뭐, 코이치로도 고등학생이니까 딱 그럴 시기네."

"꿈이 있어요."

"오, 멋지네. 무슨 꿈인데?"

"평범한 가정을 갖는 거요. 고등학교를 졸업하면 취직하고, 25살쯤에 결혼해서 자식은 2남 1녀를 낳고 싶어요. 그런 평범한 가정을 갖는 게 제 꿈이에요."

자란 환경이 그래서인지, 자연스레 품게 된 동경이었다. 설령 이상대로 되지 않더라도, 적어도 내 부모처럼 되진 않겠다는 각오는 있었다. 그랬는데……

하카마다 씨는 내 이야기를 듣고 흐음, 하고 입을 열었다.

"뭔가 어린애치곤 생각이 깊네. 뭐, 이런 촌구석에선 그렇게 될 수밖에 없으려나?"

개그맨이 되어 TV에 나온다거나, 음악으로 큰 무대에 데뷔한다거나, 잘나가는 기업의 사장이 된다거나. 하카마다 씨는 아마 그런 거창한 꿈을 말할 거라고 예상했는지도 모른다. 아쉬운 듯한 그의 목소리를 듣고, 내가 꿈꾸는 평범함엔 하카마다 씨가 생각하는 것보다 훨씬 더 큰 로망이 담겨 있다는 걸 설명했다.

"그게, 그렇지가 않거든요. 저는 고등학교를 졸업하면 소방관이 돼서 사람들의 생명을 구하고 싶어요. 그런 직업은 제복만 입고 있어도 엄청 멋지잖아요. 그래서 저는 완전 남자다운 근육질 몸을 만들 거예요. 소방서에서도 에이스로 활약하게 되면 여자들한테도 인기가 많아지겠죠. 그러면서 결혼은 중학교 때부터 사귄 여자애랑 하는 거죠. 그럼 완전 순정남이잖아요. 그게 안 된다면, 어느 날 화재 현장에서 구한 여자도 괜찮을 것 같고요."

솔직한 마음을 털어놓자, 하카마다 씨는 흥미가 생긴 듯 얼굴을 들었다. 그러고는 "가슴이 그날의 화재 현장보다 뜨겁고, 답답해서 숨도 안 쉬어져요, 코이치로 씨. 막 이러는 건가?" 하며 장난스럽게 웃었다.

"딱 그거예요. '그러니까 코이치로 씨가 불을 좀 꺼주세요' 이런 식으로 유혹해오는 거죠."

"야, 그거 너무 뜨거운 거 아냐?"

"그래도 결혼하면 아내랑 매일 사랑할 수 있는 거잖아요. 저는 해바라기 같은 남자가 되고 싶거든요. 할아버지가 되어서도 아내와 열정적으로 사랑을 나누고 싶어요. 자식들에겐 존경받고, 마지막엔 멋진 위업을 이루고 죽고 싶어요."

마음속에 간직해온 욕망이 이제는 실현될 수 없다는 걸 알았기에, 누구에게라도 털어놓고 싶었다. 직장에서 가장 편하게 말할 수 있는 하카마다 씨라 해도 평소 같았으면 갑자기 이런 이야기를 꺼낼 수는 없었을 것이다. 누군가 들어주기만 해도 충분했다. 조언을 받고 싶었던 것도, 내 꿈에 대해 깊은 대화를 나누고 싶었던 것도 아니었다. 그래서 업무 시작 전 짧은 휴식 시간에 그런 이야기를 꺼냈던 것이다.

"우와, 너 그런 생각을 하다니. 그냥 성실한 녀석인 줄만 알았는데, 의외로 로맨티스트구나."

하카마다 씨는 놀란 얼굴로 그렇게 말한 뒤, 잠시 말을 멈추고 커피를 한 모금 마셨다.

"멋지네, 그 꿈. 그걸 평범한 가정이라고 표현하는 게 참 너답다."

미소를 짓는 걸 보니 칭찬하려는 의도였던 것 같다. 하지만 하카마다 씨의 말에는, 하카마다 씨가 아니면 이해할 수 없는 감정이 담겨 있는 듯했다.

손에 들고 있던 노트로 시선을 옮기자, 이제부터 출근할 수 없게 된 이유를 설명한 변명문이 적혀 있었다. 마지막으로 만난 사람이 가장 대화하기 편한 하카마다 씨라서 다행이라는 생각이 들었다. 다른 사람이었으면 적당히 인사나 하고 잡담을 나눈 뒤 자리를 빠져나왔을 테니까.

"하지만, 이제 그른 것 같아요."

잘 안 들릴 정도로 작게 중얼거렸는데도, 그 목소리는 둘만 있는 창고 안에서 감정을 담고 울려 퍼지고 말았다. 하카마다 씨는 말을 고르듯 내 안색을 살폈다. 무표정을 유지하려 애썼지만, 모든 걸 감출 수 있었는지는 모르겠다. 너무 많이 떠들었다는 생각이 들었다.

"뭐 안 좋은 일이라도 있었어?"

하카마다 씨의 말을 듣고 나서야, 처음으로 내가 평범하지 않은 일을 저질렀다는 사실을 실감했다. 평소 약한 소리를 잘 하지 않는 성격이라 하카마다 씨도 어딘가 낯설게 느꼈는지도 모르겠다. 누군가가 내게 관심을 가져주는 건 기쁜 일이다. 하지만 그런 친절함에 기댈 수 없는 지금은, 오히려 괜한 관심을 끈 것 같아 미안한 마음이 앞섰다.

내가 침묵을 지키자, 하카마다 씨는 내 사정을 어느 정도 짐작한 것 같았다. 아직 누군가에게 털어놓기엔 이른 고민이라는 걸 알아챈 듯, 조용히 몸을 일으켜 작업하러 가면서 내 어깨를 가볍게 토닥여주었다.

"고민이 있는 것 같은데, 어린 나이에 벌써부터 포기할 필요는 없어. 넌 너무 올곧다고 해야 하나, 뭐 그게 나쁜 건 아니지만. 어깨 힘 좀 빼. 너무 조급하게 굴지 말라고."

옷이 두꺼워서 서로의 체온이 전해질 리는 없었다. 그런데도 하카마다 씨의 손은 따뜻하게 느껴졌다. 그 덕분에 두려움이 조금 누그러졌는지, 눈물과 하소연, 그리고 진실까지 털어놓고 싶어졌다.

하지만 다행인지 불행인지 마침 신문을 실은 차가 도착했다. 1994년 1월 26일 자 조간이었다. 오늘로부터 나는 얼마나 오래 도망칠 수 있을까? 하카마다 씨는 내가 집으로 돌아갈 거라고 생각했는지 "그럼 내일 보자"라고 인사한 뒤, 평소와 다름없는 하루를 시작하듯 작업에 착수했다. 나는 "감사합니다. 그럼……" 하고 웃으며 대답하고는 스툴 의자를 끌어당겼다. 노트에 적은 사직서는 봉투에 넣었다. 하지만 수사의 단서가 될지도 모른다는 생각에 결국 가방 안에 숨기기로 했다. 정문 쪽에는 하카마다 씨가 있었기에, 나는 조용히 뒷문으로 걸어 나왔다.

밖은 여전히 어두웠지만, 몇 시간이면 하늘이 밝아올 거라는 걸 알고 있어서 마음은 한결 편안해졌다. 눈발이 약해진 걸 보니 아침 해가 떠오를 무렵엔 그칠 것 같았다. 하카마다 씨 외의 다른 직장 동료와 마주치진 않을까 주의하며 마을을 빠져나왔다. 고등학교에 마지막으로 들를 여유도 없었고, 1분 1초라도 빨리 먼 곳으로 가고 싶었다.

직장에는 분명 피해가 갈 것이다. 신문 배달소뿐 아니라 낮에 일하던 주유소도 마찬가지다. 하지만 내가 부모 살해로 경찰에 쫓기는 신세가 된다면, 분명 그럴 만한 사정이 있었을 거라며 걱정해줄지도 모른다는 생각이 들었다. 하카마다 씨는 내게서 이상한 낌새를 느끼고도 막지 않은 걸 후회하게 될까?

2시간 정도 걸었을 때 손전등 불빛이 꺼졌다. 의식은 또렷했지만 집중력이 바닥난 탓인지, 가방 안에서 좀처럼 예비 건전지를 찾지 못했다. 한참을 암흑 속에서 혼자 이러지도 저러지도 못한 채 서 있었다.

체감상 4~5시간은 걸은 것 같았다. 전철역이 있는 마을에 도착한 건 새벽 5시 반쯤이었다. 뻣뻣해진 다리로 도착한 마을은 도망자를 환영할 리 없다는 듯, 쥐 죽은 듯 조용했다. 그래도 역의 형광등 불빛만은 안식처를 잃고 외톨이가 된 나를 초대하듯 플랫폼을 비추고 있었다. 열차 시간표를 보니 다음 전철이 오려면 30분 정도를 기다려야 했다. 나는 싸늘한 새벽바람을 느끼며 플랫폼 의자에 앉아 노트를 펼쳤다.

"으으, 추워……."

전철이 올 때까지 앞으로의 계획을 정리하기로 했다. 하지만 무릎 위에 펼쳐놓은 노트는 절반도 채워지지 않았다. 추위에 손가락이 얼어 글자 크기도 들쑥날쑥했다. 지갑 안에 남은 현금, 최대한 먼 곳까지 갈 수 있는 열차표값, 전철에서 내린 낯선 땅의 어느 곳에서 밤을 보낼지, 남은 돈으로 며칠을 버틸 수 있을지. 구체적인 숫자를 적어보았지만 앞날에 대한 불안만 더 커질 뿐이었다.

방한복 주머니를 뒤져 언젠가 찔러넣었던 잔돈을 꺼냈다. 길가에서 따뜻한 걸 사 먹고 받은 거스름돈이었다. 주머니에 오래 들어 있던 동전은 모두 차갑고 묵직하게 느껴졌다.

역 앞 맥 햄버거는 210엔이었다. 한 끼에 대충 이 정도 가격이라고 가정하면, 지금 가진 돈으로는 일주일 버티기도 어려울 것 같았다. 여기까지 와서 다시 마주치고 싶지 않았던 현실과 맞닥뜨리며, 깊은 한숨과 함께 머리를 감싸 쥐었다. 계속 걷느라 지친 다리와 추위에 빼앗긴 기력이 부정적인 사고에 박차를 가했다.

다만 이제야 발밑을 신경 쓰지 않고 아침 거리의 풍경을 바라볼 수 있었다. 그 모습을 보고 있자니 아직은 어떻게든 될 것 같아서, 역시 이대로 멀리 가버리자고 근거 없는 희망을 품었다.

전철은 눈 때문에 조금 늦어졌지만, 내가 붙잡히기 전에 도착했다. 전철에 올라탈 무렵엔 혼란도 어느 정도 가라앉아 여유가 생겼다. 다행히 전철 안은 짐을 옆에 두고 앉을 수 있을 만큼 한산했고 난방도 따뜻했다. 범행 현장에서 멀어지고, 아무도 나를 모르는 땅에 들어서자 잠이 쏟아졌다. 그제야 누군가에게 쫓긴다는 두려움도 조금은 가라앉은 듯했다.

그때, 멍한 의식 속에서 내 손으로 아버지를 죽인 일이 이상하게도 자랑스럽게 느껴졌다. 죄를 지었다는 두껍고 단단한 껍질을 벗겨내자, 그런 신선한 감각이 서서히 모습을 드러낸 것이다. 내 손으로 모든 악의 근원을 끊어냈다는 인간으로서의 자부심, 그리고 아무나 해낼 수 없는 일을 실행에 옮겼다는 일종의 우월감. 평범한 행복이라는 미래를 희생하고 내가 얻은 건, 아마도 정신적인 자유일 거라고 믿기로 했다. 이제 나는 어디든 갈 수 있다.

최대한 멀리 도망치고 싶었다. 나조차 잘 모르는 곳까지 가면, 일단 마음이 진정될 것 같았다. 그렇게 전철을 갈아타 현의 경계를 두 번 넘었다. 사용한 금액은 거의 6천 엔. 남은 돈은 1만 엔도 안 됐다.

어젯밤에 벌어진 일은 혈연을 부정한 것과는 조금 달랐다. 굳이 말하자면, 넘지 말아야 할 선을 넘어버린 인간에게 조금 가혹한 제재를 가했다는 쪽에 가까웠다. 그러니까 잊자. 마음속으로 그렇게 중얼거리는 순간, 감정에 자물쇠가 채워졌다. 지금은 그런 생각을 해봐야 아무런 도움이 되지 않으니, 후회하는 마음도 일단은 미뤄두기로 했다.

그보다도 지금은 세상 속에서 완전히 모습을 감출 장소를 찾는 게 먼저였다. 할 일이 없는 전철 안에서는 스스로 그렇게 다독이며, 평범한 승객들 속에 섞여 주위를 끊임없이 살폈다. 전철에서 내린 건 그로부터 1시간 정도 뒤였다. 여기쯤이면 괜찮겠다는 직감에 개찰구를 빠져나왔다.

"배고프네."

아무리 배고픔을 참으며 추운 길을 걸어도, 가진 돈은 줄어들기만 했다. 이렇게 잔돈을 애지중지 세어가며 어디에 쓸지 고민해본 게 도대체 얼마 만일까? 하지만 결국 참지 못하고 쇠고기덮밥을 사 먹고 말았다. 미리 계산해둔 최소 식비보다 200엔이나 초과해버렸다. 먹고 싶어서 먹은 것뿐인데도, 미리 계산해둔 예산을 초과했다는 사실 때문에 가게를 나서자마자 죄책감이 밀려왔다. 의지도 약하고 계획도 못 지키는 나 자신이 한심하게 느껴졌다.

여기는 내 고향과 달리 도시 같은 분위기였다. 역 안에는 사람이 많았고, 바로 앞의 버스 터미널엔 정류장에 줄을 선 사람들과 손님을 기다리는 택시가 여럿 보였다. 점심시간이라 그런지 덮밥집에서 나온 손님들도, 거리를 가득 메운 행인들도 대부분 정장을 입은 샐러리맨이었다. 길모퉁이엔 어젯밤 내린 눈의 흔적이 희미하게 남아 있었지만, 밤과 비교하면 전혀 다른 세상처럼 느껴졌다. 역 근처 상가 건물의 창문을 바라보니, 방한복을 껴입고 지저분한 가방을 끌어안은 내 모습이 희미하게 비쳤다. 딱 봐도 죄를 짓고 도망친 사람처럼 보여서, 나는 다급히 길 한복판으로 물러나 걸음을 옮겼다.

일단 도시 쪽으로만 가면 어떻게든 될 거라고 낙관적으로 생각하고 있었다. 이동하는 데 현금을 꽤 써버려도, 집에서 가져온 귀중품만 돈으로 바꿀 수 있다면 적어도 일주일은 어딘가에서 편히 지낼 수 있을 거라고 믿었다. 집에는 돈이 될 만한 물건이 거의 없었지만, 첫 아르바이트로 샀던 손목시계와 아버지가 몇 번 입지 않은 양복, 가죽 재킷 등을 합하면 어느 정도 금액은 될 것 같았다.

하지만 막상 전당포에 가보니, 신분증을 보여달라고 했다.

"규정상 미성년자는 이용할 수 없어요. 나이를 증명할 수 있는 신분증 있어요? 운전면허증이 없으면 건강보험증도 괜찮아요."

"어, 신분증이요?"

생각해보면 당연한 일이었지만, 이런 상황에서도 준비가 허술했던 나 자신에게 화가 났다. 게다가 신분을 증명하라는 말을 듣고 나서야, 도망칠 곳조차 없는 지금의 내 처지를 새삼 실감하게 되었다. 면허증은 원본으로 갖고 있었지만, 그걸 아무 데서나 보여줬다가는 경찰에게 단번에 위치가 발각될 위험이 있었다.

물건을 팔아 생길 돈만 바라보고 있었기에 앞길이 막막했다. 벌써부터 벽에 가로막힌 나 자신이 바보 같아서, 그 뒤로는 아무 생각 없이 계속 걸었다. 아무리 피곤해도 가만히 있으면 우울함에 잠식될 것 같았다. 그래서 조금이라도 더 먼 곳으로 가야 했다. 경찰 내부에서 내 얼굴 사진이 이미 공유되고 있어도 이상할 건 없었기에, 파출소 앞이나 큰길은 계속 피해 다녔다.

어깨가 짓눌릴 만큼 많은 짐을 싸 온 것이 이제 와서야 후회되었다. 게다가 돈으로 바꿀 수 없는 물건들이란 걸 깨닫고 나니, 왜 오락 용품까지 굳이 가방에 넣어왔는지 허무했다. 나는 대체 왜 이걸 가져온 걸까. 정처 없이 걸으며 스스로에게 질문을 반복할수록 비참한 감정만 더해졌다. 버리고 싶어도, 이런 일시적인 감정으로 가볍게 버릴 수 있는 물건이 아니었다. 정말 왜 가져온 걸까.

주위에 있는 아무 어른이나 붙잡고 중개해달라고 부탁해 보는 것도 좋은 방법 같았다. 다만 그와 동시에 '아직 그런 상황까진 아니야'라고 생각하고 싶었다. 아직 그런 도박을 할 만큼 곤란한 처지는 아니니까. 애초에 처음 보는 미성년자의 물건을 건네받고 전당포까지 가줄 어른이 정상적인 사람이라는 보장도 없고, 실제로 모든 물건을 전당포에 맡긴다 해도 얼마나 값을 쳐줄지는 알 수 없다. 확신 없이 움직일 용기는 여기까지 오는 긴 여정 동안 이미 닳아 없어져 있었다.

계속 도망치려면 돈이 필요하다. 그 돈을 어디서 마련할지가 지금으로선 최대의 과제였다. 일단 최소한의 생활만 확보할 수 있다면 그것으로 충분하다. 설령 살인사건의 용의자로 쫓긴다 해도, 공소시효가 끝날 때까지 도망칠 수만 있다면 그다음은 어떻게든 될 것이다. 세상엔 3억 엔을 훔치고도 공소시효가 끝나버린 인간도 있을 정도니까. 분명 나도 끝까지 도망칠 수 있다.

도망친 첫날엔 한곳에 머무르지 않으려 의식적으로 계속 이동했다. 일단 내 범행이 잊힐 때까지는 몸을 숨기는 게 무난하다고 생각했다. 경찰이나 순찰차의 기척이 조금이라도 느껴지면 숨을 죽이고 반대 방향으로 몸을 돌렸다. 혼자 돌아다니는 미성년자는 더 눈에 띌 수밖에 없으니까. 그래서 뒷골목에서 뒷골목으로, 동네의 좁은 길만 골라 다녔다.

밤에는 될 수 있으면 눈에 띄지 않는 곳에서 앉은 채로 잠들었다. 길에서는 잘 보이지 않을 공원 구석, 나무뿌리 옆에 등을 기대는 식이었다. 지나가던 사람이 말을 걸거나 경찰에 신고라도 하면 번거로워지니, 중간부터는 경찰뿐 아니라 다른 사람들의 시선도 의식하며 조심스럽게 행동했다.

모르는 지역을 걸어 다니면서 가장 필요하다고 느낀 건 지도였다. 수도나 화장실이 있는 공원을 찾아야 할 때가 많았고, 지도가 있으면 경찰서나 파출소 주변을 피하기도 쉬웠다. 있으면 정말 편할 거라는 생각을 수도 없이 했지만, 막상 서점에 가보니 가장 저렴한 소형 지도책도 가격이 천 엔이 넘었다. 아르바이트로 돈을 벌던 시절이라면 모를까, 지금처럼 수입이 전혀 없는 상황에서는 선뜻 지갑을 열 수 없었다. 불필요한 소비는 아니었지만, 현재 가진 돈을 생각하면 고작 천 엔도 엄청난 사치처럼 느껴졌다.

음식은 처음에 가방에 넣어온 것 외엔, 양이 많고 포만감도 큰 걸 골라 샀다. 그중 최고는 뭐니 뭐니 해도 식빵이었다. 싸고 맛없는 식빵은 억지로라도 오래 씹지 않으면 삼키기 어려워서, 오히려 허기를 잊는 데는 제격이었다. 게다가 식빵의 하얀색은 흔한 가정식 같아서, 잠시나마 궁핍하고 비참한 기분에서 벗어나게 해주었다. 조금 출출할 때는 건조 미역 같은 것도 괜찮았다. 통조림은 한 번 따면 전부 먹어야 한다는 게 문제였으니까.

신문 배달을 하던 목요일 새벽이 되면 괜히 가슴이 설렜다. 처음엔 무단결근 한 번 없던 내가 웬일로 늦잠을 잤다고 생각하며, 근무자 중 누군가 집에 연락할지도 모른다. 어쩌면 그게 하카마다 씨일지도 모른다. 나는 그제야 직장에 폐를 끼쳤다는 죄책감이 들었다.

내가 다니던 야간 고등학교는 전체 결석률을 생각하면 나 하나쯤 무단결석해도 곤란해질 사람은 없을 것이다. 하지만 직장은 다르다. 내 몫의 배달을 누군가가 부랴부랴 대신하게 될 광경을 상상하자, 미안한 마음이 솟구쳤다.

명투성이로 발견된 얼어 죽은 남자가 내 아버지라는 소문이 직장의 누군가에게 전해지기만 한다면 상상하기 힘든 이유로 무단결근한 나에 대한 불만은 동정으로 바뀌지 않을까? 그런 기대를 품으며, 나는 아무도 나를 모르는 땅에서 무릎을 끌어안았다.

목요일이 지나 일요일쯤이 되자, 그런 죄책감도 서서히 희미해져 갔다. 이미 지나간 일이니까. 그리고 이곳저곳을 전전하며 어떻게든 생활을 이어가게 되자, 도주 생활에 대한 약간의 자신감과 여유도 생겨났다. 우연히 도착한 곳의 쇼핑몰에 들어가 시간을 때울 만큼 경찰에게 쫓기고 있다는 위기감도 옅어져 있었다.

　희미해진 위기감 대신 점점 더 커져가는 건 돈이 언제 떨어질지 모른다는 불안이었다. 지금 손에 남은 돈은 7,900엔. 식비는 꾸준히 아껴 쓸 수 있지만, 언젠가는 바닥날 돈이라는 생각에 불안과 초조함은 날이 갈수록 커져갔다.

　쇼핑몰에서 시간을 때우면서도 살 수 있는 건 없었다. 그 당연한 사실이, 이제 내가 일상에서 완전히 벗어났다는 걸 뼈저리게 실감하게 해주었다. 설령 사지 않더라도 '살 수 있을지도 모른다'고 계산하는 사고 회로 자체가 더는 작동하지 않았다. 다시 말해 내겐 선택의 권리가 없고, 지금 소중히 들고 있는 몇천 엔을 다 써버리면 결국 물건을 살 자격조차 잃게 된다는 공포에 사로잡혔다.

　사회에 참여하기 위한 자격은 노동과 돈이다. 그것이 없으면 쇼핑몰에 들어가도 이용객이 아닌 단순한 구경꾼이 되어버린다. 휴일을 맞아 놀러 다니는 비슷한 또래 무리를 마주칠 때마다, 나는 사회와 세상에서 소멸된 존재라는 사실을 더 또렷하게 실감했다.

　TV와 신문에서 나오는 정보는 굳이 쫓지 않았다. 가뜩이나 죄의식에 시달리고 있는데, 현실까지 직시할 여유는 없었다. 만약 온 세상이 이 사건을 알고 있다면, 만약 내 신상 정보가 쫙 퍼졌다면, 그 생각만으로도 엄청난 공포에 사로잡혔다. 제발 아무도 날 알아보지 않기를. 그렇게 바랄수록 오히려 정확한 정보를 찾아나설 수 없게 되었다. 그리고 그런 초조함은 집중력을 흩뜨렸다.

"앗."

심야에 가까운 시각, 몸을 숨길 만한 장소를 찾아 길을 걷고 있는데, 바로 근처에 신호에 걸린 순찰차가 보였다. 운이 나쁘게도 주변은 주택가였고, 거리에 나와 있는 사람은 나뿐이었다. 이대로라면 앞으로 가든 뒤로 가든 순찰차와 마주치게 된다. 어깨에 멘 커다란 짐과 앳된 외모를 보면 틀림없이 내게 말을 걸 것이다. 불심검문을 당한다면 그걸로 끝이다.

"큰일인데."

아무에게도 들리지 않을 혼잣말을 작게 중얼거리며 다급히 주위를 둘러보았다. 껴입은 방한복이 어두운 색이라 어쩌면 순찰차 운전석에 앉은 경찰관이 아직 나를 발견하지 못했을 수도 있었다.

신호등이 파란불로 바뀌기 직전인 지금이 기회라는 생각이 들었다. 나는 가까운 다리 쪽으로 가방을 던졌다. 그 아래에는 좁은 하천이 흐르고 있었고, 어두워서 잘 보이지는 않았지만 짧은 제방이 있었다. 나 역시 가방을 따라 다리 밑 어둠 속에 몸을 숨길 생각으로 돌로 된 난간을 뛰어넘었다.

하지만 공간을 제대로 인지하지 못한 탓에 착지하려던 발이 땅을 제대로 딛지 못하고 균형을 잃고 말았다. 앞이 전혀 보이지 않는 암흑 속에서는 발을 내디딜 곳조차 찾을 수 없었고, 그대로 겨울 하천에 몸의 절반이 빠져버렸다. 손을 짚으려 앞으로 내민 순간, 살을 에는 듯한 차가운 물의 감촉과 하천 바닥의 진흙이 부드럽게 느껴졌다. 물소리를 내지 않으려 애쓴 덕분에 큰 소리는 나지 않았지만, 하천물이 입과 눈으로 들어왔다. 당장이라도 몸을 일으켜 눈꺼풀을 비비고 싶었지만, 경찰이 지나갈 때까지는 눈에 띄는 동작을 하고 싶지 않았다. 지금은 참을 수밖에 없었다. 다리 위로 순찰차가 지나가는 동안, 나는 숨을 죽인 채 하천 속에 한쪽 팔과 양다리를 담그고 그대로 굳어 있었다. 그러는 사이 신발과 바지, 옷소매가 서서히 차가운 물을 빨아들이는 걸 지켜볼 수밖에 없었다. 심장 소리는 몸에 무리가 올 만큼 크게 울렸다.

다리 위로 다른 자동차들이 지나가는 기척이 느껴졌다. 하지만 순찰차는 지나가지 않고 아까 멈췄을 수도 있다. 나는 최대한 신중하게 다리 밑으로 들어가 어둠 속에 몸을 숨긴 채 차도를 확인했다. 아무래도 위기는 넘긴 듯했고, 밤의 도로는 다시 고요함을 되찾은 모습이었다. 문득 고개를 돌리자 하천 바로 앞에 있는 집에 불이 켜져 있었다. 희미하게 TV 소리도 들려왔다. 그 광경을 바라보며, 나는 내가 세상 뒤편으로 던져졌다는 사실을 새삼 실감했다.

차가운 하천에서 벗어나자, 신발과 바지가 물에 젖어 무거웠다. 열전도로 체온을 빼앗아 가는 납덩이 같은 무게였다. 하천 안을 무리하게 걸을 땐 느껴지지 않던 불쾌감이 제방 위로 올라서는 순간 강하게 밀려왔다. 발을 내딛자 푸슉 하는 소리와 함께 신발 틈새로 물이 흘러나왔다. 지금의 심경을 대변하기에 충분한 감촉이 발바닥을 타고 전해졌다. 그나마 다행인 건 가방이 하천에 빠지지 않았다는 점이었다. 잡초가 무성한 경사면에 감춰지듯 떨어져 있던 가방을 집어 든 뒤, 벗어났던 길을 다시 나아갔다. 가로등 불빛에 비친 길을 돌아봤다. 그곳엔 한 사람 몫의 까만 발자국이 얼룩처럼 남아 있었다.

젖은 바지와 신발을 말릴 만한 장소는 어디에도 없었다. 신경은 계속 곤두서 있었고, 생각대로 되는 일은 하나도 없었다. 돈 걱정을 하자마자 문제는 꼬리를 물고 늘어났고, 차츰 속에서 분노가 들끓었다. 희미하게 남아 있던 냉정함이 그런 열기를 앞으로 나아갈 추진력으로 바꾸라고 나를 다그쳤다. 짜증을 낼수록 오히려 더 힘들어질 거라는 건 나도 잘 알고 있었다.

 길가에 버려진 빈 캔이 눈에 들어왔다. 나는 빠른 걸음으로 그쪽으로 향했다. 심야의 거리에서 분노를 터뜨리며 괴성을 지를 수는 없었기에 있는 힘껏 걷어차는 걸로 감정을 발산하고 싶었다. 하지만 발은 젖어 있었고, 걷어찬 건 빈 캔이 아니었다. 차는 순간 안에 남아 있던 액체가 튀어 옷에 묻었다. 누군가 먹다 남긴 모양이다. 날아간 캔이 바닥에 떨어지며 원을 그리듯 액체를 흩뿌리는 순간, 나는 도저히 참지 못하고 큰 목소리로 불만을 터뜨리고 말았다.

 그렇다고 해서 도와줄 사람이 나타날 리는 없었다. 그런 생각을 하며 고개를 돌리자 또다시 순찰차가 눈에 들어왔다. 아까 지나갔던 그 순찰차가, 무언가 이상함을 느꼈는지 되돌아온 모양이었다. 그 모습을 시야 끝에서 포착한 순간, 다시 심장이 빠르게 뛰었다. 나는 다급히 몸을 돌려 달리기 시작했다. 이곳이 어디인지조차 모르는 채, 목적지도 없이 필사적으로 달렸다.

 처음부터 아버지와 사이가 멀었던 건 아니다. 몇 년 전까지만 해도 아버지는 제대로 일을 하고 있었고, 술이나 도박에 지나치게 빠져 있진 않았다. 굳이 말하자면 성실한 편이었고, 보통 사람들만큼의 책임감은 있었다고 생각한다. 하지만 그때도 어두운 면이 있는 사람이라는 건 느낄 수 있었다. 일에 대한 불만을 자주 털어놓았고, 어쩌면 어머니와 이혼한 것도 그 때문이었는지 모른다. 남자끼리라 집 안에서 대화가 많진 않았지만, 아버지는 '나처럼은 되지 마라'는 말을, 유일한 가르침처럼 내게 건네곤 했다.

아버지와 허심탄회하게 대화를 나눈 기억이 없는 건, 아버지가 일밖에 모르는 사람이었던 탓도 컸다. 운송회사에서 트럭 운전사로 일했고, 이른 아침에 집을 나서면 늘 밤늦게야 돌아왔다. 생각해보면 낮에 아버지를 본 기억은 거의 없다. 혹사당하면서도 매일같이 일하는 모습을 보며, 나는 자연스레 아버지를 늘 고생하는 사람이라고 여겼다. 아버지가 평소에 무슨 생각을 하는 사람인지는 잘 몰랐지만, 나에 대한 교육 방식은 방임에 가까웠고, 그래서 답답하게 느껴본 적은 없었다.

아버지가 술과 도박에 심하게 빠져들게 된 건 일을 그만둔 뒤부터였다. 근무 중 문제를 일으켜 더 이상 운전을 할 수 없게 되었고, 그때부터 팽팽히 버티고 있던 끈이 끊어진 듯 사람 자체가 달라지고 말았다. 일이라는 게 허무하게 느껴졌는지 그동안 모은 돈까지 모두 탕진하며 말초적인 쾌락으로 불안을 잊으려 했다. 그 무렵부터 묵묵히 고생만 하던 아버지는 눈앞에서 사라지고, 대신 술 냄새만 풍기는 사람이 방 안에 드러누운 채 지내게 되었다.

그가 끈질기게 말하던 '나처럼은 되지 마라'는 말의 의미를, 나는 그때부터 뼈저리게 깨달았다. 그리고 결국 그런 아버지를 내가 죽여버리고 말았다.

그날부터 시작된 도주 생활도 어느덧 열흘이 지났다. 앞날에 대한 걱정이 본격적으로 밀려온 건 남은 돈이 6천 엔도 안 될 때였다. 이제 가진 돈만으로는 고향으로 돌아갈 수 없다. 물론 돌아갈 생각은 없었지만, 언제든 내 의지로 물러설 수 있는 퇴로가 있다는 사실은 정신적으로 큰 버팀목이었다. 하지만 이제는 정말 돌아갈 수 없다. 그렇게 생각하는 것만으로도 어둑어둑하던 길이 순식간에 암흑으로 바뀌었다.

'이렇게 길거리를 떠돌게 될 줄 알았다면…….' 그런 후회가 잠깐 스치긴 했지만, 선을 넘어버린 아버지를 용서할 수는 없었기에, 결국 이렇게 될 수밖에 없었다고 스스로를 다그쳤다. 하지만 지갑 안에 든 잔금을 계산할 때마다 비참한 마음이 들었고, 남은 인생에 비해 너무 큰 죄를 범한 건 아닌가 하는 초조함이 점점 더해졌다. 이것만큼은 어찌할 수가 없었다.

어떻게든 해결책을 찾아야 한다. 그렇게 다짐하면서도 아무 활로도 보이지 않는 날들이 계속될수록 내가 얼마나 무모한 짓을 저질렀는지 점점 더 실감하게 되었다. 아무 문제도 해결하지 못한 채, 쓸데없이 흘러가기만 하는 시간이 그저 두렵기만 했다.

길을 걷다가 작은 빵집 하나가 눈에 들어왔다. 주택가 한가운데에 자리한 빵집이었고, 입구 쪽 유리문에는 펜으로 쓴 '아르바이트 모집'이라는 종이가 붙어 있었다. 처음엔 곁눈질하며 그냥 지나쳤지만, 잠시 뒤 생각을 바꿔 빵집 주변을 산책하듯 둘러보기 시작했다.

마음을 굳게 먹고 가게 안으로 들어갔다.

"어서 오세요."

젊은 여자 점원이 그렇게 인사하자 나는 고객으로 오해받기 전에 조심스럽게 말을 꺼냈다.

"저기, 문에 붙어 있는 종이요. 아르바이트 모집이라고 적힌 걸 봤는데요."

지금 내 첫인상이 아주 나빠 보인다는 건 충분히 잘 알고 있었다. 눈 내리는 시골길을 수십 킬로미터나 걸었고, 그 상태로 모르는 지역을 떠돌며 노숙을 이어갔으니까. 추위를 막기 위해 여러 겹 껴입은 탓에, 두꺼운 재킷을 벗는다고 해도 세련되거나 깔끔해 보이진 않았다. 신발은 한 번 하천에 빠지면서 더러워졌고, 가방도 싸구려라 자칫하면 부랑자로 보일 수 있었다. 하지만 지금만 그럴 뿐이라고, 나는 마음속으로 애원했다. 최저임금이라도 좋으니 일하게만 해준다면, 그다음은 어떻게든 될 테니까.

다행히 여자 점원은 다른 손님을 상대할 때처럼 내게도 친절하게 대해주었다.

"아르바이트 구하러 오셨군요. 그럼 이력서는?"

하지만 그 말을 듣는 순간, 빵집에서 일하는 내 모습을 그리며 품었던 희미한 희망이 와르르 무너져 내리고 말았다.

"아…… 그렇죠. 이력서는 있어야 하니까요."

"네, 그런데 학생이에요? 맞죠? 학교에서 아르바이트를 금지하지만 않으면 경력 같은 건 특별히 안 봐요."

"아, 고등학교 이름도 써야 하는군요. 네, 잘 알겠습니다."

'안 쓰고 넘어갈 순 없는 건가요?' 그런 비상식적인 말은 꾹 참고 삼켰다. "그럼 다음에 가져오겠습니다" 하고 작게 덧붙인 뒤, 두 번 다시 올 일 없을 그 빵집을 뒤로했다. 고개를 돌려 다시 보니, 지금의 궁상맞은 내 모습과는 어울리지 않을 만큼 가게는 세련되고 대단해 보였다.

이력서는 무리다. 가짜 주소를 적든 진짜 주소를 적든 머지않아 문제가 생길 것이다. 그 정도는 나도 잘 알고 있었을 텐데, 왜 이런 시도를 한 걸까. 어째서 헛된 기대를 품은 걸까. 어깨에서 실이 툭 끊어지는 듯한 진동이 느껴졌다.

"앗, 아아……."

애초부터 꽤 낡은 가방이었지만 이제 한계에 다다른 듯했다. 천이 팽팽해질 정도로 짐을 가득 넣었으니 무리가 갈 수밖에 없었다. 게다가 눈에 젖은 채 방치된 데다, 이리저리 거칠게 내려놓거나 던지는 일도 잦았다. 그 탓인지 반대쪽 어깨로 고쳐 메는 충격에도 어깨끈의 박음질이 터져버리고 만 것이다. 손잡이와 지퍼는 원래부터 망가져 있었기에 이제는 가방을 품에 안은 채로 걸을 수밖에 없었다.

그 순간, 경찰서에 가서 모든 걸 털어놓을까 하는 생각이 잠시 스쳤다. 하지만 살인은 사형이나 무기징역에 해당한다. 미성년자라고 해도 소년원에 들어가면 꽤 오랜 시간 수감될 것이다. 그런 미래를 맞느니 차라리 괴롭더라도 계속 도망치는 편이 후회는 없을 것 같았다. 재판을 받게 되면 '죄인'이라는 낙인이 평생 따라다닌다. 그렇다고 해서 계속 도망친다면 지금보다 더 비참한 삶을 살게 될지도 모른다. 어깨끈이 끊어진 가방에서 내용물이 쏟아지지 않도록 필사적으로 끌어안은 채, 그런 생각에 사로잡혀 있었다.

  물론 한편으로는 끝까지 자수하지 않을 거라는 생각도 함께 들었다. 이런 인생과 운명 앞에서 아무것도 하지 못한 채 항복한다는 건 도무지 참을 수 없을 만큼 분했기 때문이었다.

  지금 내게 가장 필요한 건 누워서 쉴 수 있는 잠자리였다. 부피가 커질까 봐 모포도 챙기지 않은 터라, 적어도 밤바람을 피할 수 있는 장소는 필요했다. 그리고 먹고사는 데 필요한 최소한의 돈만 마련할 수 있다면, 지금의 모든 고민은 해결될 것이다.

  길을 걷다 우연히 호텔 같은 건물을 발견했지만, 몇 시간 쉬는 데 드는 요금도 몇천 엔부터였다. 현재 가진 돈을 생각하면 도저히 이용할 수 없는 곳이다. 게다가 저곳은 애초에 잠을 자기 위한 공간이 아닐지도 모른다. 혼자 숙박이 가능한지도 알 수 없었다. 번화가를 서성이면 경찰과 마주칠 확률이 높아질 것 같아 지금까지 그래왔듯 되도록 주택가 쪽을 따라 걸으며 공원을 찾았다.

  길을 걷다가 소문으로만 들었던 백 엔 숍을 발견했다. 그곳에서 필요한 물건들을 이것저것 쓸어 담았다. 소문대로 선반에 놓인 상품은 하나에 백 엔이었다. 바느질 도구와 비누,

건전지 등 자잘하지만 꼭 필요한 것들을 골랐다. 싼값에 필요한 물건을 살 수 있다는 사실이 신선하게 느껴졌고, 쇼핑을 하는 동안만큼은 잠시나마 걱정에서 눈을 돌릴 수 있었다. 아무것도 하지 않는 것보다는 뭐라도 하는 편이 정신적으로 훨씬 나았다.

백 엔 숍에서 나와 잠시 거리를 돌아다니다가 발견한 공원 벤치에서 망가진 어깨끈을 열심히 꿰맸다. 그 김에 낡은 수건을 가방에 덧대어, 조금이나마 튼튼하게 만들었다. 손으로 하는 작업은 싫지 않았다. 현실에서 도망치듯 낮부터 저녁까지 망가진 가방을 보수하는 데 몰두했다. 날이 저물기 전에 작업을 마쳤다. 사소한 개선일 뿐인데도, 상황이 조금 나아진 듯한 성취감이 느껴졌다. 꿰맨 부분도 말끔히 감춰져 초라해 보이지 않았고, 손재주 하나에 스스로 위로받는 기분이 들었다.

이곳에 와서 한 번도 눈은 내리지 않았지만, 밤에는 가만히 앉아 있기만 해도 꽤 추웠다. 다만 바람을 막아주는 비옷을 입으면 어느 정도는 따뜻함을 느낄 수 있었다. 일반적인 천과 달리 땀이 빠져나가지 않아서인지, 오히려 보온 효과가 뛰어난 것 같았다. 신문 배달을 하면서 스스로 터득한 추위 대처법이었다 비옷이 있느냐 없느냐에 따라 체감 온도는 크게 달라졌다.

필요한 최소한의 물건만 샀는데도 잔액은 한눈에 셀 수 있을 정도로 줄어 있었다. 다만 당장은 큰돈이 나갈 일도 없으니, 하루 200엔 이내로만 버틴다면 앞으로의 계획을 세울 여유도 다시 확보할 수 있다. 이곳에 오면서 비교적 저렴한 국숫집도 하나 찾아두었다. 배고픔과 추위를 더는 견디지 못하게 되면, 한 번쯤 들러도 괜찮다고 스스로를 타일렀다.

하지만 그때 세운 계획은 밤이 되자 전부 수포로 돌아가고 말았다. 이번엔 지출이라 부르기도 민망한, 그야말로 비참한 일이었다.

"야, 누가 여기서 자래, 이 새끼야."

비교적 넓은 공원의 벤치에서 잠들어 있었는데, 성난 목소리와 함께 몸이 거칠게 흔들렸다. 누군가가 벤치를 걷어찬 것이다. 다급히 몸을 일으키자 어느새 대여섯 명의 남자들이 나를 에워싸고 있었다. 딱 봐도 불량해 보이는 옷차림에 나이도 나와 비슷하거나 조금 많아 보였다. 그러고 보니, 아까 오토바이 굉음을 내며 달려가던 무리가 문득 떠올랐다.

'누가 여기서 자래……?'

일어난 직후에는 상황을 제대로 파악하지 못했다. 하지만 잠시 위축될 뻔한 내 자신에게 화가 났고, 정작 나를 알지도 못하는 이들이 내 잠을 방해했다는 사실에 분노가 온몸을 타고 돌기 시작했다.

"뭐?"

짧게 되물었다. 지금 내 꼴이 부랑자처럼 보여 얕잡아본 걸지도 모른다. '이 녀석쯤은 이기겠지'라며 만만하게 보고 다가온 거라고 생각하니, 마음 깊은 곳에서 무언가가 조용히 끓어올랐다. 무례하게 잠을 깨운 그 행동이 무엇보다 불쾌했다.

옷을 잔뜩 껴입고 얼굴까지 파묻은 채로 누워 있었기에, 상대는 내가 이렇게 어린 줄은 몰랐던 모양이다. 막상 목소리를 듣고는 놀란 눈치였지만, 내가 불만스러운 말투로 대답하자 이내 태도가 달라졌다. 상대는 한 발도 물러서지 않았다.

"여긴 모두를 위한 공원이야. 그것도 모르냐? 방해하지 말고 꺼져."

꾹 참았다. 지금 솟구친 분노를 터뜨릴지, 조용히 물러나 평온을 유지할지 저울질했다. 저울은 위태롭게 흔들렸다. 한쪽이 다른 쪽으로 잡아당겨지는 듯한 불안정한 균형이었다. 결국 나는 조용히 물러나는 쪽을 택했다. 긴 한숨을 내쉰 뒤, 수선한 가방을 어깨에 메고 일어나 그들에게서 등을 돌렸다. 그런 냉정한 선택을 할 수 있었던 건, 이 나이 많은 녀석들보다도 훨씬 많은 인생 경험을 거쳐온 나름의 여유 덕분이었다.

다만 어설프게 헤헤거리며 이곳을 떠날 정도로 내가 호락호락한 사람은 아니다. 그 순간의 내 눈빛과 태도가 마음에 들지 않았던 걸까. 그중 한 명이 내 등 뒤에서 일부러 크게 들리게 혀를 찼다.

"이 병신 새끼가 미쳤나. 죽고 싶나?"

말투에는 '우리가 100퍼센트 이긴다'는 확신이 노골적으로 담겨 있었다. 벤치를 걷어찬 남자가 한마디로 날 움츠러들게 만들었고, 다른 녀석들은 거기에 편승해 허세를 부리고 있었다. 그 마음은 이해한다. 그렇다고 가만히 있을 이유는 없었다. 나는 그들이 방심한 틈을 타 먼저 덤볐다. 욕을 한 그 녀석 하나만 그 자리에서 쓰러뜨리고, 나머지 넷에게는 눈길조차 주지 않은 채 오직 그 녀석에게만 주먹을 휘둘렀다. 기술이나 무술 따위는 전혀 없이, 주먹을 꽉 쥐고 급소만을 집요하게 노렸다.

자신이 죽을 수도 있다는 생각은 단 한 번도 해본 적이 없었던지, 녀석은 당황하며 필사적으로 저항했다. 하지만 그 또한 잠깐이었다. 곧 누군가가 딱딱한 물건으로 내 뒤통수를 후려쳤고, 그 순간 집단 구타가 시작되었다. 결국 내가 덤벼든 그 녀석에게조차 치명상을 입히지는 못했다.

네 명이 주위에서 물러났다. 흙이 눈에 들어가 뿌연 시야 너머로 빨간 옷을 입은 남자가 달려오는 게 보였다. 날 구하려는 건 당연히 아니다. 아까 나한테 얻어맞고 망신을 당한 남자가 달려오던 힘을 실어 내 얼굴에 복수의 킥을 날렸다. 목과 얼굴에 둔탁한 충격이 전해졌다. 하지만 천 운동화라 다행이라는 생각이 들었다. 가죽 구두였다면 아마 작살이 났을 것이다. 뒤늦게 밀려온 통증에 얼굴을 감싸 쥐자, 참았던 눈물이 저절로 흘러나왔다.

빨간 옷을 입은 녀석이 한동안 나에게 사적인 형벌을 가했다. 그건 나에 대한 분노라기보다는 순식간에 무너져버린 친구들 사이에서의 위상을 되찾으려는 필사적인 몸부림처럼 보였다. 자기보다 어린 녀석에게 맞아 망신당한 데다, 결국 친구들의 도움까지 받았으니 체면이 말이 아니었을 것이다. 눈에 보이는 게 없을 만큼 분노에 휩싸인 심정도 이해는 됐다. 맞는 고통 때문에 억지로 이해한 게 아니라, 그 순간 나는 정신적으로 분명한 동정을 느끼고 있었다.

"망할, 미친 새끼들······."

그렇게 중얼거린 건, 녀석들이 완전히 사라진 뒤였다. 마지막에는 그냥 포기하고 쓰러진 채로 상대가 만족할 때까지 아무 감정도 느끼지 않으려 애썼다. 그래서 다시 일어나기 위해 기력을 짜내려면, 방금 당한 일을 떠올리며 패배감과 분노를 억지로 되살려야 했다. 공복에 예민해진 코끝으로 공원의 흙냄새가 또렷하게 느껴졌고, 입 안은 쇠 맛과 잡초 특유의 씁쓸한 맛이 뒤섞여 있었다.

가장 짜증 났던 건 짐이 죄다 뒤엎어져 있었다는 사실이다. 그 녀석들은 가방을 뒤집어 엎고, 안에 든 물건들을 발로 마구 짓밟아놓았다. 아직 한 번도 입지 않은 옷들까지 전부 더러워졌고, 중학생 시절 친구가 더빙해준 카세트테이프는 완전히 망가져 있었다. 아껴둔 며칠 분 식빵도 진흙투성이가 됐다. 그리고 이것만은 안 된다고 버텼던 천 엔짜리 지폐 몇 장마저 빼앗겼다. 위자료라며 내 생존 기반을 아무렇지 않게 가져간 것이다. 나는 경찰에 신고할 수도 없다. 그렇게 굶주림과 통증 탓에 입 안 가득 고인 침을 멍하니 흘리며, 공원 구석에서 한 치도 움직일 수 없었다.

손목시계는 재킷 소매 안에 감춰져 있었기에 빼앗기지 않았다. 지폐는 빼앗겼지만 잔돈까지 가져가진 않았다. 그렇게 내 전 재산은 단숨에 3백몇십 엔으로 줄어들었다. 이젠 멀리 갈 수도, 갈아입을 옷도 없다. 지금까지처럼 버틸 수 있었던 며칠치 시간이 순식간에 사라져버린 셈이었다.

절망적인 현실에 진저리가 났다. 일단 지금까지 애써 버텨온 나 자신을 위로하고 싶었다. 그래서 남은 잔돈을 손에 쥔 채, 늦은 밤의 편의점으로 들어섰다. 진열대에 놓인 컵라면은 100엔에서 140엔 사이, 음료수도 마찬가지였다. 남은 돈으로 그 둘 정도는 살 수 있었다. 얼굴은 벌겋게 부어오르고, 온몸은 흙투성이였지만 점원이 그 모습을 어떻게 봤는지는 알 수 없었다. 다만 간장 맛 컵라면과 탄산음료를 계산대에 올렸을 때, 그는 아무 말도 하지 않았다.

"아, 죄송해요. 혹시 다른 걸로 바꿔도 될까요? 다시 가져올게요."

계산대에 상품을 올려놓고 점원이 계산기를 조작하는 몇 초 동안 고민한 끝에 말을 꺼냈다. 간장 맛이 가장 무난할 거라 생각해 집어왔지만, 지금 기분에는 카레 맛이 더 어울릴 것 같았다. 하지만 진열대로 돌아가 확인해보니 카레 맛을 사려면 총 3엔이 부족했다. 몇 년 전에 도입된 소비세만 없어도 살 수 있었을 것이다. 결국 처음 골랐던 것을 그대로 다시 계산대에 올려놓았다. 계산대는 두 개였지만 같은 점원이 계속 계산을 담당했다. 도저히 고개를 들 수 없었다

"저기, 죄송한데요. 뜨거운 물도 좀 주세요."

점원이 먼저 묻지는 않아서 내가 직접 물을 부탁했다. 붙임성 있어 보이진 않았지만 내 말에 조용히 뜨거운 물을 부어주었다. 다만 양이 조금 부족했던 것 같다. 면은 덜 익은

부분이 있었고, 국물도 평소보다 진한 느낌이었다. 배고픔을 채우는 것도 중요했지만, 사실 가장 큰 목적은 몸을 데우는 것이었다.

아픔과 배고픔을 견딜 수 없어 가게를 나와 주차장으로 향했다. 뜨거운 물을 부은 라면은 추위 속에서 금세 식어 미지근해졌다.

"저기요, 손님."

컵라면을 절반쯤 먹었을 때, 아까와는 다른 점원이 말을 걸어왔다. 순간 내 꼴을 보고 걱정해서 다가온 줄 알고 잠깐이나마 친절을 기대했다. 하지만 그는 전혀 그런 데엔 관심 없는 듯 "여기서 드시면 안 되거든요?"라며 주의를 줬다. 주변에 소음을 낸 것도 아니고, 여러 명이 모여 위협적인 분위기를 만든 것도 아니었다. 여기서 10분은 걸어가야 하는 그 공원으로 다시 돌아가기 힘들었던 것뿐이다.

"네, 그러네요. 뭐, 아…… 네."

"부탁 좀 드릴게요."

시선을 마주치고는 도저히 대답할 수 없었다. 콧물을 훌쩍인 건, 스스로가 한심해서가 아니었다. 뜨거운 국물이 몸을 조금 녹이자 저절로 나온 신체 반응일 뿐이었다. 아직 절반쯤 남은 컵라면 용기를 한 손에 들고, 땅에 두었던 가방을 다시 어깨에 멨다.

차라리 상대가 조금이라도 미안해하는 기색을 보였더라면. 하지만 편의점 주차장을 떠날 때 가게 쪽에서 들려온 목소리는 "아, 역시 냄새 다 뺐네"라는 말이었다. 거리가 멀었으니 아마도 환청이었겠지. 하지만 이런 일을 겪고 나니, 손에 들고 있던 컵라면 용기의 온도가 또 한 번 내려가는 듯한 기분이 들었다.

아까까지만 해도 견딜 수 없을 만큼 배가 고팠는데, 나가 달라는 말에 동요했는지 목이 확 죄어드는 느낌이 들었다. 음식을 먹는 게 괜히 죄스럽게 느껴졌다. 그래서 진정이 될 때까지 앉아 쉴 만한 곳을 찾으려 밤길을 계속 걸었다. 마주치는 사거리의 신호등은 대부분 같은 색 불빛만 깜빡이고 있었다.

한참을 걸었지만 버스 정류장 벤치조차 보이지 않아 결국 근처 계단에 걸터앉았다. 젓가락으로 용기 안을 뒤적였지만, 이미 국물에 불어버린 면은 쉽게 뭉개졌다. 배를 채우겠다는 생각으로 열심히 집어먹었지만, 마지막 식사치고는 왠지 미련이 남았다.

일단 배고픔에 잠 못 들 일은 없었다. 아무리 차가운 음식이라도 소화가 시작되면 몸은 따뜻해진다. 쓰레기를 든 채 한동안 또 걷다가, 이번엔 고가도로 밑 공터를 발견했다. 사람은 없는 것 같아서 한동안은 이곳을 거점으로 삼기로 했다. 껴입은 옷 위로 폭이 넓은 목도리를 몸에 둘둘 말 듯이 걸치고, 가방을 베개 삼아 누웠다. 앞으로의 일은 내일 아침 생각하는 게 나을 것이다. 몸 구석구석이 타박상으로 아팠지만 너무 피곤했기에 당장이라도 곯아떨어질 것 같았다. 하지만 막상 잠이 들기까지는 시간이 걸렸다. 어중간한 시간이었기 때문인지도 모른다. 어두워서 구분하기 어려운 하천과 지면의 경계선을 더듬듯, 가만히 눈을 감고 움직이지 않은 채 시간을 흘려보냈다.

이제부터 뭘 해야 할지 모르겠다는 생각이 들 때마다 중학교와 고등학교, 대학교를 거쳐 취직하고, 누군가와 결혼해 가정을 꾸리는 인생이 얼마나 높은 완성도를 지닌 것인지 절감하게 된다. 예전에는 '사회의 톱니바퀴'라는 말을 24시간 내내 싸우는 샐러리맨을 조롱하는 표현이라고만 생각했다. 하지만 이렇게 앞길이 막막해지고 나니, 그 말이 담고 있는 의미를 새삼 실감하게 된다. 사회에 대해 아는 것 하나 없는 치졸한 머리로 떠올렸던 '톱니바퀴'는 단순한 모양을 하고 있었다. 하지만 실제의 톱니바퀴는 조금의 어긋남도 없이 정밀하게 맞물려 복잡한 사회를 돌아가게 한다. 그 정밀하게 조립된 사회의 톱니바퀴는 쉼 없이 돌아가고, 그 안에 새로 끼어들 틈 같은 건 없다. 그리고 나는, 애초에 톱니바퀴는커녕 어디에 맞는 부품조차 되지 못한다.

다만 그걸 깨달았으면서도 내일 아침엔 지금보다는 사태가 조금 나아질 만한 일이 일어나길 진심으로 기대하고 있었던 것 같다. 빈 수통에 담아둔 공원 수돗물로 공복을 달래며 이제부터는 분명 상황이 풀릴 거라고, 좋은 환경을 만나게 될 거라고, 나 자신에게 주문처럼 되뇌었다. 아직 음식점 뒤 쓰레기통을 뒤져 음식을 찾아야 할 정도는 아니다. 노숙자처럼 골판지 상자를 긁어모아 잠자리를 만들 필요도 없다고 스스로를 다독였다. 분명 너는 괜찮을 거라고.

그런 마음까지 꺾여버린 건 그로부터 2~3일 뒤였다. 비가 내렸다. 장대 같은 비가 하루 종일 쏟아졌다. 이런 계절에 몸이 젖으면 순식간에 체력을 빼앗긴다. 간혹 비를 피할 수 있는 장소와 마주치기도 했지만, 그저 가만히 무릎을 끌어안고 있는 것만으로는 체온이 올라가지 않았다. 그날 이후로 체온은 계속 떨어진 상태였고 나는 의식을 잃지 않기 위해 비옷을 뒤집어쓴 채 주먹을 꽉 쥐었다.

시야에 들어오는 주변의 콘크리트는 물웅덩이가 생길 만큼 짙게 젖어 있었고, 그런 바닥은 내가 눕거나 앉는 것을 거부하고 있었다. 머리 위로 고가 철도를 지나가는 전철 소음이 필사적으로 움츠린 내 몸을 뒤흔들었다. 공중화장실에서 자고 싶지는 않았다. 아직은 부랑자가 아닌 방랑자로 남고 싶었다.

하지만 이런 큰비 속에서는 이용하는 사람도 지켜보는 사람도 없을 거라고 생각했다. 더러워진 가방을 더는 더럽히지 않겠다는 듯 소중히 끌어안은 채, 좌변기에 앉아 시간이 흘러가는 것을 기다렸다. 변기는 청소되지 않은 듯했지만, 좁은 공간 안에서 밤새 서 있을 만한 근성은 이미 사라진 지 오래였다. 사람답게 살고 싶다는 마음보다, 지금은 죽고 싶지 않다는 마음이 더 간절했다.

그 순간, 추락할 수 있는 데까지 추락해가고 있다는 자각이 들었다. 꽤 오랜 시간을 공중화장실 안에서 보낸 뒤, 비가 옷을 적시는 속도보다 마르는 속도가 더 빨라질 정도의 이슬비로 바뀌자 밖으로 나와 목적지를 찾기 시작했다. 어느 정도 장소는 파악하고 있었기에 낯선 동네를 헤매는 대신 왔던 길을 되돌아갔다.

며칠 전, 아무리 그래도 저 정도로 비참한 생활은 하지 않을 거라며 본체만체했던, 자기 땅도 아니면서 도로나 공원을 점거한 사람들. 골판지 상자와 폐자재로 만들어진 집들이 여기저기 모인 집합소에 도착하자, 가장 가까운 집에 사는 주민이 금속 식용유통에 모닥불을 피워놓고 몸을 녹이는 게 보였다. 겉보기엔 40대 남자 같았다.

"저기, 실례합니다."

그는 얼굴을 들어 반응하긴 했지만 아무 말 없이 무기력한 시선을 보낼 뿐이었다. 대답도 없었고 상황에 따라선 내게 위해를 가할 수도 있겠다는 분위기마저 느껴졌다. 죽을 날만 기다리는 노인이라기보다는 직업을 잃은 한창때의 중년처럼 보였다.

이야기를 조리 있게 잘해야 할 것 같았다. 하지만 머릿속으로 문장을 다듬을 만한 여유도 없었고, 애초에 교섭이라는 걸 배운 적도 없었다. 그래서 결국 솔직하게 이야기할 수밖에 없었다.

"저기, 돈이 필요해서요. 아, 그렇다고 구걸하려는 건 아니고 돈 버는 방법을 알고 싶어서요. 그러니까……."

변화 없던 상대의 표정 속에서 그제야 의아하다는 듯 눈썹이 살짝 움직였다. 다만 내 초라한 행색과 간절한 태도를 보고 대강 짐작이 갔는지, 그는 낮은 목소리로 짧게 물었다.

"뭐, 사연이라두 있나?"

그 순간, 마치 낯선 이국땅에서 겨우 나와 말이 통하는 사람을 만난 듯한 강한 안도감이 밀려왔다. 그래서였는지 막 대답하려던 말이 목구멍에 걸려 나오지 않았다. 황급히 고개를 끄덕이자, 그는 잠시 고민하는 표정을 짓더니 "자, 앉으라고" 하며 뒤집힌 플라스틱 맥주 상자를 가리켰다. 그 무심한 한마디에 엄청난 구원을 받은 듯한 기분이 들었다. 공원 구석의 작은 노숙자 집합소. 이날 손으로 쬔 금속 식용유통 모닥불의 따뜻함은 아마 평생 잊지 못할 것이다.

신문 배달 일을 시작하고 처음 월급을 받던 날이 아직도 기억에 남아 있다. 일할 수 있는 나이가 되자마자 부모님을 대신해 생활비를 벌기 위해 일을 시작했다. 혼자 힘으로 일하면서, 이제 나도 독립적인 삶을 살 수 있겠다는 걸 실감하고 싶기도 했다. 그래서 최소한으로 필요한 액수만 백수인 아버지에게 건네고, 나머지 돈은 반드시 나를 위해 쓰기로 마음먹었다.

기념비적인 첫 월급으로 살 물건은 오래전부터 정해져 있었다. 내 돈으로 산 손목시계를 갖고 싶었다. 신문 배달을 할 때도 시간을 수시로 확인해야 했고, 무엇보다 또래 남자애들이 이미 카시오의 G쇼크를 차고 있어서, 나도 그 시계를 목표로 삼게 되었다. 급여를 받은 그 주의 휴일, 버스와 전철을 타고 멀리까지 나갔다. 그리고 가게에서 한참을 고민한 끝에

'이거다' 싶은 디자인의 손목시계를 차고 나왔다.

지금까지 내 인생에서 가장 비싼 쇼핑이었다. 이 G쇼크를 손목에 찬 것만으로 2~3배는 더 괜찮은 남자가 된 듯한 기분이 들었다. 매일 잊지 않고 차고 다녔고, 모든 기능을 빠짐없이 활용했다.

눈길을 걷다가, 한참 동안 전철을 타고 이 지역까지 오게 되었다. 만약 전당포에서 신분증 제시를 요구하지 않았다면, 앞날에 대한 불안을 해소하고 자금을 확보하기 위해 이 소중한 손목시계를 아무렇지 않게 넘겨버렸을지도 모른다. 하지만 결국 물건을 맡기지 못했고, 집단 폭행을 당하면서도 유일하게 빼앗기지 않은 이 손목시계에는 평생 사라지지 않을 애착이 남아 있었다.

그리고 노숙자와 대화를 나누면서, 앞으로 살아남을 방법을 배울 수 있겠다는 안도감이 들었다. 눈앞이 캄캄한 상황에서 이 분야의 숙련자에게 의지할 수 있다는 건 분명 다행스러운 일이었다.

내가 처음으로 말을 걸었던 노숙자 남성은 이름이 미우라 씨라고 했다. 아버지와 있었던 일까지는 솔직하게 말할 수 없었지만, 초라한 행색과 얼굴에 난 상처를 보고 어느 정도는 짐작한 눈치였다. 당장 먹고살 길이 막막하다고 하소연하자, 그는 내게 최소한으로 필요한 정보를 알려주었다.

"무료 급식은 내일 12시에 공원 광장 쪽에 가면 먹을 수 있어. 주변을 돌아다니고 싶으면, 역 근처에는 가까이 가지 않는 게 좋아. 성질 나쁜 놈들이 있으니까. 여기 사는 녀석들은 다 착하지만 멋대로 물건을 건드리진 마. 방치된 폐자재부터 빈 캔까지 전부 다. 시끄러운 일 생기는 건 나도 원하지 않으니까."

이야기는 거기까지였다. 미우라 씨는 인간관계에 애쓰는 일 자체를 피하려는 듯, 낮은 목소리로 금속 식용유통에 피워놓은 모닥불을 향해 말하고 있었다. 나 같은 사람이 의외로 많은 건지 특별한 관심을 보이지도 않았고, 이름조차 묻지 않았다.

이 일대 부랑자들이 거리에서 빈 캔을 줍거나 잡지를 파는 건 익히 알고 있었다. 근처에는 도장이 벗겨지고 녹이 슨 자전거가 있었고, 찌그러진 캔이 가득 담긴 쓰레기봉투와 한 종류만 팔리지 않았는지 잔뜩 쌓여 방치된 잡지도 보였다. 저것들이 이곳 사람들의 주요 수입원일 것이다. 그렇다면 멋대로 건드리지 말라는 미우라 씨의 말도 이해가 갔다.

"저기, 돈을 버는 방법도 가르쳐주셨으면 하는데요. 예를 들면 빈 캔을 모으는 일이요. 저건 어디서 돈으로 바꾸는 건

가요?"

갑자기 묻기엔 무례한 질문이었는지, 순간적으로 무섭게 노려보는 느낌이 들었다.

"배워서 어쩌려고. 너 같은 녀석이 할 만한 일이 아냐."

미우라 씨는 첫인상부터 꽤 까탈스러워 보였다. 일단 가벼운 화제조차 꺼내기 힘든 분위기가 있었다. 직장마다 한 명쯤은 꼭 있는 유형이랄까. 전에 일하던 회사에 늘 누군가에 대해 투덜거리던 하세가와 씨가 떠올랐다. 미우라 씨는 그 사람을 닮았다. 미우라 씨의 말에 한 번 더 물고 늘어져야 할지, 아니면 그냥 물러나야 할지 판단하기 어려웠다. 괜히 어색한 침묵만 감돌았다.

그래서 일단은 고맙다고 인사한 뒤, 오늘 잘 만한 장소를 찾기로 했다. 무엇보다 내일 점심에 무료 급식이 있다는 사실을 알게 된 것이 가장 큰 수확이었다. 찬 바람이 강하게 불었다. 하지만 양아치들에게 얻어맞고 남은 돈을 빼앗겼던 그날 밤에 비하면, 지금은 희망과 안도감이 있어서 분명 잠이 잘 올 것 같았다. 무료 급식이 열린다는 공원 안쪽으로 들어가자 굵은 나무들이 우거진 어두컴컴한 곳이 눈에 띄었다. 나무뿌리를 쿠션 삼아 옷을 몇 장 깔고, 평소처럼 가방을 베개 삼아 몸을 둥글게 말고 잠들었다.

원래는 해가 뜬 따뜻한 시간에 잠들고, 추워지는 밤에 거리를 배회하는 쪽이 덜 피곤하다. 밤낮이 바뀌긴 해도, 기온 차만 놓고 보면 냉기에 몇 번이고 깨는 밤보다는 행인들의 시선이 조금 따가운 낮에 더 깊이 잘 수 있다. 물론 누군가가 신고를 하거나, 경찰이 와서 깨울 가능성도 있다. 그래도 잔디밭이 있는 공원에서 방수포를 깔고 당당히 누워 있으면, 단지 낮잠을 즐기는 사람처럼 풍경에 자연스럽게 녹아들 수 있다. 도시에는 공사 현장이 많다. 늦은 오후가 되면 가로수 그늘 아래 단체로 잠든 토목 작업원들이 보이곤 했는데, 나도 그걸 보며 낮잠 자는 법을 배웠다. 전날 밤 너무 추워서 잠들지 못한 날엔 그렇게 낮 시간을 활용했다.

하지만 여전히 밤에 자는 날도 있다. 오늘이 바로 그런 날이었고, 역시나 자는 도중 체온이 떨어지면서 몇 번이나 눈을 떴다. 어쩌면 자기 직전까지 모닥불을 쬔 게 실수였는지도 모르겠다. 체온의 낙차가 현실 도피를 방해했다. 3시간만 자도 감지덕지다. 그 정도만 자두면 적어도 죽진 않을 것 같았으니까. 그래서 차갑게 식은 손을 겨드랑이 밑이나 다리 사이에 끼워 비벼대며, 더 이상 무의미하게 체력을 소모하지 않도록 억지로 눈을 감았다. 내일 점심엔 따뜻한 음식을 먹을 수 있다. 침조차 나오지 않는 입과 위장을 달래듯 그렇게 스스로를 위로했다.

"이봐, 일어나."

밖에서 누군가가 깨우는 건 이번이 두 번째였다. 나를 깨운 건 미우라 씨였고, 그는 암흑 속에서 나를 내려다보며 어이없다는 듯 말을 걸었다. 약간의 달빛이 비치긴 했지만 얼굴이 잘 보이지 않아 순간 누구인지 알아보지 못했다. 까만 그림자로만 보이는 미우라 씨는 동요하는 나를 보며 "나야. 기억 안 나?"라고 속삭였다.

"너, 이런 데서 자면 죽어. 오늘 밤은 일단 내 자리로 와."

"네?"

그는 대답도 없이 먼저 가버렸다. 나는 혼자 남겨지지 않기 위해 서둘러 짐을 챙겨 일어섰다. 가방 안에 있던 손전등을 꺼낼 틈도 없었기에, 빈혈기가 있는 몸으로 나무뿌리에 걸려 넘어지지 않도록 조심했다.

미우라 씨의 이름을 처음 들은 건 바로 이때였다. 이름을 묻자, 그는 "미우라"라고 짧게 대답했다. 정말 딱 필요한 말만 하는 사람이었기에 왜 나에게 굳이 말을 걸어준 건지 알 수 없었다. 그 이유를 묻고 싶기도 했지만, 괜히 그랬다가 미우라 씨의 변덕스러운 호의가 사라질까 봐 그저 묵묵히 뒤따라 걷기만 했다.

사회에서 버림받은 도시 속 집락으로 돌아오자, 모닥불을 둘러싸고 앉아 몸을 녹이고 있는 몇몇 노숙자들이 보였다. 그들은 미우라 씨 뒤에 서 있는 나를 보고 "아아, 역시 있었구만" 하고 중얼거렸다. 그 분위기만으로도 나를 걱정해주고 있었다는 걸 짐작할 수 있었다.

아침 7시쯤, 거의 골판지 상자로 지어진 방 안에서 눈을 떴다. 낯선 광경에 순간 당황했지만, 이곳이 미우라 씨의 주거지라는 사실을 금세 떠올렸다.

방은 골판지 상자와 합판을 벽처럼 세우고, 안쪽에서 다양한 봉과 물건으로 지탱해놓은 구조였다. 틈새는 비가 새지 않도록 파란 비닐 시트로 막혀 있었다. 폭풍이라도 불면 금세 무너질 듯한 분위기였지만, 보강에 보강을 거듭한 흔적을 보면 이곳에서 어떻게든 살아왔다는 역사가 느껴졌다. 방 안에서는 오래된 먼지 냄새가 났다. 지붕은 자재가 부족했던 건지 기어서 이동해야 할 만큼 낮았다. 빌려 덮은 이불은 얇았지만 체력이 많이 소모된 탓인지 이불이 있다는 사실만으로도 감사했다.

메마른 목을 축이기 위해 옆에 놓인 가방에서 물통을 꺼냈다. 아직 한 모금 정도의 물이 남아 있었다. 아침에 일어나 마시는 물은 굶주림에 가늘게 경직된 목구멍을 풀어주듯 식도를 따라 흘러가 위장 속에 스며들었다.

골판지 상자로 만든 방에서 기어나오니 어제와 다름없이 미우라 씨가 모닥불 앞에 앉아 있었다. 그의 뒷모습을 향해 일단 감사의 뜻을 전했다. 찬 바람을 피하고, 사람들의 시선을 신경 쓰지 않아도 되는 공간에서 잠든 건 정말 오랜만이었다.

"정말로 감사합니다. 덕분에 살았어요."

막 일어난 참이라 건조한 목소리가 나왔다. 갈라진 입술이 아플까 봐 본능적으로 조심해서 말했더니, 내 진심과 달리 퉁명스럽게 들릴까 걱정스러운 목소리가 되었다. 혹시 무례하게 보였을까 마음이 쓰였지만, 미우라 씨는 별다른 반응 없이 "너, 밥은" 하고 짧게 물었다.

"음식 말인가요? 죄송합니다. 지금은 아무것도……."

무료 급식은 점심부터였기에 아직 한참을 기다려야 했다. 미우라 씨가 턱짓으로 가리킨 대로 플라스틱 맥주 상자에 앉자, 그가 시판용 찐빵 하나를 말없이 내밀었다. 그 손을 바라보며 내가 어리둥절한 표정을 짓자, 그는 재촉하듯 짧게 말했다.

"줄게. 어차피 못 먹었을 거 아냐. 줄게, 50엔에."

"죄송합니다. 전 지금 가진 돈이 없어서……."

"그럼 됐어. 돈 없어도 그냥 줄게."

"괜찮으시겠어요?"

"유통기한은 지났거든. 그래도 괜찮다면 말이지."

"괜찮습니다. 잘 먹겠습니다."

오랜만에 먹는 음식이었다. 게다가 공짜로 받은 것도 큰 행운이었다. 하지만 아직 목이 마른 상태였기에 수분을 빼앗는 찐빵은 먹기 힘들었다. 호의를 저버리고 싶진 않았지만, 밝은 표정으로 맛있게 먹을 만큼의 식욕은 나지 않았다. 미우라 씨는 발밑에 놓여 있던 폐자재를 불 속으로 던지며 입을 열었다.

"넌 그거 먹고, 그만 집에 돌아가."

그 말을 듣고 무심코 얼굴을 들었다. 내가 입을 열기도 전에 미우라 씨는 말을 이어갔다.

"나이도 어려 보이고 행색도 그런 걸 보니 가출이라도 한 거겠지. 아버지한테 얻어맞고 집에서 도망쳐나온 거처럼 보이는데? 그렇게 부어오른 얼굴을 보니 안쓰럽긴 해. 하지만 그렇다고 길거리에서 생활하는 건 현실적인 방법이 아니야. 그러니까 포기하고 돌아가. 여긴 너처럼 어린 녀석이 올 곳이 아냐."

타이르는 듯한 침착한 말투에서 그 말이 친절에서 비롯된

충고라는 건 충분이 느낄 수 있었다. 하지만 미우라 씨가 짐작하는 것보다 사태는 훨씬 더 복잡했고, 무엇부터 어떻게 설명해야 할지 난감했다. 이럴 때 그럴듯한 거짓말이 바로 떠오르면 좋으련만.

"아니, 그러기는 힘들 것 같아요."

"그래도 네가 없어지면 찾는 사람이 있을 거 아냐."

"없는데요."

"어떻게 없냐? 괜한 고집 같은 거 부리지 마."

"저기, 아버지가 얼마 전에 돌아가셨어요. 어머니는 제가 기억도 못 할 정도로 어릴 때 집을 나가셨고, 연락하고 지내는 친척도 없어요."

"아아, 그런 거였냐."

미우라 씨는 이해했다는 듯 중얼거리더니, 끄응 하고 낮게 신음하며 크게 한숨을 쉬었다. 그 한숨은 모닥불의 연기를 스치듯 흘러갔다.

"그렇다 해도 돌아가. 시청에 가면 당장 어떻게 살아야 할지 방법을 알려주기도 해. 그런 사정이라면 직장에서도 어느 정도는 봐줄 테고. 돈이 필요하면 아르바이트라도 해야지. 몸이 불편한 데는 없을 거 아냐?"

"그런 데는 없지만, 시청에 가도 해결이 안 되더라고요. 상담을 받아도 결론이 안 나서 아르바이트도 못 구했고요."

"그럴 리가 있나."

너무 단호한 목소리에 온몸이 긴장으로 굳는 느낌이 들었다. 말이 많아질수록 어른 앞에서는 허점이 드러나기 마련이다. 그렇다고 지금 이 기회를 놓치면 더는 물러설 곳이 없으니, 쉽게 포기할 수도 없었다. 입을 다물고 버티는 것도 하나의 선택이었지만, 입안에 남은 찐빵의 달콤한 맛이 결심을 흐트러뜨렸다. 여전히 흐리멍덩하게 굴고 있는 나 자신이 뼈아프게 느껴졌다. 왜 하필 이럴 때 단 걸 먹은 걸까. 미우라 씨는 마치 몰아붙이듯, 본심을 내비쳤다.

"네가 잘못했다는 건 아니야. 사정이야 있겠지. 하지만 자진해서 노숙자가 되려는 건 좀 아니잖아. 우릴 무시하는 것 같아서 화가 난다고. 우리는 노숙자가 되고 싶어서 된 게 아니야. 미성년자라고 했지? 미안하지만, 앞으로 뭐든 다시 시작할 수 있는 어린 네가 우리 같은 인간한테 의지하려 드는 것 자체가 불쾌한 거야. 여기서 사는 녀석들은 다들 착해. 어제는 모두 친절한 마음으로 너를 재워주자고 뜻을 모았던 거고. 하지만 앞으로도 계속 널 돌봐주고 싶어 하는 사람은 없어."

솔직히 맞는 말이었다. 자원봉사나 직장 일 때문이라면 몰라도 하루하루 살아가는 것도 벅찬 사람들이 나 같은 불청객을 도와줄 여유는 없을 것이다. 하지만 내가 만약 갈 곳 없는 실직자인 서른 후반쯤의 남자였다면 훨씬 쉽게 받아줬을지도 모른다. 그렇게 생각하니, 어제 괜히 미성년자라고 말해버린 내 자신이 원망스러웠다.

어젯밤, 너무 힘들었던 순간에 구원받은 기분이 들어서였을까. 그래서 더 동정받고 싶어졌는지도 모른다. 하지만 나무 밑에서 밤바람을 맞으며 자던 나를 받아준 것치고는 주변 사람들의 태도는 일관되게 냉담했다. 그들이 날 받아준 건 친절해서가 아니라 근처에서 누가 죽기라도 하면 번거로워진다고 생각했기 때문이었다. 서로를 도우며 살자는 마음이 아니라 자기들의 최소한의 생활을 이대로 유지하고 싶다는 마음. 그게 이 집락 사람들의 공통된 인식이었다.

분명 미우라 씨는 성가신 일을 떠맡게 되어 귀찮다는 생각이 컸을 것이다. 그건 그의 태도와 말투에서 어느 정도 느낄 수 있었다. 하지만 나 역시 남을 배려할 만한 여유는 없었.

"부탁드릴게요. 돈을 버는 방법만 알려주시면 더는 폐 끼치는 일은 없을 거예요."

무료 급식의 장소와 시간을 알려주었던 것처럼 길가에서 주운 캔을 어떻게 돈으로 바꾸는지만 말해준다면, 그것만으로도 지금처럼 거리에서 방황하는 생활에 희망의 빛이 비칠 것 같았다. 음식이나 숙소를 공짜로 얻고 싶은 게 아니다. 내가 바라는 건 딱 한 푼 정도의 정보였다. 그래서 절박한 마음으로 고개를 숙였다. 미우라 씨는 그런 나를 보더니 말없이 또 폐자재를 불 속에 던져 넣으며 중얼거렸다.

"아, 그러셔."

그건 체념에 가까운, 무관심한 태도와도 같은 말투였다. 하지만 잠시 침묵이 흐른 뒤 그는 낮은 목소리로 "무료 급식 끝나면 이야기하자"고 말했다. 그 말을 곱씹으며, 나는 지금 할 수 있는 최대한의 감사 인사를 전했다.

인생에서 처음 먹은 무료 급식은 투명하고 얇은 용기에 담긴 다키코미밥(고기, 채소, 조개류 등을 넣어 지은 밥)이었다. 오랜만에 음식 앞에 앉았지만 찐빵을 먹었을 때처럼 식욕이 치솟지는 않았다. 그럼에도 평소엔 느끼지 못했던 미묘한 맛이 또렷하게 느껴졌다. 위장은 조금 더부룩했지만 괴로울 정도는 아니었다. 언제 또 이런 음식을 먹게 될지 몰라서 절반은 먹지 않고 가방 속에 숨겼다.

그 뒤로 미우라 씨에게 돈 버는 방법에 대한 이야기를 들었다. 말은 다소 추상적이고 이해하기 어려웠지만, 가만히 듣다 보니 필요한 정보는 모두 담겨 있었다. 그때 앞으로 내가 잘 곳에 대해서도 이야기가 나왔다. 골판지 같은 걸로 만들 생각이라면 자재는 스스로 조달하고, 경찰에게 걸리지 않으면서 다른 노숙자들에게도 방해가 되지 않는 장소에 설치하라고 했다. 돈벌이에 대한 설명을 들은 후에는 보금자리를 만들기 위해 근처 슈퍼를 돌아다니며 안 쓰는 골판지 상자를 모았다.

임시로 벽과 천장을 만들어 잠시 숨을 돌릴 즈음, 거리에서는 아이들에게 귀가를 알리는 종소리가 울리고 있었다. 몸을 간신히 뒤척일 수 있을 만큼 좁은 공간이었지만 내겐 소중한 개인 공간이었다. 그런 안도감 속에서 서서히 공복이 느껴져, 남겨두었던 밥과 수돗물로 다시 배를 채웠다.

될 수 있는 한 이곳 사람들과 대화를 나누는 편이 좋겠다고 생각해, 충분히 쉰 뒤에는 밖으로 나가 모닥불 당번을 자청했다. 덕분에 첫날치고는 신참이 느끼기 쉬운 어색함이 조금은 해소된 것 같았다. 누군가가 이름을 묻기에 '코이치'라고만 대답했다. 이곳 사람들은 성을 말하지 않아도 자연스럽게 받아들여 주었다.

미우라 씨와 이야기할 때는 주위 사람들과 잘 어울릴 수 있을지 내심 걱정이 됐다. 하지만 내가 먼저 적극적으로 말을 걸어보니, 의외로 금방 분위기에 녹아들 수 있었다. 계속 잠들어 있던 고령자를 제외하면, 예상과 달리 대부분의 노숙자는 어디에서든 만날 수 있을 법한 평범한 사람들이라는 인상을 주었다. 되돌아보면 나는 이들에 대해 근거 없는 공포심 같은 걸 품고 있었던 것 같다. 그래서 몇몇과 대화를 나누며 그들이 농담을 하거나 웃는 모습을 보였을 때, 괜스레 의외라는 생각이 들었다.

해가 저물 무렵이 되자, 이런 곳에도 거리의 사람들이 하나둘 늘기 시작했다. 하지만 '사회'라고 불리는 저쪽 세계의 사람들은 이쪽을 일부러 외면하는 듯 누구와도 눈을 마주치지 않았다. 그런 광경을 이쪽 입장에서 바라보고 있으니, 내가 지금 노숙자들과 나란히 앉아 대화하고 있다는 사실이 낯설고 신기하게 느껴졌다.

한밤중, 밖에서 기다리고 있자 미우라 씨가 짐차를 끌며 다가왔다. 장난감처럼 생긴 작은 바퀴 두 개가 달린 투박한 짐차였다. 안에 공기 튜브가 없는지 바닥에 굴릴 때마다 삐걱거리는 소리가 났고, 점자 블록을 지날 때면 살짝 튀어 올랐다. 미우라 씨의 빠른 걸음도 그런 소음이 나는 이유 중 하나였을지 모른다. 금속 수집 방법을 배우기 위해 함께 걷고 있었지만, 가는 동안엔 아무 말도 오가지 않았다.

자정을 넘긴 한밤중, 가로등이 늘어선 길을 따라 걷고 있었다. 이렇게 조용한 시간인데도 짐차 몇 대가 더 눈에 띄었다. 전날 미우라 씨에게 요일에 대한 얘기를 들은 터라 어느 정도 목적지를 짐작할 수 있었다. 수집 대상은 아마도 소형 금속일 것이다.

예상대로 미우라 씨는 주택가 쪽으로 들어가 그 구역의 쓰레기 수거 장소를 하나하나 뒤지기 시작했다.

"이런 건 얼마에 팔 수 있나요?"

수거함 안에서 행거나 낡은 주전자 같은 걸 골라내고 있는 그의 등 뒤로 말을 걸자 "여기 있는 것들만 쳐도 전부 합해서 200엔이면 잘 나온 거지" 하고 대답했다. 정식 수거원이 회수해야 할 물건을 멋대로 가져가는 건 법적으로 문제가 될 수도 있다. 하지만 현실적으로는 대부분 묵인되고 있는 게 아닐까 하는 생각이 들었다. 이걸 생계 수단으로 삼는 사람들이 있고, 그런 행동이 누군가를 죽게 하거나 직접적인 피해를 주는 것도 아니라면 일부러 단속할 이유는 없을지도 모른다. 만약 이 행위에 그럴듯한 명분을 붙이자면, '원래라면 아침에 내놨어야 할 쓰레기'를 '전날 밤에 내놓은 쓰레기'로 보고 불법 투기된 물건을 주워갔다고 생각하면 될지도 모른다.

미우라 씨는 그때부터 묵묵히 쓰레기를 모으기 시작했다.

길가에 떨어진 빈 캔을 하나하나 줍는 비효율적인 일은 당연히 하지 않았다. 어렴풋이 예상한 대로 쓰레기 배출 장소나 자동판매기 옆 전용 쓰레기통에서 빈 캔을 수거하고 있었다.

애초에 다른 사람에게 보여줄 만한 모습은 아니었다. 등을 돌린 채 평소처럼 묵묵히 작업을 이어가는 미우라 씨를 보고 있으니 처음에 나를 거부했던 심정도 이해가 갔다. 앞날이 창창한 젊은이가 쓰레기 줍는 법을 가르쳐 달라니, 어쩌면 놀리는 걸로 느껴져서 불쾌했을지도 모른다. 그런데도 이렇게 작업에 동행하게 해준 건, 아마 그때의 내 간절함이 전해졌기 때문일 것이다. 머리는 냉정한 척하면서도 귀는 솔직했다. 반투명 봉지 속으로 알루미늄 캔이 모여드는 경쾌한 소리가 지금은 이상하게도 희망적으로 들렸다. 이걸로 과연 얼마나 받을 수 있을까.

"슬슬 돌아가자."

"네."

미우라 씨는 해가 뜨기 직전까지 쓰레기를 모은 뒤 발길을 돌렸다. 오늘은 수확이 시원치 않다며 투덜거리면서 점점 사람이 많아지는 길 가장자리로 향했다. 나는 미우라 씨가 모은 쓰레기를 바라보며 대충 3~4천 엔쯤은 되지 않을까 하고 보수를 가늠해보고 있었다.

수집한 물건은 고물상에 가져가 판다고 했다. 거리는 멀었지만 도착해서 돈을 받기까지는 몇 분도 걸리지 않았다. 금속을 팔러 오는 이들의 사정이 워낙 다양한 탓인지 신분증을 요구하지도 않았다. 금속을 넘기고 '계량 전표'라 적힌 종이와 함께 현금을 받은 미우라 씨는 아무 말 없이 고물상을 나섰고, 나도 그 뒤를 따라 나왔다.

"얼마나 나왔어요?"

"뭐가?"

불쾌하다는 듯 짧게 내뱉은 말에서 결과가 신통치 않았다는 걸 짐작할 수 있었다. 그래도 얼마나 되는지 궁금해서 전표를 보여달라고 하자, 미우라 씨는 갑자기 걸음을 멈추더니 화가 서린 눈으로 나를 노려보았다.

"너, 그런 거 남한테 함부로 묻지 마. 얼마나 벌었는지 말해주고 싶지도 않지만, 원래 남의 월급이나 명세서 같은 건 쉽게 보여달라고 하는 게 아니야. 그리고 그런 얘긴 돌아가서 하자고 하지 않았냐?"

"아, 죄송합니다."

내가 사과하자 미우라 씨는 주머니에서 꾸깃꾸깃 접힌 전표를 꺼내 거의 팽개치듯 내밀었다. 억지로 주는 바람에 받을 수밖에 없었다. 펼쳐 보니 천 엔짜리 지폐 한 장과 '800엔'

이라고 적힌 전표가 들어 있었다. 그렇게 한밤중부터 몇 시간을 돌아다녔지만 가격은 순식간에 매겨졌다. 그래도 천 엔 지폐다. 사람들과 거의 얽히지 않고 금속만 주워 모으면 하루에 천 엔 이상은 벌 수 있다. 시급으로 따지면 200엔 정도지만, 무일푼에 일자리조차 없는 상태에서 벗어날 수 있다는 사실만으로도 마음이 벅찼다.

"겨우 그 정도야. 어때, 하기 싫지?"

"아니요, 전혀요."

"지금은 그렇겠지. 그래도 곧 하기 싫어질 거다. 잘해봐야 한 달이나 갈까."

"아뇨, 이렇게 많이 받는구나 싶었어요. 제가 그렇게 근성 없는 놈으로 보여요?"

잠시 침묵이 흘렀고, 이윽고 미우라 씨가 입을 열었다.

"그걸 근성 문제라고 생각하는 것만 봐도 다 보여. 처음엔 하겠지. 넌 왠지 묵묵히 잘할 것 같긴 해. 그래도 결국엔 '이거보다 나은 일을 찾았다'며 금세 그만두겠지."

심란한 기분 탓에 나도 모르게 따지고 들었지만, 미우라 씨의 마지막 말에는 반박할 수 없었다. 솔직히 그 말이 맞는 것 같았다. 지금보다 나은 일자리를 찾게 되면 결국 나는 그쪽을 택할 게 분명했으니까.

하지만 나에 대해 잘 알지도 못하면서 멋대로 단정 짓는 말을 들으며 가만히 있을 수는 없었다. 그래서 한 달 이상, 가능하다면 반년 정도는 설령 지금보다 나은 일자리를 발견하더라도 일부러 노숙 생활을 계속하기로 마음먹었다. 그의 말에 설득된 게 아니라 오히려 반발한 것이다. 앞으로는 미우라 씨의 말을 전혀 신경 쓰지 않았다는 걸 증명하기 위해서라도 이곳에서 인정받고 신뢰를 쌓은 뒤 떠나겠다고 결심했다. 나름의 건전한 복수였다. 말단으로 그만두면 조직에는 아무 영향도 없다. 배신을 하려면 오른팔이나 수제자 정도의 위치가 되었을 때가 가장 효과적이다.

"저기, 미우라 씨."

등 뒤에서 부르자, 미우라 씨는 못마땅한 듯 대꾸했다.

"오늘은 정말 감사했습니다. 이제 조금은 알 것 같아요. 나머진 제 힘으로 해보겠습니다."

고개를 숙이며 그렇게 말하자, 앞서 걷던 미우라 씨는 시선만 힐끔 돌려 "그래" 하고 중얼거렸다. '고맙다'는 말이 싫지만은 않은 모양이었다. 무기력하게 땅만 보며 걷던 그의 뒷모습이 어쩐지 약간은 생기를 되찾은 듯했다.

이쯤 되자 미우라 씨가 어떤 사람인지 대강 감이 잡혔다. 애초에 오늘 쓰레기 줍는 일을 견학하게 된 것도 미우라 씨가 먼저 "따라와"라고 말해준 덕분이었다. 직접 보고 듣고 겪으며 배우는 것만큼 값진 경험은 없다. 그렇게 생각하니 정체도 모르는 나 같은 청년에게 아무 대가 없이 이것저것 가르쳐주는 미우라 씨에게 진심으로 감사해야겠다는 마음이 들었다.

그렇게 함께 돌아가던 길, 미우라 씨가 문득 얼굴을 들었다.

"배고프네. 지금 몇 시쯤 됐냐?"

불쑥 던진 말에, 마음 한켠에서 피어난 기대를 부정하긴 어려웠다. 하루 일을 마치고 집으로 향하던 길이었고 미우라 씨는 돈이 생긴 상태였다. 게다가 '배고프다'는 그 한마디에 내 눈이 번쩍 뜨였다. 혹시 맛있는 걸 사주려는 걸까?

그렇다면 굳이 말로 설명할 수 있는 일을 직접 데리고 나와 보여준 것도 이해가 됐다. 역 앞 노점에서 파는 국수는 한 그릇에 200엔도 하지 않는다. 약해진 내 위장도 따뜻하고 산뜻한 음식을 원했던 걸까, 입안에 절로 침이 고였다. 일당을 나눠 받게 될 거라고는 전혀 생각하지 않았지만, 가장 추운 시간대에 계속 걸었으니 위로 삼아 한 그릇쯤은 사줄 수도 있지 않을까 싶었다.

그래서 내심 들뜬 마음이 드러나지 않도록 "저도 배고프네요." 하고 무심한듯 말한 뒤 소매에 가려져 있던 손목시계를 확인했다.

"으음, 지금은 11시네요. 11시 12분."

"응?"

미우라 씨는 갑자기 멈춰 서서 고개를 확 갸웃거렸다. 그리고 이쪽을 돌아보았을 때, 늘 무표정하던 얼굴이 잔뜩 찌푸려져 있었다. 무엇을 보고 있나 싶어 시선을 맞추자 그는 내 손목시계를 가리키며 "야, 너" 하고 낮은 목소리로 말했다. 왜 그러는지 알 수 없어서 혼란스러웠다.

미우라 씨는 잘 걸렸다는 듯 내 눈을 들여다보며 살벌한 기세로 내 왼팔을 움켜잡았다.

"어디서 거짓말을 해. 값나가는 걸 갖고 있잖아. 네가 처음에 한 푼도 없다길래 친절하게 대해줬는데, 여기 있었네? 어?!"

예상하지 못한 방향에서 한 대 얻어맞은 듯한 기분이었다. 전혀 대비하지 못했던 탓에 크게 동요했고, 손목이 들려 올라가도 저항조차 하지 못했다. 게다가 마음을 열고 기대까지 품었던 상대에게 그런 말을 들으니 얼굴에서 핏기가 쫙 빠져 나가고, 수치심이 심장을 타고 온몸을 빠르게 도는 것만 같았다.

"아뇨, 이건……."

이건 내가 첫 월급으로 산 카시오 G쇼크였다. 같은 반 친구들이 편히 자고 있을 때, 나는 매일 새벽같이 일어나 정신도 제대로 차리지 못한 채 필사적으로 일했다. 그렇게 내 힘으로 번 돈을 손에 쥐고 가서 산 손목시계였다. 신문 배달을 실수해 진상 고객에게 긴 잔소리를 들으며 계속 사과해야 했던 일도 있었다. 그런 비참한 경험을 견디며 번 돈으로 산 물건이다.

친구들과 함께 카탈로그에서 봤던 그 시계를 찾기 위해 일부러 시간을 들여 옆 마을의 작은 상가까지 갔다. 현금을 실제로 손에 쥐고 있었던 건 아니지만, 겉으론 대충 주머니에 넣은 척하면서 중지와 약지로 계속 만지작거리며 혹시라도 잃어버리진 않았는지 몇 번이고 확인했다.

"이러는 건 아니지, 인간적으로."

"저기, 그러니까 이건……. 저는 이걸 팔려고 생각해본 적이 없어요. 그래서 일부러 숨기려고 한 것도 아닌데."

산 지 아직 1년도 안 된 새 물건이었다. 눈에 띄는 흠집도 없었다. 신분증 문제로 전당포에는 팔지 못했지만, 손목에 시간을 확인할 수 있는 물건이 있다는 건 생각보다 훨씬 편리했다. 그리고 그날 밤 집단 폭행을 당했을 때도 이 손목시계만큼은 끝까지 지켜냈다. 그래서 더더욱 운명처럼 느껴졌고 애착도 깊어졌다. 오늘 아침 일찍 일어날 수 있었던 것도 이 손목시계 덕분이었다. 이미 팔 생각은 없었다. 그래서 이게 '값나가는 물건'이라는 생각조차 못 한 채 방심하고 있었던 것이다.

하지만 미우라 씨의 말이 틀린 건 아니었다. 이걸 팔면 꽤 큰돈이 될 것이다.

"찐빵도 먹었잖아. 게다가 넌 내 방에서 잤어. 덕분에 난 그날 밤 내내 모닥불 당번을 서야 했다고. 그리고 돈 버는 방법도 알려줬지. 그런데 넌 돈도 안 내고, 낼 생각도 없고, 그냥 고맙다는 말 한마디로 넘어가려 했던 거 아냐. 어?!"

그는 당장 시계를 풀어 넘기라고 다그쳤다. 일방적인 비난 앞에서 나는 제대로 판단하고 행동할 자신이 없었다. 나중에 후회하지 않을 수 있는 선택을 할 자신이. 미우라 씨에게 고마운 마음은 분명히 있었다. 고맙다는 말 한마디로 넘기려는 뻔뻔한 마음 같은 건 조금도 없었다. 언젠가 어떻게든 보답할 생각이었으니까. 하지만 바로 그 고마운 마음 때문에 한번 밀린 기 싸움을 다시 뒤집을 의지는 좀처럼 생기지 않았다. 지금 내가 할 수 있는 건 괜히 밝은 목소리를 내며 동요를 감추는 것뿐이었다.

"아, 돈 얘기를 하자면요……. 네, 사실 전당포에 맡기려고 하긴 했어요. 근데 미성년자는 이용할 수 없다고 해서 결국 못 맡겼어요. 그래서 계속 가지고 있었던 거예요."

복잡한 마음이 계속 이리저리 흔들렸다. 하지만 겉으로는 미우라 씨에게 주눅 들지 않은 척하려고 억지로 웃는 얼굴로 밝은 목소리를 내며 손목시계를 풀었다. 어떻게든 이 손목시계만은 지키고 싶었다. 동시에 미우라 씨도 진정시켜야 했다. 하지만 끝내 좋은 방법은 떠오르지 않았다. 그래서 결국 "이런 걸로 보답이 될까요?" 하고 마음에도 없는 소리를 하며 손목시계를 내밀고 말았다.

손에서 시계가, 벗어나는 순간 '아아……' 하고 속으로 낙담했다. 이제 이 시계는 다시는 내 손에 돌아오지 않을 거란 예감이 들었다. 더 저항해봤자 소용없다고 체념하면서도 마지막으로 한마디를 덧붙였다.

"그래도 그 시계는 좀 아꼈거든요. 처음 받은 아르바이트비로 산 거라……."

차라리 입을 다물 걸 그랬나 싶을 만큼 비참한 말이었다. 하지만 미우라 씨는 전혀 개의치 않고 여전히 손목시계에만 정신이 팔려 있었다.

"그래서 어쩌라고."

"저기, 그러니까…… 뭐, 그런 거예요. 소중히 써주셨으면 해서요."

"팔 거다."

그 순간 다양한 감정이 솟구쳤다.

"아…… 아아, 그……렇겠네요. 네."

어릴 때부터 누구보다 열심히 살아왔다고 믿었다. 하지만 그 노력에 대해 보답을 받은 기억은 없다. 노력의 방향이 잘못됐다고 말한다면 딱히 반박할 생각도 없다. 그렇다 해도 나쁜 일만 계속될 때 정말 견디기 힘들었다. 원했던 것, 간신히 손에 넣었던 것들까지 잃었는데도 여전히 비참한 일만 계속되고 있었다.

고작 이 정도 일로 울지 말자고 마음속으로 몇 번이고 되뇌었다. 하지만 그럴수록 '이 정도'라고 여기는 기준이 점점 낮아지고 있다는 사실에 열등감이 밀려왔다. 그리고 무엇보다 이런 일에도 쉽게 무너져서 '왜 나만 이래?' 하고 아이처럼 우는 내 모습이 견딜 수 없을 만큼 싫었다.

장난감을 빼앗긴 어린애도 아니고 다 큰 남자가 울 일은 아니었다. 그래도 나에겐 정말 소중한 물건이었다. 다시 앞을 향해 걸어가기 시작한 미우라 씨에게 들키기 싫어서 코를 훌쩍이지 않았다. 목소리도 떨리면 안 된다고 생각해서 조심스럽게 심호흡을 반복했다. '괜찮아. 잠깐 허를 찔려 당황했을 뿐이야. 밥을 얻어먹을 수 있을 거라 기대하고 배고픔을 떠올린 내가 잘못이었어. 전부 내가 안일한 생각을 했기 때문에 생긴 일이야. 손목시계는 어쩔 수 없어. 살아가기 위해서는.'

그날 미우라 씨와는 주거지 앞에서 헤어졌다. 손목시계를 건넨 뒤로는 거의 말도 나누지 않았다. 종이 상자 안은 따뜻했고, 희미하게 들리는 뒤척임 소리도 크게 울릴 만큼 좁은 공간이어서 마음이 조금 차분해졌다. 그리고 골판지 상자의 안쪽 줄무늬처럼 울퉁불퉁한 표면을 바라보며 다짐했다. 빈 캔을 모아 처음 번 돈으로는 꼭 따뜻한 음식을 사 먹자고. 지금이라면 한 끼에 200엔 정도의 사치를 부려도 괜찮을 거라고 몇 번이고 되뇌었다. 하지만 만약 누군가가 "그렇게 돈을 막 쓰다간 오래 못 가" 같은 말을 한다면, 그땐 정말 마음이 툭 꺾여 그대로 죽어버릴지도 모르겠다는 생각이 들었다. 평소라면 아무렇지 않게 흘려들었을 말, 악의 없는 말이라 해도 지금 내게는 고작 200엔짜리 사치마저 비난받는 게 너무 아프게 느껴졌다.

그래서 적어도 따뜻한 국수 한 그릇으로 공복을 채우기 전까지는 되도록 남들과 엮이지 않으려 했다. 나를 상처입힐지도 모를 사람들과 마주치는 게 두려웠기 때문이다. 묵묵히 길가에 버려진 알루미늄 캔을 하나하나 주워 모으며 몇 시간이고 걸어 다녔다.

온종일 지친 다리로 캔을 주워 겨우 300엔 정도를 벌었다. 고작 300엔이었다. 봉투에 가득 담았던 캔은 100엔짜리 동전 세 개로 바뀌었다. 시급으로 따지면 40엔 정도였다. 처음이다 보니 작업 효율도 좋지 않아 숙련자처럼 벌 수는 없었다. 그래도 솔직히 말해 300엔이나 받았다는 사실에 감탄했다. 오늘 밤엔 따뜻한 국수를 먹을 수 있다. 그 위에 야채튀김까지 얹을 수 있는 금액이었다.

"하아."

오랜만에 열기가 느껴지는 음식을 입에 댔다. 믿기지 않을 만큼 맛이 진하게 느껴졌다. 결국 돈이 아까워 야채튀김은 주문하지 않았지만 그래도 충분히 행복했다. 샐러리맨과 나란히 앉아 조용히 국수를 먹으며 카운터 위에 놓인 잔돈을 바라볼 때마다 가슴이 두근거렸다. 몇십 엔만 있어도 불량식품 같은 건 살 수 있다. 실제로 사 먹지 않는다 해도, 무언가를 고르고 살 수 있는 상태로 돌아왔다는 안도감이 시원한 국물과 함께 뼈에 사무쳤다. 긴장이 풀리자 계속 추위에 말라 있던 눈이 오랜만에 촉촉해졌다.

미우라 씨는 며칠 뒤, 결국 그 손목시계를 돈으로 바꿨다.

내가 비효율적인 캔 줍기를 마치고 돌아왔을 때, 그는 다른 노숙자인 하마 씨와 함께 한 되짜리 술병을 사이에 두고 술을 마시고 있었다. 인사를 하며 슬쩍 살펴보니 안주 같은 것도 합판 위에 놓여 있었다. 정확한 가격은 몰라도 직감적으로 최소 몇천 엔은 넘을 것 같았다. 최근 일도 하지 않은 미우라 씨가 모은 돈만으로는 살 수 없는 수준이었다. 처음엔 그냥 그런가 보다 하고 별생각이 없었다. 그런데 하마 씨의 말을 듣고서야 이해가 됐다.

"코이치, 이거 잘 먹을게."

제법 거나하게 취한 끝에 나온 실언이었다. 빼빼 마른 노인 하마 씨는 빠진 이와 지병 탓에 목소리가 가늘고 알아듣기 어려웠다. 그런데 이런 말은 이상할 만큼 또렷하게 들렸다. 나는 아무 표정도 짓지 않는 미우라 씨를 슬쩍 훔쳐보며 "아, 네" 하고 적당히 대답했다. 내 손목시계는 대체 얼마에 팔렸을까?

하마 씨의 노쇠함은 최근 들어 한층 더 두드러졌다. 내 말에 "뭐어?" 하고 되묻는 모습만 봐도 얼마나 나이가 들었는지 짐작할 수 있었다. 그런데 이번에는 또렷한 발음으로 말하더니 "헤헤헤" 하고 만족스럽다는 듯 천천히 웃었다.

우리를 지켜보던 미우라 씨가 "너도 먹을래, 술?" 하며 컵주(뚜껑이 달린 컵 모양 용기에 담긴 술)를 살짝 들어 올렸다.

"아뇨, 됐어요. 저 아직 미성년자예요."

물론 그보다 더 큰 이유도 있었지만 굳이 설명하지 않았다. 미우라 씨는 술이 센 건지 아니면 이제 막 마시기 시작한 건지 몰라도, 전혀 취한 기색이 없었다.

"뭐야, 재미없는 녀석이네. 요즘 애들은 술 정도야 다 마신다고."

"일본주는 별로 안 좋아해서요, 맥주도 그렇고요. 꼭 소독약 마시는 것 같아요."

"아, 아직 애네. 맛을 몰라요."

내 고향이 워낙 촌이다 보니 친구들끼리는 물론 친척들끼리도 술을 마시는 일이 종종 있었다. 하지만 나는 아버지의 영향 탓인지 술에 대해 어딘가 모르게 저항감이 있었다. 알코올 자체가 나쁜 건 아니고, 문제는 그걸 마시는 인간이라는 건 알고 있다. 그래서 언젠가는 마시는 법쯤은 배워야겠다고 생각했지만 지금까지 단 한 번도 술을 입에 댄 적은 없었다. 가능하다면 성인이 되는 그 순간에 처음 마시고 싶었다.

미우라 씨에 대한 불만은 골판지 상자 안에 몸을 뉘었을 때 비로소 솟구쳤다. 손목시계 사건은 아무리 해도 잊히지 않았다. 대체 얼마에 팔아서 얼마나 써버린 걸까? 생각해보면 애초에 손목시계를 빼앗을 때 내세운 이유도 어딘가 이상했다. 처음 얻어먹었던 찐빵도 거의 강매에 가까웠고, 약해진 위장 탓에 맛도 제대로 느끼지 못한 채 꾸역꾸역 넘겨야 했다. 잠자리를 빌린 일도 마찬가지였다. 애초에 혼자 자려던 나를 억지로 깨워 데려간 건 미우라 씨였다. 돈 버는 법을 알려달라고 부탁했던 것도 실은 고물상 위치가 궁금했을 뿐이다. 그날은 그저 '어디쯤 있어'라고 방향만 알려주면 충분했다.

미우라 씨가 베푼 일들이 아무리 선의에서 비롯된 것이라 해도, 그 선의에 값을 매긴다면 손목시계를 판 돈에서 거스름돈 한두 장쯤은 충분히 돌려받을 수 있을 것이다. 그런데 저 사람은 지금 대박이라도 터진 것처럼 술판을 벌이고 있다. 합판 위에 놓인 안주는 배를 채우기보다는 즐기기 위한 음식에 가까워 보였다. 나한테는 밥 한 끼 안 사주더니, 하마 씨한테는 술을 대접하고 있는 것이다.

천 엔이 조금 안 되는 오늘의 보수를 손에 쥐고서도 억울한 마음은 좀처럼 가시지 않았다. 하지만 마냥 나쁜 일만 있었던 건 아니다. 금속 줍는 일도 제법 손에 익어가는 느낌이 들었고, 식빵 한 봉지도 살 수 있었다. 여기서 조금 떨어진 곳에서는 풀숲에 방치된 자전거를 발견했고, 불법 투기된 멀쩡

한 가전제품도 하나 찾았다.

애초에 최근 모델이라는 장점밖에 없는, 고급품도 아닌 손목시계를 얼마나 비싸게 팔았겠는가. 하마 씨와 마신 술도 나와는 상관없이 원래 갖고 있던 돈으로 산 걸지도 모른다. 그러니 괜히 이런 생각에 사로잡힐 필요는 없다.

골판지 상자 집은 노숙보다는 쾌적했다. 하지만 그렇다고 해서 추천할 만한 주거 환경은 아니었다. 몸을 쓰는 일에 열악한 환경까지 겹치다 보니, 평소보다 오래 자지 않으면 제대로 일을 할 수 없었다. 오늘도 눕자마자 잠이 쏟아졌다. 지금의 생활은 단순한 근성만으로는 감당하기 힘들다는 걸 실감하며, 긴 잠이 필요할 만큼 피폐해진 나 자신을 용서하며 잠에 들었다.

목적지도 없이 계속 떠돌 때는 앞날이 불안하긴 해도 어딘가 심리적인 여유가 있어서 오히려 자유로웠다. 하지만 지금처럼 생활 거점을 갖게 되자, 미래에 대한 막연한 불안은 덜 해졌지만 사소한 일에도 감정이 크게 흔들리기 시작했다. 정신적인 자유와 미래에 대한 희망, 그 두 가지를 모두 가진 사람은 대체 얼마나 열심히 노력해온 걸까. 지금의 내 노력이 아무런 성과도 얻지 못한다면 그런 행복을 손에 넣는 사람들은 대체 어떤 이들일까. 물론 이런 생각이 드는 건, 잠들기 직전이라 그럴 수도 있다.

지금은 살아가는 것만으로도 벅차서 복잡한 생각을 할 여유 같은 건 없다. 순식간에 기절하듯 잠들었다가 추위와 소변이 마려운 느낌에 몇 시간 뒤 눈을 떴다. 당연히 피로는 가시지 않았다. 그래도 돈을 벌어야 하기에 몸을 일으켜 적당한 음식으로 배를 채운 뒤 일하러 나갔다.

내용물이 남은 채 버려진 빈 캔은 표면이 끈적끈적하고 냄새도 심했다. 특히 쓰레기통 바닥에 고여 뒤섞인 여러 음료에 젖은 캔은, 손에 닿기만 해도 끈적거렸다. 맥주 자판기 근처에 놓인 쓰레기통에서는 발효된 듯한 냄새가 났다. 묵직한 캔을 하나하나 뒤지다 보면, 니코틴이 섞인 물에 젖은 담배꽁초가 나오는 일도 흔했다.

빈 캔을 주우러 다니면서 역시 지도 하나쯤은 있어야겠다고 생각했다. 예전처럼 그저 막연히 걷기만 하던 때라면 몰라도 지금은 돌아갈 곳이 있다. 빈 캔 줍는 일도 좀 더 효율적으로 하고 싶었고, 무엇보다 나는 아직 이 동네에 대해 잘 몰랐다. 그래서 어느 정도 돈이 모였을 때 서점에서 지도책 한 권을 '투자'라고 생각하며 샀다. 전에 사고 싶었지만 결국 사지 못했던 싸구려 지도책이 아니라, 큰맘 먹고 가격이 두 배나 되는 걸 골랐다. 내 손으로 지도를 산 건 생전 처음이었다.

계획을 세우며 지도를 바라보는 일은 뜻밖에도 즐거웠고, 지도책에는 금세 여러 개의 접힌 자국이 생겨났다.

풀숲에 버려진 녹슨 자전거는 며칠에 걸쳐 주인이 없다는 걸 확인했다. 앞바퀴 타이어의 테두리는 일그러져 있었고, 짐받이 골격도 휘었으며, 체인에는 녹이 슬어 있었다. 누가 보더라도 버려졌다고 할 만큼 망가진 상태였다. 나는 우거진 잡초 속에서 자전거를 끄집어내어 집까지 끌고 왔다.

내 골판지 상자 집 앞에서 자전거를 수리하고 있자, 근처에 사는 노숙자 노하라 씨가 말을 걸어왔다. 이 일대 노숙자들 중에서도 비교적 싹싹한 성격이라 내가 이곳에 온 지 얼마 안 됐을 때부터 종종 대화를 나누곤 했던 사람이었다. 그는 철사로 억지로 고친 안경을 쓰고 다녔고, 주운 잡지를 역 앞에서 팔아 생계를 이어가는 듯했다.

다른 곳은 어떨지 몰라도 이곳 사람들 사이에는 제법 동료 의식이 있었다. 그렇다고 서로 몸을 부대끼며 가까이 지내는 건 아니다. 마주칠 때마다 알루미늄 가격이 떨어졌다는 얘기나 교회의 무료 급식 소식 같은 걸 두고 가볍게 잡담을 나누는 정도다. 적당한 거리감을 유지하면서 지냈고, 서로에게 적극적으로 간섭하지도 않았다. 상대방의 경력이나 과거에 대해 캐묻는 일도 없었다. 중간까지 수리를 마친 자전거를 바라보며, 나는 노하라 씨를 향해 가볍게 고개를 끄덕여 보였다.

"네, 고치면 탈 수 있을 것 같아서요. 그러면 빈 캔 줍는 것도 더 효율적일 테고요."

"호오, 손재주가 좋네. 펑크 수리는 했어?"

"뒷바퀴는 펑크 난 부분을 막았는데, 어디에 세게 부딪혔던 것 같아요. 보세요, 앞바퀴가 이렇게 일그러졌잖아요. 그래서 두들겨서 고쳐보려고요."

나는 자전거 본체를 가리키며 설명했다. 노하라 씨는 애초에 이걸 고쳐 타겠다는 내 기세에 감탄한 듯했다. 그리고 문득 무언가 떠오른 듯 "네가 사는 집도 꽤 훌륭해졌어" 하며 턱짓으로 내 뒤쪽 골판지 상자 집을 가리켰다. 나는 그 뒤로도 골판지를 새로 덧대어 강도를 높였고, 비바람에도 버틸 수 있게 손을 봤다. 그걸 칭찬받으니 꼭 나쁜 일만 있는 건 아니라는 생각이 들었다. 잠시 자리를 비웠던 노하라 씨는 손에 봉투 하나를 들고 돌아왔다. 뭘 샀냐고 묻자, 오뎅을 먹을 거라며 자랑하듯 말하고는 골판지 상자 집으로 돌아갔다.

자전거 수리는 생각보다 훨씬 오래 걸렸다. 일그러진 앞바퀴는 고쳤지만 막상 타보니 타이어며 튜브, 브레이크 같은 소모품들의 손상이 심해 긴 거리를 달릴 수는 없었다. 체인과 페달, 브레이크에서는 삐걱거리는 소리가 났고, 아침에 넣은 바람이 밤이 되면 다 빠져 있을 때도 있었다. 결국 부품을 새로 구해야 했고, 그것들을 모두 주워야 한다면 완전히 보완하는 데까지 최소 몇 주는 걸릴 것 같았다. 하지만 이상하게도 그런 작업이 지겹지는 않았다. 묵묵히 부품을 찾고 수리하는 일은 오히려 생산적인 일처럼 느껴졌고, 그래서 즐거웠다.

최악의 경우 튜브는 새로 살 각오도 하고 있었다. 그러던 중 쓰레기봉투를 들고 빈 캔을 주우러 다니다가 평소에는 잘 가지 않던 길로 접어들었을 때, 불법 투기된 쓰레기 더미 속에서 반쯤 부서진 자전거를 발견했다. 다행히 타이어는 크게 손상되지 않아, 그 부품을 써서 마침내 수리를 마칠 수 있었다. 자세히 보니 자전거의 프레임 디자인도, 빨갛게 칠해진 도장도 제법 멋져 보였다.

자전거 수리가 끝날 무렵엔 이곳에 온 지 벌써 한 달이 지나 있었다. 금속을 주워 파는 일도 점점 익숙해져서 예전보다 수입이 늘었고, 요령이 생기다 보니 다른 사람들이 잘 가지 않는 곳에서도 금속을 회수할 수 있었다. 그리고 최소한의 식비를 제외한 남은 돈은 모두 저금해 두었다.

자전거에 빈 캔을 담는 쓰레기봉투를 묶어두면 이동 범위를 생각했을 때 지금의 두 배는 벌 수 있다. 그래서 수리한 자전거를 타고 지금까지는 걸어서 다녔던 빈 캔 줍기를 다시 시작했다. 자전거가 더는 망가지지 않는 걸 확인한 뒤에는 아예 먼 동네까지 나가 보았다. 처음 보는 남자가 나를 찾아온 건 그로부터 약 한 달 뒤의 일이었다.

그 역시 노숙자였지만 다른 동네에 거처가 있다고 했다. 그의 말을 들어보니, 그곳은 내가 얼마 전부터 자전거로 빈 캔을 줍기 시작한 바로 그 동네였다. 나에게 볼일이 있어 어렵게 여기까지 찾아왔다며 여러 번 화를 냈다. 나름 조심했다고 생각했는데, 그는 내가 자기들 구역을 침범했다고 주장했다.

평소처럼 빈 캔을 주운 뒤 자전거로 돌아오니, 하마 씨와 노하라 씨가 처음 보는 사람과 이야기를 나누고 있었다. 우리와 같은 부랑자라는 건 분위기만 봐도 단번에 알 수 있었다. 처음엔 두 사람의 아는 사람인가 싶어 대수롭지 않게 지나치려 했지만, 내 모습을 보자마자 노하라 씨가 나를 불렀다.

"너 사고 쳤어. 다른 동네에 사는 녀석이 구역 침범당했다며 난리더라."

"네?"

사정을 듣고 나니 당황스러웠다. 나는 전혀 그런 자각이 없었고, 그래서 도대체 뭘 어쩌라는 건가 싶기도 했다. 하지만 구역을 침범했다고 주장하는 그 남자는 내가 자전거를 옆에 세우는 걸 보자마자 "저 자식이야, 저 자식!" 하고 소리를 지르며 난리를 피웠다. 그 상황에서 대화를 시도하는 건 무리였다.

자전거가 생긴 뒤로는 예전보다 훨씬 넓은 범위에서 빈 캔을 줍고 있었다. 그리고 오늘 나타난 이 남자는 그 근처에서 활동하던 노숙자였고, 최근 들어 빈 캔 수입이 줄었다고 주장했다.

"왜 그런가 했더니, 너 때문이었어. 네가 전부 가져가니까 그렇잖아!"

그는 침을 튀기며 거칠게 다그쳤지만 나는 뭐라고 대답할 말이 없었다. 상대는 키가 나보다 작고 체격은 둥글둥글한 편이었다. 분노를 터뜨리며 나를 잡아먹을 듯 몰아붙였지만, 먹고살기 힘들다고 따지러 온 사람치고는 잔뜩 살이 찐 모습이 어딘가 의아했다. 노숙자들 사이에서 구역 문제가 얼마나 중요한 일인지 나는 아직 실감해본 적이 없었다. 그래서 내 입장에서는 딱히 잘못했다는 생각이 들지 않았고, 갑자기 나타난 그가 대체 뭘 원하는 건지 이해할 수 없었다.

"죄송합니다. 제가 여기 온 지 얼마 안 돼서 잘 모르거든요. 앞으로 그쪽 구역엔 안 갈게요. 다음부터는 꼭 주의할 테니까, 주우면 안 되는 장소를 좀 알려주세요."

일단 남의 구역에서 캔을 가져간 건 사실이었으니, 내 잘못이라는 건 빠르게 인정했다. 그리고 성의껏 사과도 했다. 재발 방지를 약속하면서 앞으로는 주워가면 안 되는 장소를 정확히 메모해둬야겠다는 생각도 들었다. 하지만 상대는 내 말을 들은 척도 하지 않더니 "내가 우습게 보이냐? 어!" 하고 소리치며 머리를 툭 쳤다. 더 이상 참지 못한 나는 '뭐야, 할 말 다 들어줬더니 때려? 이 꼰대가……' 하며 속으로 혀를 찼다.

아주 오랜만에 신문 배달을 하던 시절 열심히 사과했던 날이 떠올랐다. 배달 시간이 조금 늦었다는, 대수롭지 않은 이유로 심하게 혼이 났던 날이었다. 잠옷 차림의 고객이 시계도 보지 않고 고래고래 소리를 질러댔던 걸 보면 아마 휴일이었을 것이다. 내용도 없는 일장 연설을 한참 듣고 있자니, 나중엔 '회사에서 스트레스를 많이 받았겠지, 자기 자식들도 저런 부모는 싫어하겠네' 싶은 생각이 들 정도로 마음이 느긋해졌다. 당시엔 내 실수에 주눅 들어서가 아니라, 아무 말도 하지 못한 채 사과할 수밖에 없었던 상황이 너무 억울했다. 결국 참다 못해 뒤에서 눈물까지 흘리고 말았다. 물론 혼을 낸 사람이 무서워서 운 건 아니었다.

사과를 마치고 돌아오는 길, 함께 가준 상사에게 조금이나마 내 입장을 변명해보려 했지만 말할 기회조차 주지 않았다. 이게 사회고 어른들의 세계라는 식의 편리한 논리로 단번에 일축당했기 때문이다. 고객 앞에서는 꾹 참았는데, 정작 회사에서는 내 입장을 조금도 이해해주려 하지 않았다. 오히려 중간부터 태도가 불손했다며 고압적으로 훈계하던 상사의 모습을 보면서 복잡한 심정이 들었다.

하지만 지금은 그때와 다르다. 예전처럼 회사와 고객 간의 일방적인 갑을관계가 아니라 굳이 따지자면 대등한 동업자 관계에 가깝다. 상대가 이런 식으로 나온다면 나도 받아칠 준비는 되어 있었다. 평소 쌓아둔 울분이라면 내가 훨씬 더 많다고 자신할 수 있었으니까. 애초에 우리는 그냥 경쟁자일 뿐이다. 상대의 이야기를 들어줄 수는 있어도 일방적으로 불만이나 비난을 받아들여야 할 이유는 없다.

상대는 흔히 말하는 거지였다. 그것도 가게에 트집을 잡아 공짜로 음식을 얻어내려는 부류처럼 보였다. 누군가 먹다 남긴 음식이나 상하기 시작한 제품은 거들떠보지도 않으면서, 굳이 폐기 직전 상품만 골라 억지로 받아내려는 어딘가 사치스러운 거지라고 해야 할까. 일도 하지 않으면서, 자존심도 끝까지 내려놓지 못하고 있었다. 무엇보다 같은 극빈층이라고 보기엔 만두처럼 부풀어오른 얼굴과 몸매가 마음에 들지 않았다.

짜증이 점점 커져가던 와중에도, 가까이 다가오며 거칠게 다그치는 상대에게 나는 일절 대응하지 않고 침묵을 지켰다. 그런 태도가 마음에 들지 않았던 모양이다. 다음 순간 폐기 만두는 "뭐야, 그 태도는" 하고 내 왼팔을 툭 건드렸다. 그 반동에 살짝 몸이 무너진 틈을 타, 나는 손에 들고 있던 것을 그대로 그에게 던졌다.

"야! 코이치!"

바로 소리치며 나를 말린 건 노하라 씨였다. 아마 진작부터 이곳에 감도는 일촉즉발의 분위기를 느끼고 있었던 모양이다. 폐기 만두가 내 팔을 건드리자마자 내가 물불 가리지 않고 달려들려는 걸 노하라 씨가 재빨리 막아섰다. 나는 이를 악문 채 눈앞의 폐기 만두에게 욕을 퍼붓기 직전이었지만, 그보다 먼저 노하라 씨가 입을 열었다.

"진정해, 멍청한 녀석아. 그건 절대 하면 안 돼!"

노하라 씨는 그렇게 말하며 나를 타일렀고, 곧바로 고개를 돌려 폐기 만두에게도 말했다.

"당신도 마찬가지야. 무슨 일이 있어도 손대는 건 아니지.

그런 짓을 하면 대체 누구보고 수습하라는 거야? 여기서 싸움이라도 벌어지면 제일 곤란해지는 건 아무 상관도 없는 우리라고. 부탁이니까 제발 다른 사람한테 피해 가는 짓은 하지 마."

제삼자인 노하라 씨가 나서서 말해준 덕분인지 폐기 만두는 여전히 궁시렁거리긴 했지만 조금은 냉정을 되찾은 듯 보였다. 나 역시 그런 그의 모습을 보며 머릿속의 열기를 가라앉혔다.

"코이치, 돈을 줘. 네가 벌었던 만큼의 돈을."

그 교착 상태를 깬 건 지금까지의 상황을 묵묵히 지켜보고 있던 하마 씨였다. 평소에는 한두 마디 정도만 내뱉는 조용한 인상이었기에, 이가 빠진 입으로 그런 진지한 말을 꺼낸 것이 의외였다.

"돈이라뇨."

바보처럼 말을 되뇌다가 뒤늦게 그 뜻을 이해했다. '왜?'라는 눈치 없는 의문이 목구멍까지 치밀어 올랐지만 지금은 그런 말을 꺼낼 상황이 아니라고 느꼈다. 다른 사람의 구역을 침범한 것에 대한 사과, 그리고 그 구역에서 번 수익을 아무 대가 없이 넘기는 일. 논리적으로는 납득이 갔지만 감정적으로는 도무지 받아들일 수 없었다. 그건 내가 번 돈이니까. 폐기 만두는 자기가 멋대로 정한 구역을 침범했다며 소란을 피우고 있을 뿐이다.

하지만 하마 씨와 노하라 씨 입장에서 보면 이건 어디까지나 남의 일이었다. 그들에게 중요한 건 분쟁을 원만히 수습하는 것이었고, 내가 번 현금을 폐기 만두에게 넘기기만 하면 누구도 더는 불만을 갖지 않을 것 같았다. 폐기 만두 역시 그걸로 물러날 구실이 생겼다고 여긴 건지, 양보하겠다는 태도를 보이고 있었다.

몇 초 고민하다가 결국 고집을 꺾었다. 괜히 여기서 맞서다가 주위에 피해를 끼치고 안식처를 잃는 쪽이 훨씬 큰 손해였다. 심호흡을 한 번 하고, 돈을 주기로 결정했다. 하지만 구역의 범위가 정확히 어디까지냐고 다시 묻자, 그는 애매한 지명만 빠르게 늘어놓을 뿐이었다. 그는 내 싸구려 지갑에만 관심이 있는 듯했고, 내가 건넨 2천 엔이라는 거금에도 트집을 잡았다.

"겨우? 좀 더 있을 거 아냐."

"아니, 이것밖에 없다니까요."

"네가 전부 주워갔잖아. 내가 모를 줄 알아?"

그런 적은 없다. 상대는 분명 거짓말을 하고 있었다. 나도 구역 문제를 어느 정도는 고려했기 때문에 새로 간 장소에서 통째로 털어온 적은 없었다. 폐기 만두가 말한 구역 안에서 벌어들인 금액도 하루에 몇백 엔 정도였다. 2천 엔이면 그가 회수하기에 적당한 금액이었다. 하지만 상대는 내가 훨씬 더 많이 벌었다는 피해망상에 사로잡혀 계속해서 물고 늘어졌다.

내키지는 않았지만 결국 500엔 정도를 더 얹어 주고 돌려보냈다. 그런데도 폐기 만두는 고맙다는 말 한마디 없이 끝까지 투덜댔다. 자기 구역으로 돌아가는 그의 뒷모습을 보자, 뼈가 부러질 만큼 세게 걷어차고 싶은 충동이 올라왔지만 간신히 억눌렀다. 나는 더욱 얇아진 지갑을 누구에게도 뺏기지 않겠다는 듯 주머니 깊숙이 찔러 넣었다.

"왜 돈까지 줘가면서 해결해야 했던 건가요?"

상황이 정리된 뒤, 나는 눈앞에 서 있는 하마 씨에게 물었다. 아직 분이 안 풀린 내 목소리에 옆에 있던 노하라 씨가 "좀 가라앉혀" 하며 동정하듯 어깨를 두드렸다.

왜 일이 이런 식으로 해결된 건지 어렴풋이 이해하고 있었다. 물론 하마 씨와 노하라 씨도 나와 직접적인 관계가 있는 사람은 아니었기에, 노하라 씨가 폐기 만두에게 '곤란해지는 건 아무 상관도 없는 우리들이다'라고 했던 말도 공감은 했다. 하지만 그런 관점에서 보면 애초에 나와 상관없는 사람인

하마 씨가 '돈을 줘'라고 내게 지시한 것이 유일한 불만이었다. 그 상황을 원만히 해결하고 싶어 했던 건 주위 사람들이지 나는 아니었다. 적어도 납득할 만한 대답은 듣고 싶었다.

"열심히 일해서 돈을 번 건 저고, 저 사람은 한발 늦어서 허탕 친 동업자일 뿐이잖아요. 먼저 줍는 사람이 임자인 거고요. 애초에 저 사람이 거기가 자기 구역이라고 주장하는 근거도 애매해요. 그건 그냥 자기 생각일 뿐이고, 다른 사람들도 같은 장소를 자기 구역이라고 생각할 수 있잖아요. 그리고 항의하러 오면 무조건 미안하다고 하면서 돈을 줄 건가요? 그런 식으로 가다간 끝이 없잖아요. 애초에 그 누구 소유도 아닌 쓰레기를 줍는 건데, 나중에 온 사람이 이건 자기 거라고 끼어들어 빼앗는 게 말이 되냐고요. 저 사람이 저를 만만하게 보고 거짓말을 하는 걸 수도 있고요."

잠시 숨을 고른 뒤, 이번에는 체념에 가까운 목소리가 흘러나왔다.

"이런 식이면 목소리 큰 사람이 다 이기는 거잖아요."

하마 씨는 내 말을 묵묵히 듣고 나서, 평소처럼 먼 허공을 바라보는 듯한 눈빛으로 대답했다.

"코이치, 이건 노숙자들한테는 사활이 걸린 문제야. 자기 구역의 물건을 빼앗긴다는 건 최소한의 생활이 위협받는 거라 무서울 수밖에 없어. 그래서 아까 그 사람 주장도 충분히 이해가 돼. 그 사람도 너한테서 모든 걸 빼앗으려는 건 아니야. 그러니까 너도 모르는 사이에 빼앗은 만큼, 그가 평소에 벌던 수입 정도를 돌려준 것뿐이야."

"하지만 아까 건네준 2,500엔도 제가 빼앗은 돈이 아니잖아요. 몇 시간, 며칠에 걸쳐 번 돈이에요."

"맞아. 하지만 그 돈이 정말 너한테 꼭 필요한 최소한의 돈이니?"

"그건 아니긴 하죠."

"돈을 많이 벌고 싶으면 정상적인 일을 해야지. 사회에서 일을 못 하게 된 사람들이 맨 마지막으로 하는 일인데, 다른 사람 구역을 억지로 침범하는 건 절대 안 돼. 다들 이 일밖에 할 수 없으니까, 그마저 빼앗으면 안 되는 거야."

연장자인 하마 씨의 말에는 묘한 설득력이 있었다. 하지만 나도 누군가를 일부러 희생시키며 돈을 벌려던 건 아니었다. 나 역시 내 불안을 해소하려는 순수한 마음으로 열심히 일했을 뿐이다. 그게 어쩌다 잘못된 방향으로 흘러간 것뿐이었다.

분노할 대상조차 찾을 수 없게 되자 고조됐던 감정은 서서히 가라앉았다. 이번 분쟁에서 중재에 나서준 하마 씨와 노하라 씨에게는 사과와 감사의 인사를 전한 뒤, 나는 골판지 상자 안 어둑어둑한 방에 틀어박혀 계속 생각했다. 이번 일에서 정말 나쁜 사람이 누구였는지, 이 문제에 납득할 만한 정답이 과연 있었는지를. 이런 기분으로는 도무지 무언가를 할 마음이 생기지 않았다.

잠도 들지 못한 채 방 안에 누워 있는데, 저녁 무렵 벽을 두드리는 소리가 들려왔다. 처음 만들었을 때보다 꽤 튼튼하게 보수하긴 했지만 골판지로 된 좁은 방이라 노크 소리가 진동처럼 방 안 가득 퍼졌다. 조용히 얼굴을 들었더니 익숙한 목소리가 들렸다.

"야, 자냐?"

아까 낮, 사건 현장에는 없었던 미우라 씨의 목소리였다. 몸을 살짝 움직여 방 안에서 얼굴을 내밀자, 뭔가 즐거워 보이는 표정의 미우라 씨가 그곳에 서 있었다. 평소 입던 낡은 재킷 주머니에 손을 찔러넣은 채, 그는 나와 시선을 맞추려는 듯 쪼그려 앉았다.

"들었어. 너 옆 동네까지 가서 다른 사람 구역을 침범했다며?"

아니나 다를까 예상했던 화제를 꺼내는 미우라 씨를 보며 "아……" 하는 한숨이 새어나왔다. 이걸 또 어떻게 설명해야 하나 싶은 귀찮음과 별로 떠올리고 싶지 않은 기억을 억지로 끄집어내는 기분에 흘러나온 한숨이었다.

미우라 씨가 '다른 사람 구역을 건드렸냐?'고 물었을 때 내가 느꼈던 감정이 아직도 선명하다. 폐기 만두가 날 다그치던 표정, 노하라 씨가 순간적으로 설득하던 모습, 하마 씨의 엄정한 대응까지. 그로부터 반나절이 지났지만 지금도 나는 여전히 혼란스러울 뿐이다.

"정말 큰 실수를 했더라고요. 나쁜 의도는 아니었는데, 그 구역 노숙자가 여기까지 와서 엄청 화를 냈어요."

이야기를 듣고 싶어 하는 미우라 씨에게 담담히 설명하자 그는 "으음" 하며 약간 진지한 태도를 보였다. 내가 풀이 죽은 모습을 보이자 놀리려던 장난기까지 사라진 듯했다. 어딘가 동정하는 듯한 표정으로 "그랬냐" 하고 말을 이었다.

"그건 네가 잘못했네. 그래서 어떻게 수습한 거냐?"

"음, 그게 말이죠. 하마 씨가 나서주셔서 잘 해결됐어요. 이곳에 와서 사죄 같은 걸 해본 건 처음인데 하마 씨와 노하라 씨 덕분에 무사히 수습할 수 있었어요."

내가 솔직히 말하자 미우라 씨는 의외라는 표정으로 잠시 말을 멈추었다.

"그랬냐. 그럼 나중에 고맙다는 인사는 제대로 해야겠네."

거리를 붉게 비추는 태양이 이제 곧 저물 시간이었다. 어둠 속에 사는 사람들의 밤은 다른 이들보다 훨씬 어둡다. 대화를 마친 미우라 씨는 몸을 일으키더니 다시 골판지 상자 안에 누우려던 내게 일어나라는 손짓을 했다.

"커피 정도는 사줄 수 있어. 지금 돈 없을 거 아냐."

그 말을 듣고 미우라 씨를 올려다보았다. 뭐지, 내가 폐기 만두한테 돈을 뜯긴 걸 알고 있었던 걸까? 그 말을 꺼낸 사람은 아마 노하라 씨일 것이다. 이런 식이라면 내 비참함을 드러내지 않으려고 하마 씨 핑계를 댄 것도 무의미하다. 게다가 나는 커피를 별로 좋아하지 않아 미우라 씨의 제안이 전혀 매력적이지 않았다.

"신경 안 쓰셔도 돼요."

반쯤 꼬인 심사로 대답하자 미우라 씨는 과장되게 어깨를 으쓱였다.

"뭐야, 커피도 못 마시냐?"

"그런데요."

"일관성이 있네. 그럼 뭐는 마실 수 있는데?"

"과일 주스요."

이야기를 들어주겠다는 그를 따라 나섰다. 우리는 한동안 서로 대화도 없이 조용히 있었다. 언젠가 처음 걷기 시작했던, 눈 내리는 밤에 비하면 요즘 바깥은 그렇게 춥지 않았다.

앞서 걷는 미우라 씨에게 내가 먼저 말을 건넨 건, 장바구니를 든 엄마와 아이가 우리 곁을 스쳐 지나갔을 때였다. 그들은 오늘 저녁 메뉴인지 스튜에 대해 즐겁게 이야기를 나누고 있었다.

시간과 노력을 들여 직접 번 돈을 쉽게 빼앗기는 일이 당연히 괜찮을 리 없다. 이번 사건이 이미 지나간 일이라는 건 알지만 아직도 불쾌한 기분이 완전히 사라지진 않았다. 상대가 무조건 나쁘니까 정의를 실현해야 한다는 극단적인 생각은 아니었다. 그보다 이런 일은 결국 감정의 문제였다.

"하마 씨가 구역을 침범하면 안 되는 이유를 설명해주셨어요. 저는 그 말이 맞다고 생각해서 그때는 얌전히 있었고요. 하지만 가만히 생각해보니 그때의 제 본심은 그 이유를 듣고 싶었던 게 아니었던 것 같더라고요."

미우라 씨는 귀 기울여 듣는 듯했지만 대답은 하지 않았다. 그래서 괜히 혼자 허무한 기분이 들지 않도록 도로 쪽으로 시선을 돌리며 말을 이었다.

"자기 구역을 침범당했다고 하는 사람 말인데요. 저한테 오기 전부터 제가 어리다는 걸 알고 있었어요. 그래서 처음부터 고압적으로 혼내려 들더라고요. 예를 들어 자기 구역을 침범한 게 야쿠자 같은 녀석들이라서 돈벌이를 위해 경트럭으로 금속을 싹 쓸어갔다고 해봐요. 그랬다면 그 사람도 찍 소리 못했을 거예요. 그리고 노하라 씨나 미우라 씨처럼 나이가 비슷한 또래였다면 좀 더 부드럽게 말했을 것 같고요. 돈을 준 게 싫다는 말이 아니에요. 자기보다 훨씬 어리다는 걸 알고, 자기보다 불리한 입장이라는 이유로 마구 화를 내는 그런 인간성이 마음에 안 들어요. 그걸 그냥 내버려 둔 채 거의 편법 같은 방법으로 일이 해결된 게 석연치 않고요. 뭐랄까요, 목소리가 큰 쪽이 더 유리하게 흘러가는 그런 풍조가 싫어요."

내 일방적인 이야기가 끝나자 미우라 씨가 조용히 말했다.

"뭐, 사회에 나가면 그런 일들이 잔뜩 있을 거야. 얼른 익숙해져야지."

그 말을 들으니 지금은 옷깃과 소매에 까맣게 때가 낀 재킷을 입은 미우라 씨에게도 분명 사회인으로서의 경험이 있었을 거란 생각이 들었다. 이 사람의 과거에 대해서는 아는 게 없다. 내 이야기를 들어준 것만으로도 고마웠다. 하지만 지금은 불쾌한 감정이 더 앞섰다.

"제가 듣기 싫은 말을 좀 해도 될까요?"

"듣기 싫은 말?"

나를 포함한 노숙자들은 각기 다른 사연을 안고 지금 이 길거리 생활을 하고 있다. 그중에서도 일하려는 의지만 있으면 얼마든지 일할 수 있는 사람들은 알게 모르게 사회에 대한 죄책감을 품고 있었다. 인간은 단순하지 않아서 굳이 신경 쓰지 않아도 될 일에까지 신경을 쓰기 마련이다. 그래서인지 지금처럼 아주 사소한 일도 거슬릴 만큼 예민해진 상태에서는, 미우라 씨가 하는 말들이 모순처럼 들렸다.

"그런 모순에 익숙해지라는 말이 허무하게 들리네요. 그런 허무함을 뼈저리게 느꼈기 때문에 다들 이 생활을 선택한 것 아닌가요?"

후회라는 감정은 늘 자신의 행동을 되돌아볼 때 느껴지기 마련이다. 내 입장에서는 그렇게 과격한 말이 아니라고 생각했지만 막상 입 밖에 내고 나니 너무 건방진 소리처럼 들렸다. '망했다'는 생각이 반사적으로 스쳤다.

바로 사과해야겠다고 생각했지만 그보다 먼저 미우라 씨가 "그래" 하고 중얼거렸다. 의외로 분노나 불쾌함은 느껴지지 않는 목소리였다.

"확실히 듣기 싫은 말이군. 나도 싫다."

설교부터 들을 줄 알았는데 진심으로 공감해줘서 오히려 기뻤다. 미우라 씨는 길가 자판기 앞에서 멈춰 섰다. 주변은 어두워지기 시작했고 자판기의 희미한 푸른 빛이 음료수 견

본품을 애써 비추고 있었다. 커피도 있었고, 내가 원했던 과일 주스도 있었다. 미우라 씨는 잔돈을 세며 '이 생활을 선택했다'는 말에는 굳이 토를 달지 않고 음료수 두 개를 뽑았다. 오랜만에 달콤한 주스를 마시고 싶었던 나는 순순히 차가운 캔을 받아들였다. 잠깐의 침묵 후 미우라 씨가 입을 열었다.

"너, 요즘 열심히 하더라."

아무리 불만을 털어놔도, 그에 대한 조언이나 명확한 해답을 바란 건 아니었다. 그런 건 스스로 찾아낼 수 있으니까. 그래서 미우라 씨가 짧게 위로해줬을 때, 나는 단지 내 이야기를 들어줄 누군가가 필요했을 뿐이라는 생각이 문득 들었다. 그 뒤로도 한동안 대화는 이어졌다. 불만을 토로하는 한편 실수를 줄이는 요령이나 미우라 씨의 경험을 과감히 묻기도 했다. 개인적으로는 '열심히 하더라'는 말을 들은 순간부터 마음이 어느 정도 정리된 것 같았다.

"감사합니다. 그리고 죄송해요. 아까는 좀 건방진 소리를 했네요. 이번 일도 사실 제가 잘못했다는 거 알고 있어요. 감사합니다, 이야기 들어주셔서."

대화를 마치고 감사의 뜻으로 고개를 숙이자 미우라 씨가 "뭐야, 하고 싶은 말 다 한 거야?" 하며 캔에 남은 커피를 한꺼번에 들이켰다. 도로를 달리는 차들의 전조등과 후미등이 미우라 씨의 등을 비추며 스쳐 지나갔다. 생각해보니 돈을 벌기 위해 매일 빈 캔을 만지면서도 새 제품을 들고 마시는 건 정말 오랜만이었다. 추위에 굳은 손으로 캔의 묵직함을 새삼 느끼며, 한 모금 한 모금 차가운 오렌지 주스로 메마른 목을 축였다.

그날 이후로 구역을 더욱 신경 써가며 빈 캔을 주웠다. 성가신 일에 휘말렸음에도 바로 일을 시작할 수 있었던 건 억울함이나 돈에 대한 집착 때문이 아니었다. 결국 아무것도 하지 않는 시간이 육체적으로나 정신적으로 가장 해롭다고 느꼈기 때문이다. 내가 시간을 보내는 오락거리라 해봤자 노트 한쪽에 간단한 그림을 그리는 정도였고, 누구와도 엮이지 않고 묵묵히 움직일 수 있는 빈 캔 줍기를 하다 보면 기분이 꽤 편해졌다. 일을 해서 돈을 벌면 그것만으로도 자책감은 사라졌다. 특히 고등학교 교복을 입은 학생들을 볼 때마다 무언가에 쫓기듯 더 열심히 몸을 움직이고 싶어졌다.

하마 씨가 감기에 걸린 건 그로부터 한 달 뒤였다. 따뜻한 날씨가 계속되나 싶더니 갑자기 날이 흐려지고 기온이 뚝 떨어진 게 원인이었을 것이다. 목이 상한 하마 씨는 목소리를 거의 낼 수 없었고, 주변에서 걱정하는 노숙자들과도 손글씨로 소통할 수밖에 없었다.

"하마 씨, 하마 씨! 일어났어요?"

하마 씨가 감기에 걸리자마자 나는 시중에서 파는 약과 영양가 있는 음식을 사서 찾아갔다. 물론 내 돈으로 산 것이고 보답 같은 건 바라지 않았다. 하마 씨는 골판지 상자 틈새로 힘없이 몸을 일으키며 몽롱한 눈으로 나를 바라보았다. 원래 지병이 있다는 것도, 체력 소모 때문에 대화가 어려운 상태라는 것도 알고 있었다. 그래서 나는 일방적으로 "약이랑 마실 것 좀 사 왔어요"라고 말하고는 조용히 비닐봉지를 건넸다. 그는 받기를 주저했지만 내가 "돈은 됐고요"라고 분명히 말하자 뼈마디가 불거진 손으로 조심스럽게 받아들였다.

하마 씨는 심이 많이 닳아 없어진 연필과 메모장을 꺼내더니, 지렁이 기어가는 듯한 글씨로 '고마워'라고 써서 내게 건넸다. 그 모습을 보며 언젠가 하마 씨에게 훈계받았던 말이 떠올랐고, 나는 건방지게 웃으며 대답했다.

"이런 상황을 대비해서 돈을 열심히 모은 거거든요, 저는."

그 말을 남기고 돌아가려는데, 하마 씨가 골판지 상자 끝을 툭툭 치며 다시 나를 불렀다. 아직 할 말이 있는 듯해 나는 조용히 기다렸다. 글을 다 쓰는 데 시간이 좀 걸렸지만, 건네받은 메모는 짧았다.

'미안하다.'

삐뚤빼뚤한 글씨 탓에 더욱 서글프게 느껴지는 말이었다. 조금 울 것 같은 그의 표정을 보자 나는 괜히 공격적인 말을 했다는 생각이 들었다. 그리고 그 말이 하마 씨에게서 들었던 마지막 말이라는 사실을 떠올릴 때마다, 가슴이 아프게 죄어 온다.

바람이 세게 부는 밤이 지나고, 다음 날 아침. 하마 씨의 골판지 상자 집 지붕이 사라진 것을 발견했다. 애초에 한 장의 폐자재로 둘러싼 작은 침상 같은 형태였기에 어젯밤 같은 강한 바람에 무너진 건 이상할 것도 없었다. 하지만 문제는 반파된 상자 안에서 하마 씨가 여전히 잠들어 있다는 사실이었다.

그곳에는 호흡조차 없이 조용히 잠든 하마 씨가 있었다. 이제는 괴로워 보이는 표정도 짓지 않았지만, 우리의 부름에도 아무런 반응이 없었다. 인간의 사후경직을 직접 목격한 건 그때가 처음이었다.

미우라 씨에게 들은 바로는 하마 씨 같은 처지의 사체를 '행려사망인(行旅死亡人)'이라고 부른다고 한다. 이 말은 의미상 그 지역에 사는 주민이 아니라 여행 중에 사망해 주변에 사망자의 정보를 아는 사람이 없는 경우를 가리킨다. 물론 모든 사람이 이 정의에 딱 들어맞는 것은 아니지만, 오랜 세월 노숙자로 살아온 하마 씨는 고향으로 돌아가지 못한 채 오늘까지도 여행을 계속해온 것인지도 모른다. 결국 하마 씨는 약 40년 동안 방황하던 길 위에서 오늘, 우연히 숨을 거둔 셈이다.

하마 씨의 죽음을 발견한 뒤, 옆에 있던 노하라 씨가 중얼거린 말이 인상적이었다.

"역시 이제 한계였던 건가."

확인해보니 내가 어제 건넸던 감기약과 음식, 음료수는 일단 모두 섭취한 상태였다. 하지만 쇠약해진 하마 씨의 몸에는 약도 영양도 큰 도움이 되지 못했을 거라는 생각이 들었다. 하마 씨의 사체를 관청에서 수거하고, 길 위에서 그의 물건이 철거되는 모습을 보면서 느낀 것은 깊은 후회였다.

경찰에 연락한 사람은 나였다. 미우라 씨의 지시에 따라 근처 공중전화를 사용했다. 거부할 만한 적당한 변명도 없었기에, 동요를 숨기며 하마 씨가 사망한 장소의 주소를 알렸다. 다행히 경찰은 수상하게 여기지 않았다. 하지만 신고를 마친 후에는 모든 책임을 다른 이들에게 떠넘기고, 나는 그날 온종일 집락으로 돌아가지 않고 다른 곳으로 도망쳤다.

'미안하다.'

마지막 남은 기력으로 적었을 사죄의 말이 가슴을 깊이 후

벼팠다. 하마 씨가 살던 장소는 철거되었지만 오랜 세월 눌러살았던 흔적은 여전히 남아 있었다.

"나, 하마 씨한테 고맙다는 말, 정작 제대로 한 번도 못 했네."

유품이라고도 할 수 없는 물건을 정리하며 그런 후회가 자연스레 흘러나왔다. 이건 남 일이 아니었다. 그래서 나는 그 자리에 멈춰서고 말았다. 하마 씨의 죽음과 함께 느낀 건, 이 생활에 한계가 왔다는 사실이었다.

하마 씨는 향년 79세였다. 하루 벌어 하루 사는 생활을 시작한 것은 30대 후반 무렵이었다. 본인이 언젠가 들려준 이야기로는, 돈을 벌기 위해 고향을 떠나 인력시장으로 나갔지만 육체 노동이 점점 힘들어지면서 어쩔 수 없이 길거리 생활을 시작했다고 한다.

젊은 시절 도박에 빠져 저축한 돈도 없었고 심적으로 의지할 만한 가족도 없었다. 아무 생각 없이 시대를 떠도는 듯했고, 마지막에는 분명 자신에게도 행복이 찾아올 거라고 입버릇처럼 되뇌었다. 그건 종교적인 구원이라기보다 도박에 가까운 선언이었던 것 같다. 길거리 생활을 하며 거리의 평범한 사람들을 멍하니 바라보는 하루하루를 보내면서, 정말 좋은 일이 생길 거라 믿었는지는 알 수 없다. 하마 씨는 시간의 흐름을 분명 나와 다르게 느꼈을 것이다. 결국 80번째 여름을 맞지 못한 하마 씨가 인생이라는 승부에서 승리했는지는 죽기 직전의 하마 씨 말고는 아무도 알 수 없게 되었다.

"저기, 인력시장이 뭐예요?"
하마 씨가 살던 자리에는 누군가 가져다 놓은 작은 꽃이 있었다. 그 광경을 바라보며 하마 씨의 과거를 들려주던 노하라 씨에게 물었다. 맥주 상자 위에 앉아 있던 노하라 씨는 "아, 넌 모르는구나" 하며 인력사무소에 대해 자세히 설명해주었다.

"일용직 노동자를 연결해주는 곳이야. 주로 건설 현장으로 가서 일을 하지. 해가 뜨기도 전에 이른 아침부터 사람들이 우르르 모여들고, 건설 회사에서 제공한 차에 닥치는 대로 올라타는 거야. 거기서 실어나른 현장에서 일을 하고, 끝나면 제법 괜찮은 일당을 받지. 하마 씨도 예전엔 거기서 일했는데, 역시 체력이 많이 필요한 일이다 보니……."

하루 노동으로 얼마나 받느냐고 묻자 날마다 다르지만 최소 1만 엔은 준다고 했다. 일용직이라도 꽤 오랜 시간 일해야 해서 시급으로 환산하면 천 엔이 채 안 되지만, 지금처럼 금속을 줍는 것보다는 훨씬 안정적인 일이라는 생각이 들었다.

"거기, 지금도 여나요?"

"당연히 열지. 여기서 조금 떨어진 곳이긴 한데. 그래, 코이치는 거기서 일하는 게 더 나을 수도 있겠네. 아직 젊으니까. 미안하다, 미리 알려줄 걸 그랬네."

노하라 씨도 몇 차례 일용직으로 일한 경험이 있다고 설명해주었다. 일의 내용은 편차가 커서 운이 없으면 꽤 힘든 현장에 가야 한다고 했다. 하지만 지금처럼 계속 빈 캔을 찾아 돌아다니는 생활과 비교하면 일용직을 주저할 이유는 전혀 없었다. 일용직이라면 내 과거에 대해 묻지 않을 것이다. 또 적지 않은 임금을 받을 수 있고, 일터에 따라 아침과 점심 식사가 제공된다고 했다. 주변에는 저렴하게 묵을 수 있는 여관도 있다고 했다. 나는 지도를 펼쳐놓고 금속 줍는 구역을 메모한 위에 노하라 씨가 알려준 지역 이름에 동그라미를 쳤다. 하지만 다음 목적지를 찾았다는 안도감과 함께 의문도 함께 들었다.

"저기, 물어봐도 될지 모르겠는데요. 노하라 씨나 미우라 씨는 왜 거기서 일하지 않으세요? 제대로 된 식사도 할 수 있고, 돈도 많이 받고, 잘 곳도 있잖아요."

올바른 지도의 뒷면에서

무례할 수도 있는 질문에 노하라 씨는 "아……" 하며 잠시 생각에 잠겼다가 이렇게 대답했다.

"뭐랄까. 이젠 어렵거든, 그런 게."

"몸이 안 좋아져서 그런가요?"

"아니, 그런 거랑은 좀 달라."

노하라 씨는 노숙자들 사이에서도 꽤 사교적인 사람이었다. 그래서 그가 사회로 돌아가지 못하는 이유가 쉽게 이해되지 않았다. 그런 의문을 에둘러 묻자, 노하라 씨는 말할지 말지 잠시 고민하는 듯 팔짱을 낀 채 천천히 입을 열었다.

"난 얼마 전부터 이 생활을 하고 있어. 그전엔 나도 평범하게 일했어. 공무원이었거든. 이곳과는 먼 지역에서 말이야."

"무슨 일이 있었던 건가요?"

"코이치가 생각하는 그런 피치 못할 특별한 사정이 있었던 건 아니야. 부끄러운 얘기지만 그냥 버거웠던 거지. 근무 시간에 비해 월급은 너무 적고, 오르지도 않았고, 직장 분위기도 나랑은 잘 안 맞았어. 결국 부모님 병간호를 핑계로 도망쳤는데, 두 분이 돌아가신 뒤로는 이렇게 사는 수밖에 없더라고."

노하라 씨의 말은 이해가 되는 것 같기도 했지만 쉽게 받아들이기는 어려웠다. 회사가 망해서 재취업이 힘들어진 것도 아니고, 사고로 장애가 생긴 것도 아니었으니까. 그래서 혹시 그다음에 더 중요한 이야기가 나오려나 싶어 계속 귀를 기울이고 있는데, 노하라 씨는 "그게 다야" 하고 쓴웃음을 지었다.

"뭔가 예전처럼 악착같이 일하던 그 시절로는 도무지 돌아갈 수가 없더라. 돌아가고 싶은 마음은 있는데, 다시 그런 생활을 이어갈 수 있을 거란 자신이 없어. 굳이 말하자면 스스로를 믿을 수가 없는 거지. 그땐 어떻게 그렇게 착실하게 일할 수 있었을까, 나도 참 신기하게 느껴져. 그때의 나는 정말 대단했던 것 같아. 그러니까 결국, 일하던 시절의 내가 오히려 이상했던 거고 지금의 내가 진짜 내 모습인 거지. 코이치처럼 젊은 사람은 아직 이해하기 어려울 거야."

그렇게 중얼거리는 말에 뭐라고 대답해야 할지 알 수 없었다. 지금의 내 상황을 생각해보면 노하라 씨의 이야기가 조금은 이해될 것도 같았다. 하지만 동시에 너무 쉽게 이해해선 안 될 것 같다는 생각도 들었다.

"여기서 사는 인간들은 남들이 보면 쉽게 동정하기 어려운 이유를 가진 녀석들뿐이야."

노하라 씨는 체념한 탓인지 어딘가 달관한 듯한 표정을 짓고 있었다. 아무튼 인력시장에 대해 이야기해준 것에 감사를 표하고, 신대륙을 표시해둔 지도책을 들고 자리에서 일어났다. 그러자 노하라 씨는 혼잣말하듯 미우라 씨에 대해서도 중얼거렸다.

"네 스승님도 똑같아. 그 친구도 마음이 꺾여버렸거든."

내친김에 미우라 씨의 과거도 들을 수 있을까 싶었지만 자세한 이야기는 본인한테 듣는 게 제일이라며 정중히 거절당했다. 알겠다고 고개를 끄덕이긴 했지만, 미우라 씨는 노하라 씨보다 이런 이야기를 꺼내기 어려운 사람이었다. 특별한 기회가 없는 한 내가 먼저 물어보는 일은 아마 없을 것이다.

"하지만 그 친구, 너랑 같이 있을 때는 요즘 좀 즐거워 보이더라."

노하라 씨는 마지막으로 그렇게 한마디를 덧붙였다. 잠시 생각해봐도 마땅히 대답할 말이 떠오르지 않아 "그런가요" 하고 말하며 손에 든 지도로 시선을 피했다.

노하라 씨가 알려준 인력시장에 가려면 두 개의 시(市)를 넘어야 했다. 도보로는 반나절은 족히 걸릴 거리였지만 자전거를 타면 2시간도 채 걸리지 않았다. 처음엔 전철을 탈까도 생각했지만, 인력시장이 문을 여는 이른 아침에 맞춰 도착하려면 첫차로도 늦었다. 그래서 깊은 밤, 이른 시간에 일어나 조용한 국도를 따라 자전거를 달렸다.

노하라 씨에게 인력시장 주변은 치안이 좋지 않다는 얘기를 들었지만, 그날 길가에 세워둔 자전거는 도둑맞지 않았다. 운이 좋았던 걸까 아니면 자전거가 너무 낡아서 눈길조차 주지 않았던 걸까. 도착한 인력시장 주변에는 노숙자 집락이 몇 군데 있었고, 나처럼 빈 캔을 줍기 위해 사용되는 자전거들도 몇 대 보였다.

해가 뜨기 전의 이른 새벽. 노하라 씨가 알려준 인력시장을 제대로 찾아갈 수 있을지 불안했지만 쥐 죽은 듯 조용한 거리 속에서 일부만 활기를 띤 장소를 발견한 순간 그곳이 바로 인력시장이라는 걸 단번에 알 수 있었다. 마치 생선 경매장 같은 분위기였다. 미우라 씨와 노하라 씨 또래의 남자들이 많았고, 여러 명이 모여 잡담을 나누거나 길가에 세워진 밴에 하나둘 올라타는 모습이 보였다. 즐겁게 떠드는 분위기와는 사뭇 다른 느낌이었고, 일하러 온 사람들 사이에는 엄숙한 기운이 감돌고 있었다.

오늘은 어떤 곳인지 보기만 하고 돌아갈 생각이었다. 하지만 서서히 몰려드는 인파에 휩쓸리다 보니 어느새 내 차례가 된 듯했다. 앞에 서 있던 중년 남성이 명부 같은 종이에 이름을 적고는 차에 올라탔다. 그때 내게도 그 명부가 돌아왔고, 들여다보니 정말 이름을 적는 칸밖에 없었다. 일의 내용도,

어디로 가게 되는지도, 노동 시간도 전혀 알 수 없었다. 실명을 적어도 괜찮은 걸까 망설이고 있는데 뒤쪽에서 "빨리빨리 해" 하고 불만 섞인 재촉이 들려왔다. 반사적으로 아무것도 적지 않은 채 "죄송합니다"라고 사과하며 명부를 돌리자 "어? 이름 안 적냐?" 하고 묻는 소리가 들렸다. 잠을 못 자서 피곤할 뿐 사실은 나쁜 사람이 아닐지도 몰랐다. 하지만 나는 "잠깐 볼일이 생각나서요" 하고 대답하며 인파에서 빠져나왔다.

"저기, 이 차는 어디로 가나요?"

차 밖에서 잡담을 나누던, 아마 책임자로 보이는 사람에게 말을 걸었다. 그러자 그는 친절하게도 목적지와 일당 액수, 대략적인 노동 시간을 알려주었다. 점심도 나온다고 하기에 나는 다시 몇 사람 뒤에 줄을 서 명부 맨 아랫줄에 황급히 이름을 적었다. 이 시점부터 이미 꽤 긴장했던 탓에 두꺼운 옷 속에서 맥박이 빠르게 뛰었다.

내 본명은 이구치(井口) 코이치로다. 하지만 '이(井)' 자를 썼을 때 본명을 적는 건 위험하다는 생각이 들었다. 그렇다고 당장 새로운 가명을 떠올릴 여유도 없었다. 그래서 반사적으로 '이(井)' 자에 네모를 하나 더 그려 성을 카코이(囲)로 만들고 이름은 '로'를 빼서 '코이치'라고 적었다.

"카코이? 특이한 성씨네. 그리고 왜 이렇게 어려? 몇 살이야?"

내가 마지막이어서인지 명부를 회수하던 작업복 차림의 남성이 말을 걸어왔다. 이름은 문제없이 넘어간 듯해 고개를 끄덕이며 "스무 살이에요. 시골에서 돈 벌려고 왔어요" 하고 태연하게 대답했다. 그랬더니 수상해 보이지는 않았는지 "고생이 많네" 하고는 자세한 사정은 묻지 않았다. 차 안에는 이미 작업복을 입은 사람들이 앉아 있었고, 아무도 말이 없었다. 가방을 품고 자리에 앉자 밴이 천천히 출발했다.

1시간 정도 걸려 작업장에 도착했다. 작업 시작 전 잠깐 모여 설명을 들었고, 곧바로 일에 투입되었다. 처음 맡은 일은 건물 주변의 발판을 조립하는 작업이었다. 하지만 실제로는 조립이라기보다 발판에 쓸 자재를 나르는 일꾼에 가까웠다. 목장갑이나 헬멧 같은 작업 도구는 원래 직접 준비해야 한다고 했다. "죄송합니다, 안 가져왔는데요" 하고 말하자 핀잔을 듣긴 했지만 최소한의 예비 장비는 빌려 쓸 수 있었다.

대충 12시간은 묶여 있었던 것 같다. 중간중간 휴식이나 대기 시간이 조금씩 있긴 했지만 꽤 오랫동안 몸을 움직인 느낌이었다. 그 때문인지 해산할 무렵에는 심한 피로감이 몰려왔다. 처음 해보는 일이어서 더 그랬는지도 모른다. 체력에는 자신이 있었지만 여기에서 다시 2시간 동안 자전거를 타고 돌아가는 건 역시 무리일 것 같았다. 하지만 내 손에는 오랜만에 쥐어보는 1만 엔짜리 지폐 한 장이 들려 있다. 그게 무엇보다도 큰 수확이었다.

"이 돈이면 가게에서 뭐라도 사 먹을 수 있겠는데."

마치 피로에 지친 노동자들을 유혹하듯 인력시장 근처에는 개인이 운영하는 음식점들이 줄지어 있었다. 가게 안이 아무리 지저분해도 손님은 끊기지 않을 것이다. 대부분 술집이었고, 가게 하나하나의 내부 풍경에서는 오랜 세월이 묻어났다.

내가 빈 캔이나 금속을 주워 모았을 때는 하루에 2천 엔이 될까 말까였다. 알루미늄 캔은 운이 없으면 하루 종일 돌아다녀도 한 개도 못 찾을 때가 있었다. 이곳에 오면 온종일 일해야 하지만 밥은 확실히 나오고, 1만 엔도 받을 수 있다. 일하러 갈지 말지는 내 판단에 달렸고, 주위를 둘러보면 1박에 천 엔 정도 하는 간이 숙박 시설도 여럿 있었다. 여기라면 쉬고 싶은 날엔 방에서 쉴 수 있고, 일하고 싶을 땐 언제든 일자리를 구할 수 있다. 이미 시간이 늦었기에 간단히 식사를 마친 뒤 여관을 찾아 하룻밤 묵어보기로 했다.

"실례합니다. 빈방 있나요?"

숙박업소 대부분이 만실인 가운데, 한동안 걸어가다 보니 요금이 조금 비싸긴 했지만 빈방이 있는 곳을 찾을 수 있었다. 열쇠를 받아 방에 들어가 보니, 벽은 얇았지만 에어컨이 달려 있었다. 물론 화장실이나 욕실, 냉장고는 없었다. 그래도 골판지 상자 안에서 지내던 사람 입장에선, 따뜻하고 안전한 방이 있다는 사실만으로도 큰 발전이었다.

마련된 이불 위에 옷도 벗지 않은 채 그대로 눕자, 방랑 생활에 한 줄기 빛이 비치는 듯한 기분이 들었다. 이 시점에서 나는 필사적으로 빈 캔을 주우며 살아가던 노숙자 생활은 그만두자고 진심으로 생각했다. 하지만 동시에 떠오른 건 '기껏해야 한 달이나 갈까' 하고 중얼거리던 미우라 씨의 뒷모습이었다. 그날로부터 석 달쯤 지났을까. 요즘엔 미우라 씨도 나를 꽤 신경 쓰는 듯했다. 그런데 이상하게도 나는 그 미우라 씨에게 어딘가 모르게 석연찮은 감정을 품고 있었다. 어쩌면 그건 미우라 씨가 내게 했던 '열심히 하더라'는 말이 어쩐지 부끄럽게 느껴졌기 때문인지도 모르겠다.

다음 날, 자전거를 타고 노숙자 집락으로 돌아갔다. 노하라 씨에게는 인력시장에서 일하고 온 얘기를 하며, 다시 한 번 고맙다고 인사했다. 그리고 마침 내가 돌아오기를 기다리고 있었다는 미우라 씨에게도 노하라 씨에게 했던 이야기와 거의 같은 내용을 전했다. 그때 나는 마음속으로 미우라 씨 역시 노하라 씨처럼 '넌 젊으니까 그 일이 확실히 나아' 같은 격려를 해줄 거라고 생각했다. 그래서 이곳을 떠나 인력시장 근처에서 생활해보려 한다는 내 계획도 솔직히 털어놨다.

하지만 미우라 씨는 뭔가 할 말이 있는 듯한 얼굴로 긴 침묵 끝에 이렇게 대답했다.

"그러냐. 뭔가 아쉽네."

그건 미우라 씨 나름의 작별 인사였는지도 모른다. 하지만 나에겐 그보다는 오히려 솔직한 감정을 털어놓은 말처럼 느껴졌다.

조금이라도 망설이는 기색을 보였다면 더 나았을까? 한동안은 이곳에서 더 지내는 편이 좋았을까? 미우라 씨가 뜻밖의 아쉬움을 내비치는 모습을 보고 순간 그런 생각이 스쳤다. 하지만 결국, 더 나은 삶을 살고 싶다는 내 마음이 우선이라는 결론에 이르렀다. 여기에 계속 머문다 한들 달라질 것은 없다. 이걸로 됐다. 나는 지금 좋은 방향으로 나아가고 있는 거니까.

그래도 당장 떠날 생각은 아니었다. 익숙하지 않은 일을 한 데 따른 피로감에, 자전거로 이동해야 하는 점까지 고려하면 일단 길 위에 펼쳐놓은 골판지 방을 정리한 뒤에 움직일 생각이었다. 근처의 재활용 쓰레기 배출일은 3일 뒤였다. 미우라 씨가 내게 말을 걸어온 건 그런 정리를 생각하고 있던 때였다.

"그래서, 언제 가버릴 거냐."

뭔가 아직 하고 싶은 말이 남아 있다는 분위기가 어렴풋이 느껴졌다. 그 순간, 괜히 이제 와서 쓸데없는 말을 꺼내지는 않을까 하는 걱정이 스쳤다.

"뭐 송별회라도 해주시게요?"

장난스럽게 말하자 미우라 씨는 그걸 나무라듯 진지한 얼굴로 말했다.

"그런 게 아냐."

아마 이때 미우라 씨가 어떻게 대답했느냐에 따라 내가 떠날 날짜를 다르게 말했을지도 모른다. 송별회는 없다는 말에 나도 모르게 "대충 일주일 뒤겠죠. 정리도 해야 하니까요" 하고 느긋한 일정을 말했다. 미우라 씨는 "그러냐" 하고 중얼거리더니, 나에 대한 불만을 그때로 미뤄두려는 건지 다음 주에 말을 꺼내겠다는 듯 발걸음을 돌렸다.

재활용 쓰레기 배출일 밤, 주위의 노숙자 누구도 깨어 있지 않다는 걸 꼼꼼히 확인한 뒤 소리가 나지 않도록 조심하며 석 달 동안 살아온 골판지 방을 해체해 한데 모았다. 작업

자체는 5분도 채 걸리지 않았다. 누구에게도 내가 떠나는 모습을 보이고 싶지 않았기에, 재활용 쓰레기 배출 장소에 골판지 상자들을 모두 버린 뒤 가방을 짊어지고, 뒤돌아볼 틈도 없이 자전거에 올라 달리기 시작했다.

페달 위에 체중을 실으며 누구도 따라잡지 못할 속도로 밤의 도로를 일직선으로 내달렸다. 다급하게 뛰는 심장이 가라앉을 때까지 밤바람에 온몸을 부딪치며 달렸다. 아무도 나를 모르는 땅에 닿을 때까지, 자전거 바퀴는 조용히 돌고 있었다.

───────

쇠 지렛대를 가볍게 치켜들었다가 무게를 실어 단단한 벽을 내리쳤다. 충격을 견디지 못한 철거 대상 석고보드는 가루가 되어 사방으로 튀었고, 지어진 지 50년은 되었을 목조 건물은 서서히 깎여나가고 있었다. 약해진 부분을 한 손으로 흔들자 나머지는 중력에 이끌려 와르르 무너졌다. 운반하기 쉽도록 잘게 부순 뒤 회수용 포대에 채워 넣고, 포대가 가득 차면 2층에서 그것을 짊어진 채 외부에 세워둔 트럭까지 좁은 계단을 따라 내려갔다. 오늘 인력시장에서 얻은 일자리는 2층짜리 목조 건물의 내장을 해체하는 작업이었다.

"고생이 많네. 얼마나 남았어?"

길이 좁아 중장비가 들어올 수 없는 현장이었기에 가까운 곳에 세워진 경트럭까지 폐기물을 직접 옮겨야 했다. 그때 운전석에 앉아 있던 고용주가 나를 보며 그렇게 물었고, 나는 땀을 닦으며 "반쯤 끝났습니다" 하고 대답했다. 오늘 아침 뉴스에서 최고 기온을 갱신하는 날씨라고 했던 만큼 햇살은 몹시 뜨거웠다. 작업복 소매와 목장갑 사이, 희미하게 드러난 틈새만 햇볕에 그을려 멀리서 보면 마치 갈색 팔찌를 두른 것처럼 보였다.

"카코이 씨, 내일도 아침 일찍부터 작업해줄 수 있을까? 교통비는 내가 줄게. 일당도 조금 더 쳐주고."

"진짜요? 갈게요! 몇 시까지 오면 돼요?"

아마 아침 일찍 인력시장에 가서 노동자를 구하는 게 번거로웠던 거겠지. 실제로 오늘 현장에는 인력시장에서 온 일용직은 나 혼자였고 나머지는 해체 업체 소속 직원들이었다. 내일 일거리가 미리 정해졌다는 사실만으로도 마음이 한결 가벼워졌다.

해체 작업은 즐겁게 할 수 있는 일이었다. 작업의 진행 상황이 눈에 보이기 때문이다. 반대로 가장 힘들게 느껴지는 일은 도로 포장 같은 것이다. 땡볕이나 혹한 속에서 물건을 든 채 그저 서 있기만 해야 하는 일은 '육체노동을 하고 있다'는 자각이 강하게 들게 만든다. 그런 점에서 보면, 오늘처럼 담담히 해나가는 작업은 잡생각이 들지 않아 좋았다. 무언가를 들고 오랜 시간 서 있는 일보다는 몸을 계속 움직이는 쪽이 내 성미에 잘 맞았다.

해체 작업이긴 했지만 지붕은 남아 있었기에 그늘에서 할 수 있는 일이었다. 그렇다 해도 에어컨도 선풍기도 없는 한여름이라 2층은 정말이지 찜통 같았다. 몸을 움직이며 생겨나는 열이 더해져 이마엔 구슬땀이 맺혔다. 예전에 근성으로 버틴다며 물을 마시지 않았다가 쓰러질 뻔한 적이 있어서, 지금은 자주 물을 마셔두었다.

"여름이네. 덥다."

더러워진 목장갑을 낀 채 1.5리터짜리 페트병의 뚜껑을 열었다. 비위생적으로 만졌기 때문인지 병 위쪽 수면에는 어느새 까만 이물질이 둥둥 떠 있었다. 정기적으로 마시는 물은 미지근하고 맛도 별로였다. 그럼에도 아무리 뜨겁게 느껴지는 물이라도 결국은 체온을 내려준다는 사실을 본능적으로 알고 있었다. 몸이 땀도 흘리지 못할 정도로 말라버리면, 그땐 이미 늦는다. 이곳에선 회사원처럼 정식으로 고용된 것도 아니기에 열사병에 걸려 주변에 폐를 끼칠 수는 없었다.

"그럼 내일도 여기로 와줘. 자, 오늘 일당이야."

어딜 가든 젊은 노동자는 기본적으로 환영받는다. 누르스름한 빛을 띠는 현금을 일당으로 받아들고 현장에서 바로 해산했다. 전에 새로 산 튼튼한 작업용 가방을 짊어진 채, 지저분한 차림 그대로 전철에 올라탔다. 예정보다 일이 일찍 끝났으니 오늘은 목욕탕에 들렀다가 코인 세탁소에 가야겠다고 생각했다.

인력시장에서 일하기 시작한 지도 벌써 1년이 넘었다. 처음엔 익숙하지 않은 일에 정신적으로도 지쳤지만, 지금은 허리나 어깨가 조금 뻐근한 정도고 이곳에서의 생활 습관도 이미 자리를 잡은 지 오래다. 이제는 여관을 고르느라 시간을 허비할 일도 없고 단골로 다니는 백반집도 생겼다. 여러 현장으로 파견되는 동안 주변 지리에도 꽤 익숙해졌다.

가끔 보는 TV와 라디오는 경제 위기를 부추기고 있었고, 인력시장의 지인들 역시 그 얘기만 하고 있었다. 부동산이 어쩌니, 곧 일자리가 사라질 거라느니, 다들 큰일이라는 말뿐이었다. 하지만 굳이 그런 걸 걱정하지 않더라도 우리가 선택할 수 있는 일거리는 이거 하나뿐이다. 내 개인적인 생각으로는 앞으로 토목 일자리에 대한 수요가 줄어들어도 우리 같은 말단 노동자들에게 남는 건 결국 몸뚱이 하나뿐이다. 어차피 하루에 구할 수 있는 일자리는 한 건이니까 세상이 말하는 것만큼 경제가 어렵다는 느낌은 딱히 들지 않았다.

"오, 코이치. 수고 많았어."

코인 세탁소에서 매주 누군가가 놓고 가는 〈주간 소년 점프〉를 읽고 있는데, 같은 일용직 노동자인 아저씨가 말을 걸어왔다. 성은 아이바 씨였고, 본인이 원해서 내가 '아재'라고 부르며 말을 놓게 된 사람이었다. 반삭발 머리에 성격은 싹싹했고, 세탁물이 든 부푼 가방을 어깨에 걸치고 있었다. 나이를 물어본 적은 없지만 40~50대쯤 되어 보였다. 일할 때 체력적으로는 별다른 문제도 없어 보였다.

"아재, 수고했어요. 방금 일 끝난 거예요?"

"그래. 오늘은 운도 없지, 하필 도로 공사 쪽에 걸렸어."

"우와, 햇볕이 엄청났는데 힘들었겠어요."

"아스팔트도 뜨겁잖아. 위아래로 구워져서 통닭구이가 되는 줄 알았다니까. 이 아재로 말할 것 같으면, 그냥 통닭보단 칠면조 통구이에 더 가깝겠지만!"

시원하게 웃는 아재를 보자 나도 모르게 쓴웃음이 나왔다. 인력시장에 와서 처음으로 알게 된 사람이었기에 마음을 열고 편하게 대화를 나눌 수 있었다. 가끔 같은 일터에 배정되기도 하고 공중목욕탕에서도 자주 마주친다. 아니, 정확히 말하면 내가 일주일에 보통 5일 이상은 일하다 보니 특정 사람과 마주칠 확률이 원래 높은 것일지도 모른다.

"아냐, 사우나에서 몸에 소금 바를 때가 딱 통닭 같지."

잠깐 생각한 끝에 농담을 농담으로 받아치자 아재는 그게 마음에 들었는지 크게 웃어 보였다. 아재는 이제 목욕탕에 간다고 했다. 오늘도 그 좁고 오븐처럼 생긴 사우나에 들어가 몸에 소금도 바르겠지. "코이치는 갔다 왔어?" 하고 묻기에, 이미 작업복에서 반소매로 갈아입은 나는 고개를 끄덕였다. 사우나는 이용하지 않았지만 피로를 풀기 위해 탕에 몸은 담그고 왔다.

인력시장에 와서 처음으로 목욕탕에 들어갔던 날은 지금도 기억에 남는다. 고향을 떠난 이후로는 주거지 마련과 식량 확보가 최우선이었기에 청결 같은 건 늘 뒷전이었다. 골판지 벽을 세워 방을 만들며 지내던 노숙자 시절엔 매일 젖은 천으로 몸을 닦는 정도밖에 하지 못했다. 그렇게라도 하지 않으면 짓무른 피부가 가려워 잠들 수 없는 날도 있었으니까. 그때는 공중목욕탕처럼 큰 탕에서 몸을 씻어본 적은 한 번도 없었다. 당시는 계절이 겨울이라 그나마 다행이었지만, 석 달 동안은 청결과는 거리가 먼 생활을 했다. 그래서인지 오랜만에 몸을 깨끗이 씻었을 때는 상쾌함보다 어색함이 먼저 들었다.

골판지 집락을 벗어나 이곳에서 살아가기로 마음먹었던 날, 손에 쥔 약간의 돈과 파격적인 가격에 얻은 여관방 덕분에 이제야 나도 남들처럼 살아갈 수 있겠다는 안도감이 들었다. 그동안 애써 버텨온 몸을 조금이라도 위로하고 싶어서 공중목욕탕으로 향했다. 그리고 탕에서 나오면 반드시 시원한 우유를 마셔야겠다고 마음먹었다.

해가 저무는 시간이어서 목욕탕 안은 일용직 노동자들로 붐비고 있었다. 사람 수만큼 뿌옇게 김이 서린 욕탕 안에서는 거친 말소리가 타일에 부딪혀 메아리치듯 울려 퍼졌다. 몇 달 만인지도 모를 알몸 상태로 사람들 사이를 지나 자리에 앉았는데, 샤워기의 물이 예상보다 훨씬 뜨거워 반사적으로 몸을 뒤로 젖히고 말았다. '대체 어느 멍청한 놈이 이렇게 해놓고 간 거야?' 그땐 속으로 그렇게 욕했지만, 막상 물에 익숙해지고 나니 그 정도 온도가 딱 좋게 느껴졌다. 온몸에 물을 뿌리자 피부 표면에 들러붙은 미세한 때가 물에 불며 기름처럼 번들거리기 시작했다. 그 보이지 않는 점액은 오늘까지 내 몸을 지켜온 면역의 잔해처럼 느껴지기도 했다. 그래서 깨끗이 씻고 난 뒤엔 오히려 무방비 상태가 된 듯한 이상한 기분이 들었다.

한꺼번에 너무 많은 걸 하려 했던 건, 어쩌면 너무 큰 욕심이었는지도 모른다. 몸을 씻은 뒤에는 탕에도 한번 들어가보고 싶었다. "젊구만" 하고 말을 걸어온 사람과 잠시 잡담을 나누며 어깨까지 물에 담근 채 몇 분간 앉아 있었다. 처음에는 딱딱하게 굳어 있던 피로가 서서히 풀리는 느낌이 들었지만, 곧 머리 쪽으로 피가 쏠리기 시작하면서 의식이 점점 흐릿해졌다.

"이봐. 괜찮아, 형씨?"

다행히 기절한 건 아니었기에 구급차를 부를 일은 없었지만, 나보다 훨씬 나이 많은 사람들 손에 들려 탈의실까지 실려 간 건 지금 생각해도 쏩쓸한 추억이다. 덧붙이자면 그때 나를 도와준 사람들 중에는 아이바 아재도 있었다. 그 뒤로 인력시장에서 다시 마주쳤을 때 그가 자연스럽게 먼저 말을 걸어왔고, 그때부터 현지 일용직 노동자들과의 교류가 시작되었다.

이곳에서 일용직으로 일하는 사람들은 기본적으로 각자만의 사정을 안고 있다. 그래서 많은 노동자의 마음 깊은 곳에는 인간에 대한 불신이 자리 잡고 있었고, 서로 깊이 엮이지 않으려 했다. 하지만 같이 일을 하다 보면 많든 적든 의사소통은 필요했다. 당연한 이야기지만 모든 사람이 인간혐오자인 것도 아니었다. 자주 얼굴을 마주치며 낯이 익어가다 보면 자연스럽게 어울리는 일도 많아지고, 동료 의식도 생기게 된다. 게다가 아이바 아재처럼 다른 사람들과 적극적으로 어울리려 하는 정 많은 사람도 있었다. 참고로, 아재의 왼손 새끼손가락은 첫 번째 마디까지만 남아 있었다.

"코이치는 내일도 일해?"

아재가 빨래를 꺼내며 물었기에 나는 읽고 있던 〈주간 소년 점프〉를 내려놓았다.

"응, 아마도. 일할 장소도 이미 정해졌거든."

"하, 젊다는 게 부럽구만! 열심히 하고 와."

그냥 가볍게 물어본 것일 뿐 특별한 이유가 있었던 건 아니겠지. 아재는 자판기에서 산 세제를 세탁기에 쏟아붓고는 목욕탕에 가려는지 코인 세탁소를 나섰다. 그로부터 몇 분 뒤, 내 옷은 건조까지 마쳤지만 아재의 빨래도 마저 지켜볼 겸 이번 주 〈주간 소년 점프〉의 연재 만화도 전부 다 읽고 나서야 자리에서 일어났다.

인력시장에서 일하는 사람들은 대부분 나보다 나이가 많다. 그래서 대화를 나눌 때면 화제나 취미를 주로 내가 맞춰야 한다. 그런 와중에 나와 비슷한 또래의 노동자도 몇 명 있었다. 그중 한 명이 바로 내가 A군이라 부르는, 20대 초반의 남자였다.

처음 그를 본 건 이른 아침의 인력시장에서였다. 너무도 어색한 모습이라 단번에 눈에 띄었다. 작업복 차림의 중년 남자들 사이에서 유독 비싸 보이는 재킷을 입고 있었던 건 그뿐이었으니까. 그 재킷은 마치 카네다(金田)라는 성을 가진 남자(카네다는 재일 한국인에게 흔한 성씨 중 하나로 일부가 야쿠자나 연예계에 종사하며 큰돈을 벌고 사치를 부린 이미지 탓에 '졸부'의 상징처럼 여겨지기도 한다)에게나 어울릴 법한 것이었다. 옷차림이나 행동거지만 봐도 이곳에 처음 온 사람이라는 걸 알 수 있었다. 나 역시 인력시장에서 나이를 22살이나 24살로 속이고 있었기 때문에 또래라고 생각하고 자연스럽게 말을 걸 수 있었다.

예상대로 그는 일용직 노동은 처음이라고 했다. 젊고 건강하다면 이런 곳이 아니어도 돈을 벌 수 있는 일은 얼마든지 있다. 그런데 굳이 이 먼 곳에 온 걸 보면 뭔가 사정이 있을 거라고 짐작했다.

"이름은 뭐야?"

나보다 키가 약간 컸고 겉모습에서는 도시 청년 특유의 청결함이 느껴졌다. 나이를 묻기 전부터 왠지 나보다 나이가 많을 것 같다고 생각했지만, 나는 지저분한 작업복 차림으로 선배처럼 굴었다.

"아, 에이지입니다. 오카자키 에이지(岡崎英治)."

새로운 환경에 와서 그런지, 잔뜩 긴장한 모습이었다. 아니면 그가 상상하던 일용직 노동 중개 현장의 분위기와 실제가 너무 달라 주저하고 있었던 걸지도 모른다. 자기소개할 때 그의 목소리 톤이 살짝 올라가서, '에이지(英治)'라는 이름이 내게는 순간 '에이지(英字)'로 들렸다. '영문자? 뭐라는 거야, 이 녀석.' 잠깐 당황했지만 곧바로 '아, 에이지(英治)구나' 하고 이해했고, 속으로 '에이군이네' 하고 되뇌었다. 사람 이름은 금방 잊어버릴 수 있으니 방금 착각했던 영문자에서 힌트를 따서 결국 'A군'이라고 기억하게 됐다.

"일할 때 어디로 데려갈지 모를 때가 많으니까 최소한의 작업 도구는 미리 사두는 게 좋아. 더러워져도 괜찮은 작업복이나 현장에서 신을 튼튼한 신발 같은 것도. 뭐, 그건 나중에 사도 되지만 헬멧이랑 목장갑은 꼭 필요해. 두 개 다 해도 천 엔도 안 하니까."

내가 이곳에 처음 왔을 때 고생했던 기억이 있어서인지 신참을 보면 뭐든 알려주고 싶어졌다. 게다가 그는 나와 처지가 비슷해 보여서 처음부터 동료 의식 같은 걸 느꼈던 것 같다. 실제로 그가 좌우도 잘 구분 못 하던 시기를 지나 어느새 일에 익숙해지고, 나 없이도 혼자서 해낼 수 있게 되었을 무렵엔 자연스럽게 말을 놓게 되었다. 나는 그를 영어식 억양인 'A군'이라 부르고, 그는 나를 '코이치 군'이라고 불렀다.

어제에 이어 오늘도 목조 건물의 내장 해체 작업이 계속되었다. 쇠 지렛대와 망치로 석고보드를 산산조각 낸 뒤, 벽 안에서 나온 썩은 천 조각 같은 것들을 끄집어내 따로 분리하는 작업을 반복했다. 혼자서 하면 의외로 뼈 빠지게 힘든 일이라, 이틀째 저녁이 되어서야 지시받은 구역의 해체를 간신히 끝낼 수 있었다. 돌아오는 길에 일당이 든 봉투를 열어 보니 약속대로 평소보다 몇천 엔이 더 들어 있었다. 이틀간 일한 현장의 고용주는 "앞으로도 열심히 해"라며 격려하듯 내 어깨를 토닥였다.

"카코이 씨 덕분에 작업이 예정대로 끝났어. 고마워. 내일은 중기계가 들어올 거야. 이틀 동안 수고 많았어. 다음에도 잘 부탁할게."

문제 없이 일을 마치면 기분이 좋다. 아무 일도 일어나지 않았다는 안도감도 있고, 오랜 시간 이어진 육체노동에서 해방됐다는 후련함도 있다. 그런데 요즘은 일용직인 나도 어쩌면 회사에 채용될 수 있지 않을까 하는 희미한 기대가 생기기 시작했다. 실제로는 본 적 없지만 일을 잘한다고 건설 회사에 정직원으로 들어가는 경우도 아주 가끔 있다고 한다. 그래서 이틀 연속으로 나를 고용해준 이번 현장에 괜히 작은 기대를 품게 됐다.

원래 인력시장에 오는 사람들은 대체로 무언가 사정이 있는 경우가 많다. 어쩌면 그런 사정은 굳이 캐묻지 않는 게 이곳의 암묵적인 룰일지도 모른다. 하지만 그렇다고 해서 작업이 끝난 뒤 '우리 회사에 들어오지 않을래?' 같은 말이 나오는 일은 없었다. 나는 비교적 여유롭게 돌아갈 채비를 하고 있었지만, 마지막까지도 고용주는 붙임성 있는 미소로 "수고 많았어" 하며 손을 흔들 뿐이었다.

일솜씨만으로 평가받을 수 있다면 좋을 텐데. 하지만 곰곰이 생각해보면 내가 책임자라 해도 본명이나 경력을 숨기는 사람을 정사원으로 채용하진 않을 것이다. 그리고 나 역시 정체가 들킬 위험을 감수하면서까지 어딘가에 소속되고 싶은 마음은 없다. 아직은 안정된 생활을 바랄 만큼 시간이 많이 흐른 것도 아니니까. 그저, 그런 희미한 기대를 품었다가 혼자 실망하는 일이 반복될 뿐이다.

일하러 갔던 지역의 이름을 지도책에서 확인한 뒤, 가장 가까운 역 쪽으로 걸어갔다. 교통비는 지급되지만 해산은 현지에서 이뤄진다. 인력시장에서는 매번 어디로 가게 될지 모르기 때문에 돌아오는 길을 찾으려면 지도는 필수다. 이 지도책은 빈 캔을 줍고 다니던 시절부터 써온 것이라, 표지는 이미 너덜너덜해져 있다. 짐이 가득 든 가방에서 꺼냈다 넣었다를 반복하다 보니 그렇게 된 것이다. 당장이라도 떨어질 듯한 페이지도 있어서 새로 바꿔야겠다는 생각은 들지만, 지금까지 살아온 흔적이 고스란히 담긴 기록 같아서 도저히 버릴 수가 없다.

편의점 비닐봉지를 들고 공원으로 향하자, A군은 평소처럼 돌계단 위에 앉아 있었다. 내가 이름을 부르자 A군은 나를 발견하고 가볍게 손을 들어 보였다.

"수고했어. 오늘 난 그냥 쉬었어. 코이치 군은?"

"나는 다녀왔지. 내장 해체 작업이었는데 실내라서 그나마 좀 괜찮았어. 근데 말이지 오늘은 여관에 빈방이 하나도 없더라. 오늘 밤은 잘 데가 없어서 심야 영화나 보러 가야 할지도 몰라."

"진짜? 안 됐네. 근데 너 여관방 연박으로 잡아둔 거 아니었어?"

"아니, 어제까지 있던 데는 좀 비쌌거든. 그래서 오늘은 싼 데로 옮기려고 했는데 실패했어. 저기 A군, 영화관 같이 가자. 음료수는 내가 살게."

"아니, 난 오늘 잘 방이 있어. 내일은 일하러 가야 하고. 그리고 영화관 의자는 불편해서 잠 못 자. 거기서 푹 자는 코이치 군 보면 늘 신기해."

간이 숙박업소는 요금이 저렴한 대신 전부 만실일 가능성이 높다. 물론 시세보다 비싼 빈방은 찾을 수 있지만, 가끔은 가격에 비해 숙박 시간이 터무니없이 짧을 때도 있다. 그런 날에는 심야 영화관을 이용했다. 냉난방이 잘 되어 있어서 다음 날 아침 일찍 일을 가야 할 때는 영화관 의자에 앉아 밤을 보냈다. 심야부터 새벽까지 세 편 정도의 영화를 연달아 상영하는 형식인데, 인력시장 근처의 영화관에는 나처럼 여관 대신 이곳을 찾는 사람이 많아 첫 번째 영화가 시작하자마자 여기저기서 코 고는 소리가 들리곤 했다. 나는 유명한 영화든 아니든 재미만 있다면 멍하니 보다가 내용이 시시해지면 자연스럽게 잠들었다. 상영작은 대부분 유행이 지난 작품이거나 잘 알려지지 않은 해외 B급 영화들이었다.

A군과 내가 만나서 특별히 뭔가를 하는 건 아니었다. 보통 쓸데없는 이야기를 하다가 너무 늦기 전에 헤어질 뿐이었다. 일용직 노동자의 생활 패턴상 함께 어딘가에 놀러 가는 일은 어려웠고, 오늘 있었던 일을 이야기하긴 해도 서로의 과거를 캐묻는 일은 없었다. 가끔 함께 밥을 먹으러 가는 정도다. 처음 알게 됐을 무렵엔, 내가 인력시장에서 일하는 요령을 알려주려는 마음으로 A군을 만났지만, 지금은 그런 만남이 습관처럼 자연스럽게 이어지고 있었다.

"뭐 읽고 있어? 잡지?"

한동안 잡담을 나누던 중 담배에 불을 붙인 A군이 묻자 〈주간 소년 점프〉라고 건성으로 대답했다. 코인 세탁소에서 봤던 지난주 호에 이어 오늘 나온 최신 호를 빨리 읽고 싶어서 이곳에 오기 전에 사 온 것이다. 약 나흘 동안 입을 옷이 든 가방에 몸을 기대고, 공원 가로등 불빛 아래에서 인쇄 상태가 조잡한 페이지를 한 장씩 넘겼다. 나중에 빌려달라는 A군의 말에는 만화에서 눈도 떼지 않은 채 "그래" 하고 대답했다.

"그런데 코이치 군, 엄청 빨리 읽네? 벌써 후반부잖아."

"응? 아, 그게 아니라 내가 좋아하는 순서대로 읽고 있거든. 맨 처음은 산몬 토쿠노리 선생 만화부터야."

"그게 누군데? 아, 그 개그 만화? 그거 재밌지. 재미없을 때도 많긴 한데, 나도 가끔 읽어."

"그렇지? 나는 그 개그 만화가 좋더라고. 그 만화 주인공들은 어떤 스토리의 주인공보다도 정신적으로 터프해. 나도 그런 느낌으로 살고 싶어. 얼굴이 움푹 파이든 폭발에 휘말리든 바로 다음엔 멀쩡하게 돌아오니까. 어떻게 보면 그 어떤 만화 캐릭터보다 강한 거지."

"나는 그런 식으로는 생각해본 적 없는데."

A군이 쓴웃음을 지었다.

"참, 재미있게도 읽네. 누가 개그 만화를 그런 식으로 봐?"

"자, 잘 들어봐."

나도 지지 않고 열변을 토했다. A군도 흔치 않은 관점으로 화제를 꺼내는 나와의 대화를 즐기는 편이라, 이렇게 말이 오가며 열기를 띠는 경우가 가끔 있었다. 하지만 산몬 선생의 개그 만화를 매주 가장 먼저 읽는다는 건 농담이 아니라 진심이었다. 이 작품엔 독자로서 애착이 있다. 스토리가 좋고 나쁘고를 떠나 작가의 성격이 솔직하게 드러나는 듯한 그 작풍이 순수하게 마음에 들었다.

읽고 싶은 만화를 다 읽은 뒤, A군에게 잡지를 넘겼다. A군이 잡지를 읽는 동안 나는 주간지를 살 때 함께 산 빵을 저녁 삼아 먹었다.

A군은 처음 이곳에 왔을 때보다 꽤 지저분해졌다. 인력시장에서 처음 만났을 무렵의 깔끔한 인상은 사라지고 이제는 건설 현장 노동자다운 분위기를 풍겼다. 물론 나도 마찬가지였다. 공원에서 잡지를 아무렇지 않게 읽고 있는 내 모습도 남들 눈에는 꽤 위험한 인물로 보일 수 있겠다는 생각이 들었다. 길 위에서 잠을 자는 건 아니지만 잘 곳이 없을 때는 자판기 앞에서 쓸데없는 잡담을 나누며 밤을 새우는 날도 있다. 일부러 누군가에게 피해를 주려는 건 아니다. 단지 이 거

리 위가 우리 삶의 터전일 뿐이다.

이 지역은 가이드북에 소개될 일도 없고, 해외 주요 인사가 시찰하러 올 일도 없다. 하지만 인구가 밀집된 이곳만의 독특한 분위기에는 도시도 시골도 아닌 번영의 이면이 깃들어 있다. 사실 사회에 정착하지 못한 사람들을 마구잡이로 고용하지 않았다면 이 도시의 수많은 건물은 애초에 세워지지도 못했을 것이다.

그런 노동자들이 모여 살아가는 열기는 도시 남자 같던 A군에게까지 스며들고 말았다. 어느새 A군은 명품 재킷과 고급 손목시계는 내버려 둔 채 작업에 적합한 옷을 일상복처럼 입고 있었다. 값나가는 신발도 토목 작업으로 더러워졌고 밑창은 꽤나 닳아 있었다.

"어제 야한 책 자판기를 발견했어."

갑자스러운 화제에 A군이 "호오" 하고 만화에서 고개를 들었다.

"생각해보니까 난 그런 성인용 자판기에서 야한 책을 산 적이 한 번도 없더라고."

"아……, 그러고 보니 나도 없네. 보통 그런 건 가게에서 사잖아. 그냥 돌아다니다가 보이면 모를까 굳이 자판기를 이용할 생각은 잘 안 들지. 뭐? 사러 가자고? 여기서 가까워?"

"엄청 가까워. 너 그거 다 읽으면 가자."

성인 잡지를 자판기에서 살 무렵에는 밤이 꽤 깊어져 있었다. 수상쩍은 형광등 불빛 아래 진열된 잡지 종류는 그리 많지 않았다. 이건 어떻고 저건 어떻고 하며, 우리는 각자 취향에 맞는 잡지를 하나씩 골라 샀다.

A군이 연애 이야기를 꺼낸 건 돌아가는 길에서였다.

"코이치 군은 여자한테 인기 많지? 지금까지 사귄 여자, 몇 명이나 돼? 뭔가 엄청 경험이 많아 보여서."

"아냐, 인기 없어. 경험으로 치면 세 명 정도 될까 말까? 뭐, 최근엔 전혀 없었고. 이런 환경에선 여자를 만날 기회도 없잖아. 일용직 노동자만 있는 곳에 살면 젊은 여자랑 마주치기도 힘들고."

"흐음, 의외네. 여자들이 딱 좋아할 타입 같은데."

"그러는 A군은 어때?"

"나야, 꽤 많지. 셀 수 없을 만큼."

"진지하게 대답한 내가 바보였네."

"진짜야, 믿어줘. 난 의외로 여자의 마음을 잘 알거든."

A군이 질문했을 때 순간적으로 거짓말이 튀어나올 뻔했다. 아니, 사실은 거짓말을 했다. 그건 내 안에 있는 열등감 때문이었다. A군이 나를 일용직 선배로서 존경해주는 만큼

괜히 허세를 부리고 싶었던 거다. 그 거짓말이 들통날까 봐, A군과 헤어질 때까지 마음이 조마조마했다.

가슴이 진정된 건 A군과 헤어진 뒤 우연히 지나가던 여관에서 빈방을 발견했을 때였다. 그곳은 일반 숙소라기보단 침대 하나만 쓸 수 있는 수용식 여관이었다. 내가 배정받은 침대는 1층이라 머리 위로 2층 침대의 바닥이 가까웠다. 그래도 커튼이 달려 있어 최소한의 사생활은 지킬 수 있었다. 나는 그 좁은 침대에 누워 희미한 조명 아래에서 A군과 함께 산 잡지를 펼쳐 보았다.

그 안에는 표지에서 상상했던 그대로 지금의 나와는 전혀 다른 세계가 펼쳐져 있었다.

"여자 몸은 정말 부드러운 걸까? 손밖에 잡아본 적이 없으니 알 수가 없네."

여자 손을 잡아본 건 중학교 시절이 마지막이었다. 그때를 생각하면 참 멀리까지 와버렸다는 기분이 든다. 몇 년째 일용직으로만 살아오다 보니 여자와는 말 한마디 섞어본 적도 없다. 쇠 지렛대와 망치처럼 투박한 공구만 쥐어온 이 두꺼운 손바닥도, 이제는 여자의 부드러움과는 영영 멀어진 듯했다.

모래먼지와 직사광선을 뒤집어쓴 거울 속 노동자의 얼굴을 볼 때마다, 여자는 마치 아주 먼 세상에 사는 귀족처럼 느꺼졌다. 안고 싶었다. 그런 욕망은 분명 강하게 존재하는데 그걸 쏟아낼 상대가 없다는 사실이 허무했다. 만약 단 하룻밤이라도 기회가 주어진다면 영양 과다로 느껴질 만큼의 사랑을 쏟아줄 수 있을 텐데.

하지만 다르게 보면, 그런 생각을 하게 되었다는 것 자체가 큰 발전일지도 모른다. 보금자리를 찾아 거리를 떠돌던 방랑의 시간에 비하면 지금은 그나마 주변의 오락거리를 스스로 선택할 수 있을 만큼의 여유는 생겼으니까. 일단은 그런 소소한 행복부터 만끽해야 할 것이다.

다만 그런 욕망이 솟을 때마다 레나에 대한 강한 죄책감이 밀려왔다. 그때로부터 꽤 많은 시간이 흘렀지만 그 감정은 여전히 사라지지 않았다. 잊으려 애써보지만 사랑이나 연애 같은 이야기가 나오면 자연스럽게 떠오르며 뇌리를 스쳤다. 내가 올해 18살이 되었으니 레나도 별일 없이 지냈다면 이제 고3일 것이다. 여전히 학교생활을 잘 이어가고 있을지, 아니면 다른 길을 선택했을지는 알 수 없었다. 다만 적어도 지금 이 순간만큼은 행복하길 바란다는 주제넘은 생각을 했다.

이미 늦은 시간이었기에 좁은 방의 전등을 끄고 그대로 누웠다. 내일도 일찍 일어나야 한다. 아니, 그보다는 계속 깨어 있을 만큼의 체력이 없다는 표현이 더 정확할지도 모른다.

그리고 언제나 순간처럼 짧게 느껴지는 잠에서 깨어나면 찌뿌듯한 몸을 이끌고 이른 아침 인력시장으로 향하곤 했다.

좌우 분간도 못 하던 그날부터 도로 공사와 건설 현장의 발판 설치, 해체 작업, 창고에서의 적재 운반 등 여러 종류의 노동을 경험했다. 육체노동은 내 성격과 제법 잘 맞았던 것 같다. 매번 다른 장소에서 일하는 것이 신선하게 느껴졌고, 노동자를 태우고 달리는 차 안에서 바라보는 풍경도 좋았다. 누구에게도 말하진 않았지만, 몇 번인가 고속도로를 달릴 때는 왠지 모르게 감동적이기까지 했다. 나는 어쩌면 양복보다 작업복이 더 잘 어울릴지도 모른다. 그렇게 생각하게 된 무렵에는, 사회 속에서 어떤 역할을 맡고 있다는 것만으로도, 비록 복잡한 톱니바퀴의 말단일지라도 묘한 안정감을 느끼게 됐다.

일이 끝난 뒤 가볍게 저녁을 먹으러 거리로 향했다. 내 자전거가 도둑맞았다는 사실을 알게 된 건 바로 그때였다. 애초에 제대로 정비되지 않은 자전거를 관리도 되지 않는 주차장에 대충 세워뒀던 터라 이곳에 온 뒤로는 거의 탈 일도 없었다. 그래서 처음엔 도둑맞은 줄도 모르고 있다가 길에서 내가 타고 다니던 빨간 자전거를 우연히 발견하고서야 비로소 누군가 훔쳐 갔다는 걸 알게 되었다.

잔뜩 녹이 슨 채 풀숲에 버려진 걸 가져와 직접 하나하나 수리한 자전거였기에 그 특징만큼은 누구보다 잘 알고 있었다. 다른 곳에 세워져 있었을 그것이 눈앞에 갑자기 나타났을 때, 순간 놀랄 수밖에 없었다. 싸구려 자전거지만 한때는 내 발이 되어 돈벌이를 도와준 소중한 물건이었다. 차체의 형태도 빨간색 도장도 내 마음에 쏙 들었고, 흠집 하나하나까지도 선명하게 기억하고 있었다. 틀림없었다. 차체에 표식처럼 붙여둔 스티커도 그대로 남아 있었다.

멀찍이서 계속 지켜보고 있는데, 잠시 뒤 작은 비닐봉지를 든 노인이 나타났다. 무기력한 모습이 근처에서 가끔 마주치는 노숙자들과 비슷했다. 어찌해야 할지 고민하며 계속 살펴보는 사이 그는 주저 없이 내 자전거에 올라타더니 마치 자기 것인 양 달려가기 시작했다. 그 광경을 보며 느낀 감정은 한마디로 표현하기 어려울 만큼 복잡했다.

원래 불법 투기된 고물이었고, 내가 수리하긴 했지만 완전히 내 소유라고 말하기는 어려운 자전거였다. 그래도 자전거 주차장에 있어야 할 그것을 지금 눈앞에서 노인이 훔쳐 타고 있는 건 분명한 사실이었다. 주인이 한동안 나타나지 않자 누구의 것도 아니라며 제멋대로 해석하고 가져간 것이다. 아니, 그런 식으로 멋대로 해석했던 건 어쩌면 나 역시 마찬가지였다는 생각이 순간 스치기도 했다. 하지만 지금의 자전거는 타이어가 일그러졌거나 체인이 끊어진 것도 아닌, 충분히 탈 수 있는 상태였다.

노인이 구부정한 허리로 필사적으로 페달을 밟는 모습과 뒷바퀴 위에 억지로 고정된 장보기용 바구니를 보자 강하게 불만을 품기는 어려웠다. 아마도 나처럼 빈 캔을 줍는 데 쓰고 있는 거겠지. 봉투를 묶기 위한 끈도 차체에 감겨 있었다. 저 사람은 나처럼 손재주가 없을 테니, 누구도 거들떠보지 않던 반파된 자전거를 수리하지는 못했을 것이다. 그건 비바람에 삐걱거리는 체인과 짐칸 바구니를 비닐 노끈과 고무줄로 힘겹게 고정시킨 걸 보면 알 수 있었다. 신호에 걸려 멈추면서 밟은 브레이크는 고무가 거의 닳아 쇠와 쇠가 마찰하는 날카로운 소리를 냈다. 사실, 나 역시 슬슬 새 자전거를 사야겠다고 생각하며 방치해둔 상태였다.

이제는 인력시장 생활에 익숙해져서, 자전거는 더 이상 내게 꼭 필요한 물건은 아니었다. 그래도 애착을 갖고 아껴왔던 물건이라, 말도 없이 훔쳐갔다는 사실은 썩 기분 좋은 일은 아니었다.

"저기, 실례합니다. 그 자전거 말인데요……."

잔뜩 고민한 끝에 신호에 걸려 멈춰 있던 노인에게 말을 걸었다. 처음엔 내가 무슨 말을 하려는지 몰라 말없이 경계하는 모습이, 그동안 봐왔던 노숙자들과 비슷했다. 말을 건 뒤 미묘하게 뜸을 들인 건 의도적이었다. "잠깐만 봐도 될까요?" 하고 몸을 굽혀 자전거를 확인하자, 노인의 잔뜩 긴장하는 기색이 피부로 전해졌다. 진실을 말할까 잠시 고민했지만, 그의 경직된 표정을 보는 것만으로도 충분했다.

"어르신, 이거 타이어에 공기 좀 넣으셔야 해요. 저기 국도 쪽에 있는 자전거 가게에 가면 무료로 넣을 수 있어요. 낮에는 공기 펌프를 주차장에 그냥 놔두거든요. 지금 앞바퀴랑 뒷바퀴가 다 움푹 들어가서 이 상태로는 페달 밟기도 힘드실 거예요. 공기만 넣어도 마찰이 줄어서 훨씬 부드럽게 달릴 수 있어요. 그리고 계속 이대로 타면 타이어가 터질 수도 있어요. 이 상태로 수리점 가면 덤터기 쓸 수도 있으니까 조심하세요."

사거리에서 신호가 바뀌기를 기다리는 짧은 순간의 대화였다. 내가 순전히 친절한 마음에서 말을 걸었다는 걸 알아챈 노인은 허리를 살짝 숙이며 "고마워요" 하고 인사를 건넸다. 신호등이 다시 파란불로 바뀌자 노인은 아무 말 없이 페달을 밟으며 홀연히 사라졌다. 그 자전거의 뒷모습이 저렇게 보일 줄은, 오늘 밤 처음 알았다.

"모처럼 수리받은 건데. 너도 더 멀리, 더 오래 달리고 싶겠지."

노인이 자전거를 소중히 써주길 바라는 마음보다도 자전거가 저 노인을 잘 도와주었으면 하는 마음이 자연스레 솟아났다. 저 사람은 아마도 나이를 먹고 더는 건설 현장에서 일할 수 없게 되어 곤란해진 걸지도 모른다. 그래서 누군가에게 정말 필요한 물건이라면, 아무리 애착이 있는 자전거라도 기꺼이 내어줄 수 있을 것 같았다.

도장이 군데군데 벗겨진 자전거가 불안하게 흔들리며 천천히 모퉁이를 돌아 사라졌다. 이상하게도 이제 다시는 마주칠 수 없을 것 같은 예감이 들었다. 잃은 건 고작 하나의 이동 수단일 뿐이었다. 그래도 다음에 자전거를 사게 된다면, 역시 새빨간 녀석으로 골라야겠다고 생각했다.

코인 세탁소에는 〈주간 소년 점프〉뿐 아니라 가끔 〈선데이〉도 비치되어 있었다. 아무도 훔쳐가지 못하게 하기 위해 가게 이름을 굵은 매직으로 휘갈겨 써놓아서, 표지에 유명한 작품의 캐릭터가 나와도 '오오타 세탁소'라는 글씨에 가려지곤 했다. 아마 잡지를 구입한 사람이 먼저 읽고 나서 다시 여기에 놓아두는 것 같았다. 최신 호가 발매된 지 며칠 뒤에야 잡지가 바뀌는 경우가 많았으니까. 그 시스템을 처음 알게 되었을 때 너무 기뻐서, 코인 세탁소 안 책꽂이의 갱신일에 맞춰 귀찮은 빨래를 하러 가는 습관이 생겼다. 연재 중인 만화를 계속 보고 싶어서 되도록 다른 사람들이 〈주간 소년 점프〉를 읽지 않을 시간대를 노려서 가곤 했다.

하지만 지난 몇 주 동안은 잡지가 바뀌지 않고 있었다.

"역시 안 바뀌었네."

코인 세탁소 책꽂이에는 거의 한 달이 지난 잡지가 그대로 꽂혀 있었다. 이번 달 호는 내가 따로 사서 연재 내용을 따라가고는 있지만, 갱신되지 않은 세탁기 옆 책꽂이가 왠지 쓸쓸하게 느껴졌다.

"미야 씨, 여기 잡지는 누가 사놓는지 아세요?"

담배를 피우며 세탁을 하던 미야 씨에게 물었더니, 신문을 들여다보던 그가 얼굴을 들며 "뭐?" 하고 되물었다. 그곳엔 나와 같은 일을 하는 동업자들도 몇 명 있었는데, 그들에게 얻은 정보에 의하면 적어도 코인 세탁소 사장이 잡지 칸을 만든 건 아니라고 했다.

"아마 인력시장에 오는 누군가가 놔둔 걸 거야. 다 읽은 만화 주간지를 어디 버리기도 애매하니까 그냥 여기다 두고 가는 거지. 가게 이름을 크게 써놓은 건 근처 노숙자들이 멋대로 가져가서 팔아버리니까 그런 거야."

올바른 지도의 뒷면에서

그 정보를 알려준 사람은 얼굴만 알 뿐 이름은 몰랐다. 이야기를 마치자 그는 담배 끝에 길게 붙은 재를 털어내고 다시 깊게 빨아들였다. 밖에는 비가 내리고 있었고, 좁은 코인 세탁소 안에 흡연자가 모이자 연기가 자욱해졌다. 여름밤 비가 수직으로 내리는 모습만 봐도 바람 한 점 불지 않는다는 걸 알 수 있었다.

"진짜요? 그런 얘기는 처음 듣는데요. 혹시 누가 놓고 가는지 아세요?"

"아니, 다들 그냥 대충 놓고 가는 거 아니겠어?"

"그런데 그게 최근에 딱 끊겼다니까요. 그래서 저라도 놓고 가려고 다 읽은 잡지 하나를 가방에 넣어왔어요. 혹시 매직펜 있으세요?"

"아, 지금 놓고 갈 거면 나도 좀 봐야겠다. 할 일도 없는데 잘됐네."

내가 잡지를 내려놓은 뒤 한동안은 다른 이야기들이 오갔다. 그러다 건조기에서 탈수까지 마친 빨랫감을 옮기던 미야 씨가 문득 생각났다는 듯 "아, 그러고 보니까……" 하고 입을 열었다.

"코이치 얘기를 듣다 보니 생각난 건데, 딱 한 달 전쯤 일이었어. 들어본 적 있어? 자재에 깔려서 구급차로 실려 간 사람이 한 명 있었잖아. 나도 그냥 들은 얘기라 그 뒤에 어떻게 됐는지는 잘 모르지만."

쉽게 말해 〈주간 소년 점프〉를 놔두고 간 사람이 바로 그 사람일 거라는 이야기였다. 예삿일이 아니다 보니 "해체 작업이었나요? 아니면 조립?" 하면서 사고에 대한 이야기를 이어갔다. 물론 나도 처음 듣는 이야기였다.

하지만 공사 현장에서의 사고가 특별한 사건처럼 느껴지진 않았다. 물론 현장에서는 대개 안전이 최우선이라 말하지만, 공사를 주관하는 회사에 따라 목숨을 위협할 만큼 위험한 현장을 겪은 적도 여러 번 있었다. 큰 사고로 이어진 적은 없었지만 초보적인 실수로 인해 위험한 상황을 겪는 일은 누구에게나 있다. 발판 고정 장치를 제대로 잠그지 않으면 사소한 충격에도 무너질 수 있고, 해체 작업 중에는 예상치 못한 방향에서 파편이 날아오기도 한다. 작업 중의 위험은 날씨에도 크게 좌우된다. 나도 한 번 높은 곳에서 짐을 짊어진 채 발을 헛디뎌 간담이 서늘해진 기억이 있다.

"미안, 우울한 얘기를 꺼내버렸네."

"아니, 괜찮아. 그런 얘기들은 중요하지."

미야 씨와 다른 사람의 대화를 들으며, 나는 도로 위로 빗물을 튀기며 빠르게 지나가는 차들을 바라보았다. 다행히도 나는 지금까지 사망자가 나올 정도로 큰 사고를 겪거나 목격한 적은 없었다. 하지만 가끔 불의의 사고로 세상을 떠난 사람들의 이야기를 듣곤 했다. 그리고 이번 사고 피해자가 이 코인 세탁소에 주간지를 놓고 가던 사람일지도 모른다는 생각이 들자, 실내에 가득한 공기가 무겁게 느껴졌다. 빗물에 갇혀 안에서 맴도는 연기가 오늘따라 몸에 달라붙는 듯했다.

세탁물이 다 마르자 옷을 꺼내 대충 개어 가방에 넣었다. 그리고 담배를 다 피울 때까지 비를 피하겠다는 사람들에게 인사를 건넨 뒤, 먼저 우산을 펴 들고 발걸음을 옮겼다. 비 내리는 거리에서 특별한 이유도 없이 먼 길로 돌아간 건, 어쩌면 지금 이 자리를 벗어나 앞으로 나아가고 싶다는 초조한 마음을 달래기 위해서였는지도 모른다.

좁은 방에서 일어나 작업복으로 갈아입었다. 여관방의 얇은 이불만으로는 견디기 힘들 만큼 쌀쌀해진 아침 공기를 느끼며 지나간 여름과 가을을 떠올렸다. 사계절 중에서는 가을과 봄이 일하기에 가장 좋았다. 오래 입어 낡아버린 작업복을 보고는 새것을 살지 고민했다.

이날은 창고 안에서 일하며 주로 분별 작업과 기타 잡일을 맡았다. 중간에 주어진 한 시간 휴식 시간엔 밥을 먹고 낮잠이라도 잘까 생각하며 옆에 둔 가방을 끌어당겼다. 그런데 누군가 내 가방 위에 실수로 앉았는지 도시락을 꺼내 보니 일부가 찌그러져 있었다. 일회용 용기 모서리가 깨져 반찬 국물이 손에 끈적하게 묻었다. 너무 세게 가열돼 축 늘어진 채소볶음 비슷한 것과 반으로 잘린 맛없는 삶은 달걀이 반찬이었다. 그래도 용기의 9할을 차지한 미역밥은 맛있었다.

"어이쿠, 힘들다. 옆에 앉아도 되지?"

오늘은 같은 작업 현장에 온 아이바 아재가 마실 것과 도시락을 들고 옆에 앉았다. 거절할 이유가 없어 고개를 끄덕이고 살짝 아재 쪽으로 몸을 돌려 자리를 함께했다. 이런 현장에선 나를 포함해 대부분이 밥을 빨리 먹는다. 그래서 잡담을 나눈다 해도 의식의 7할은 밥에 가 있고, 나머지로 별것 아닌 이야기를 드문드문 주고받는다. 휴식 장소가 정해져 있으면 대화를 나누지만 그렇지 않으면 각자 흩어져 쉬기도 한다. 그런 점에서 보면 오늘 일용직 노동자는 다섯 명이었는데, 나와 아재를 제외한 나머지는 각기 다른 곳에서 담배를 피우거나 벌써 그늘에 기대어 눈을 붙이고 있었다.

"최근엔 뭐랄까, 몸에서 피로가 잘 가시질 않아. 조금만 더 지나면 나도 일거리를 받기 어려워질 테고. 그래서 더 필사적이야. 너 고에몬 알아? 신선처럼 수염을 기른 사람인데, 전에 그와 같은 현장에 나갔었거든. 근데 체력이 딸려서 제대로 일을 못 하니까 현장 관리자가 집에 가라고 소리치더라고. 그걸 보고 있자니 다음엔 내 차례일 것 같아서 서글퍼지더라."

"좀 안됐네. 그 신선이랑 아재는 나이가 비슷해?"

"응, 비슷한데 고에몬은 예전에 마약을 했었거든. 이제 몸이 한계에 온 거야. 혼자 이상한 말을 중얼거릴 때도 많고. 그 정도면 장기를 팔고 싶어도 받아줄 사람이 없을 거야. 쓸모가 없어서 큰돈도 못 받을 테니까."

"그런 것도 아는구나."

"그럼, 알지. 이 아재는."

인력시장 주변에서 비정상적인 사람을 보는 일은 그리 드물지 않다. 싸우는 사람도 있고, 식당에서 돈을 내지 않고 도망치는 사람도 있다. 오늘처럼 일용직 노동자가 여러 명 모인 현장에서는 다섯 명 중 두 명 정도는 뭔가 수상해 보이기도 한다. 인원이 많이 필요할 때는 고용주도 아무나 데려오는 경향이 있기 때문이다.

한동안 일에 관한 잡담을 나누다가 갑자기 생각난 듯 아재가 물었다.

"그러고 보니, 네 절친은 요즘 어때?"

아재의 입버릇 같은 거였다. 나이 차이가 꽤 나는 나와 대화하다가 화제가 끊기면 꼭 A군 안부를 물었다. 나는 보통 '맨날 같이 다니는 건 아니라서' 혹은 '잘 지내' 같은 무난한 대답을 했다. 하지만 이번엔 달랐다.

"으음, 최근엔 못 봤는데. 다른 지역에서 제대로 된 일자리라도 구한 거 아닐까?"

"그래?"

평소와 다른 대답에 아재는 조금 당황하는 눈치였다. 나와 A군 사이에 무슨 일이 있는지 궁금해하는 것 같기도 했다. 특별히 싸운 적도 없고, 서로를 비꼬는 말도 오가지 않았다. 최근에 소식이 끊긴 이유를 알 수 없어 그나마 가장 가능성이 높아 보이는 추측을 해본 것뿐이었다.

A군이 이곳에 오게 된 경위를 들은 지 벌써 한 달이 지났다. 여관 대신 이용하는 심야 영화관에서는 가끔 개나 곰, 말 등이 주인공인 영화가 상영될 때가 있었다. 나처럼 자신의 과거를 밝히기 싫어하는 그가 모든 것을 털어놓은 건, 그런 영화가 상영되던 어느 밤이었다. A군이 잘 곳이 없다고 해서 영화관에서 함께 밤을 새우기로 했다.

화면 가득 펼쳐진 하얗고 반짝이는 눈밭을 뛰어다니는 개의 모습이 계속 이어졌다. 몇 번이나 본 전개였지만 그 장면에서는 잠을 자는 것이 아깝다는 생각이 들었다. 극한의 땅에서는 철학도 무의미했고, 개는 그저 살아남기 위해 황야에서 숨을 쉬고 있었다. 쓸데없는 원망이나 후회 없이 생존 본능에만 충실한 생물의 모습을 바라보고 있자니, 신기하게도 마음이 편안해졌다.

 옆에서 같이 보고 있던 A군이 입을 연 건, 스토리가 전개되며 등장인물들이 괴로운 결정을 내린 다음 장면에서였다. 이날은 평일이라 영화관 손님도 적었고, 우리 뒤쪽 좌석은 전부 비어 있었다. 애초에 이런 막장 동네에서는 영화를 보러 오는 손님 자체가 얼마 없었다. 세 번째 상영이었으니 영화관 안에서 깨어 있는 건 아마 우리뿐이었을 것이다. 그런 와중에 자는 줄 알았던 A군이 "난 말이야" 하고 갑자기 낮은 목소리로 말을 꺼냈다. 나는 듣고 있다는 의미로 대답 대신 고개를 살짝 돌렸다.

 "난 말이야, 대학을 졸업하고 나서 취직을 안 했거든."

 잠시 침묵이 이어지자 나는 "대학을 나왔구나" 하고 맞장구를 쳤다. 다시 스크린을 보기 위해 조용히 심호흡을 하고 의자에 깊이 몸을 기대었다. A군은 나를 보지 않고 영화를 보며 말을 이어갔다.

"대학이라 해봐야 거의 이름도 없는 곳이야. 특별히 꿈도 없었고 안정된 생활 같은 건 전혀 흥미가 없었어. 내가 아르바이트할 때만 해도 열심히만 하면 꽤 많이 벌었거든. 뭐, 회사마다 다르겠지만 나보다 한 살 많은 취직한 선배가 그러더라고. 월급은 고작 20만 엔에 야근도 많고, 억지로 회식까지 끌려가느라 놀 시간도 없다고. 그 얘기를 듣고 나서는 회사원 생활이 시시하게 느껴졌어. 그래서 몇 년 동안은 놀면서 프리터로 살았지."

"아아, 프리터. 들어본 적 있어. 멋지고 좋잖아. 그런데 그쪽이 더 맘 편하지 않아? 돈도 괜찮게 받는다던데."

"맞아. 스키장에서 강사로 일한 적 있는데 성수기에는 엄청 바빴어. 그때는 꽤 많은 돈을 벌었지. 뭔가 레저 쪽 일은 참 멋지다는 생각도 들었고. 당시엔 거의 40만 엔을 받았어. 숙소 생활이었지만, 지금 일용직 생활보다는 훨씬 편했고 재미도 있었지."

스키 강사였다는 말에 나도 모르게 감탄사가 나왔다. 그와 동시에 왠지 A군의 분위기를 보면 그럴 만하다는 생각도 들었다. A군은 그 밖에도 음식점이나 행사장 설치 같은 일도 했다면서 손가락으로 하나씩 세어가며 알려주었다. 여기 인력시장에 오기 전에는 돌고 돌다가 클럽 DJ까지 해봤다는데, 그 이야기를 듣고 나니 예전에 나눴던 여자와 자주 어울릴수록 여심을 더 잘 이해하게 된다는 대화가 떠올랐다.

"그러면 왜 여기로 온 거야?"

그의 과거를 처음 들은 터라 순수한 궁금증에서 자연스럽게 나온 질문이었다. 괜찮은 수입을 올리며 여러 경험을 해왔음에도, 왜 굳이 힘들고 저임금인 인력시장에 머무는 걸까? 뭔가 다른 이유가 있는 건지도 몰랐다. 혼자 멋대로 동료의식을 느껴왔던 탓인지, 질문을 꺼낼 땐 약간의 긴장감이 돌았다.

A군은 한동안 입을 다물고 있다가 "경제 불황 때문이지" 하고 중얼거리듯 말했다.

"일이 아예 끊겨서 생활 유지가 안 됐어. 처음엔 디스코 스태프로 시작했는데, 나중엔 DJ가 되고 싶더라고. 그래서 열심히 노력해서 무대 시간을 받는 단계까지 갔는데, 재능도 없고 인기도 없었지. 그러다 최근에 내가 신세 지던 가게가 갑자기 망해버렸어. 수입이 아예 끊긴 거지. 하필 그때 DJ가 된 것도 최악이었어. 차라리 일반 종업원이었으면 다른 데서라도 써줬을 텐데. 그땐 완전히 예술가 병에 걸려 있었지."

스크린 속 대자연에 내던져진 개는 자신의 현재 위치를 파악하려는 듯 높은 곳으로 뛰어올랐다. 사방을 둘러보며 누군가를 찾지만, 광활한 설원 어디에도 먹이를 주던 인간의 모습은 보이지 않았다. 최후의 발악처럼 거듭 울음소리를 내보지만, 맞은편 언덕에서는 아무 대답도 돌아오지 않았다.

"좋아하는 일을 하면서 돈도 많이 벌 수 있다면 당연히 그쪽을 선택해야 한다고 믿는 녀석들이 내 주위에 꽤 많았던 것 같아. 그래서 그때는 불안하지도 않았어. 하지만 그건 코이치 군이 예전에 말한 환경과는 좀 다르긴 해도, 결국 비슷한 부류끼리 모여 있었던 것뿐이었어. 같은 또래 친구들은 하나둘 취직하는데, 나는 그때 그런 직업이 낡아빠졌다고 진심으로 생각했거든. 아무 데나 면접만 보면 보통은 취업이 되잖아. 대학 졸업하고 프리터를 하더라도 경험만 잘 포장하면 대기업은 아니더라도 어디든 들어갈 수 있을 거라고 낙관했어. 실제로 취업 활동에 나서기 전까지는 말이야."

"결과는 어땠는데?"

"그야 뭐, 완전 꽝이었지. 그 무렵엔 당연히 취직될 줄 알고 음식점 아르바이트도 관뒀거든. 수집하던 레코드며, 타고 다니던 차며, 쓸데없이 사들였던 명품 옷 같은 것도 전부 팔아서 간신히 버텼어. 딱히 좋은 곳을 바란 건 아니었는데 면접 봤던 기업에서 불합격 통보를 받으니까 너무 초조해지더라고. 완전 충격이었지. 친구들한테는 유명한 DJ가 될 거라고 호언장담해놨으니까, 푸념은커녕 연락조차 못 했어."

"아아……. 대충 알 것 같아, 그게 어떤 기분인지."

나에게도 두 번 다시 돌아갈 수 없는 장소가 있다. 돌아가고 싶어도 돌아갈 수 없는 땅이 있다. 본인의 의지와는 상관없이 운명에 내던져진 황야에서 두 마리의 개가 방황하며 떠돈다. 그들이 찾는 것은 다음 목적지일 뿐 고향으로 돌아갈 길은 아니다. 그 마음이 어떤 것인지 나는 잘 알고 있었다.

내가 멋대로 동료 의식을 느꼈던 A군은 단순한 실업자였다. 아마도 영화를 보고 있었기 때문일지도 모른다. 그 장면을 보며, 오늘까지 나란히 걸어왔던 유일한 전우가 나와는 완전히 다른 견종임을 새삼 느꼈다. 하지만 묘하게도, 그가 나를 신뢰하며 털어놓는 이야기에 나는 계속 맞장구를 치며 진지하게 귀를 기울이고 있었다.

"여기에 온 것도 일단은 바로 돈을 벌 수 있다는 말을 들었기 때문이었어. 그런데 상상했던 일용직 노동과는 완전히 달라서 솔직히 말도 안 된다고 생각했어. 온종일 일하면서 몸을 그렇게 혹사시키는데 수입도 많지 않고. 첫날에 코이치 군이랑 같이 갔던 현장에서는 사실 도망치고 싶었어."

A군이 쓴웃음을 지으며 말하자, 문득 그날 일이 떠올랐다.

A군은 오랜 노동에 얼굴을 일그러뜨리며 "이거, 언제 끝나?" 하고 내게 작은 목소리로 계속 물었다.

"아아, 힘들어 보였지. 기억나네."

그렇다면 왜 계속 여기서 일하고 있는 걸까? 그런 의문이 채 입 밖으로 나오기도 전에 A군은 "그래도 코이치 군이 있었으니까" 하고 말을 이었다.

"난 말이지, 명품 옷을 꽤 즐겨 입었어. 신발도 마찬가지고. 특히 돈이 많던 시절엔 없어선 안 될 필수 아이템이었지. 그런데 코이치 군은 나보다 어리잖아? 그런데도 더럽혀진 작업복을 입고 담담하게 일하는 모습이 멋져 보였어."

"비행기 태우지 마."

"난 진심이야. 뭔가 다른 느낌이었어. 수수해서 멋지다거나 그런 게 아니라, 정말로 '엄청 성실하다'는 생각이 들었어. 학교 다닐 때 코이치 군 같은 친구가 있었다면 참 좋았을 텐데 싶더라고. 처음 만났을 때도, 뭔가 참 신기했어."

"그게 무슨 말이야?"

"난 내가 선택한 길에서 좌절했고, 이류 회사에서도 떨어지니까 엄청 의기소침해지더라고. '아, 나한테는 사회적인 가치가 없구나' 하고 느꼈지. 인력시장에 왔을 때도 이제 진짜 바닥까지 떨어졌구나 싶어 절망적이었어. 언젠가 노숙자로 살아갈 내 모습이 선명히 그려졌거든.

그런데 처음 만난 사람이 코이치 군이었잖아. 신참인 나에게 기초부터 일을 가르쳐주고, 맛있는 밥집도 알려주고, 주위 사람들과도 잘 어울리는 모습을 보면서 많이 배웠어. 나보다 어린 나이에 고생하면서도, 가끔씩 들려주는 현장 이야기는 정말 재미있었어. 넌 정말 여기에 완벽하게 적응했더라. 엄청 듬직했어.

처음엔 솔직히 음습하고 가혹한 밑바닥 인생에 떨어진 줄 알았는데 코이치 군이 그렇게 사는 걸 보니까, 육체노동이 힘들다는 것 빼고는 여기 생활도 제법 귀중한 체험이라는 생각이 들어서 신기했어."

몇 마리의 동료가 함께 움직이다가 문득 한 마리가 제자리에 멈춰 섰다. 그 이변을 느낀 다른 개가 돌아보니, 멈춰선 개는 어딘가 먼 곳을 응시하고 있었다. 지금 A군은 멈춰선 개의 표정을 짓고 있다. 어둑어둑한 영화관, 희미한 빛 아래 비친 A군의 목소리에서 그런 느낌이 전해졌다.

"그래서 비관하지 않을 수 있었어. 적어도 지금 내가 있는 곳이 지옥은 아닌 것 같았거든."

"그랬구나."

보수가 낮긴 해도 아르바이트를 새로 구해 처음부터 일을 배우는 것보다는 일용직 쪽이 훨씬 단순했고 시간도 자유로웠다. 쉬고 싶을 때 쉴 수 있다는 점도, 짧은 기간 안에 일자리를 구하려 했던 그에게 잘 맞았을지 모른다. 그리고 가혹한 노동을 계속하는 이유에 나를 포함시켜 준 게 순수하게 기뻤다. 누군가의 지팡이가 된 건 나도 처음이라 당황스러웠지만 나쁜 기분은 아니었다. 다만 지팡이라면 그 역할에도 끝이 있듯, 그 순간 우리는 아마도 그런 이야기를 나누고 있었던 것 같다.

"열심히 놀다가 정신 차리고 보니 취직이 안 됐다는 건 너무 한심하지. 그래서 코이치 군한테도 말하고 싶지 않았어. 하지만 이제는 그 얘길 누군가에게 털어놓을 수 있을 만큼은 성장한 것 같아."

"좋네. 멋지다."

문득 멈춰 선 개는 자신만의 목적지를 발견한 듯했다. 앞서 간 다른 개가 불러보아도 한 번 돌아볼 뿐, 멈춰 선 채 따라오려 하지 않았다. 한동안 그 자리에 앉아 기다려 보았지만, 나아갈 길과 잘못된 길을 분명히 아는 그 녀석은 끝내 움직이지 않았다.

"취직이 될 때까지는 여기 있을 생각이지만, 어쩌면 슬슬 떠날 때가 된 것 같아."

앞에서 기다리던 개는 따라오지 않는 개의 뜻을 이해하고는 말없이 그 자리를 떠났다.

"응원할게."

아마 그때 A군은 취직이 거의 확정됐던 게 아닐까? 지금의 나와는 상관없는 이야기지만, 나중에 A군과의 대화를 떠올릴 때마다 그런 생각이 들었다.

아침이 밝아오며 마지막 영화 상영이 끝나갈 무렵이었다. 한동안 말없이 스크린을 바라보던 A군이 "오늘 일 나가?" 하고 물었다. 하지만 나는 일할 기분이 아니었고, 어제 벌었으니 쉬겠다고 대답하며 고개를 저었다. 그 말을 확인한 A군은 "그럼 난 다녀올게" 하며 좌석 밑에 놓인 가방을 끌어당겼다.

이 시간쯤이면 인력시장 근처로 일꾼을 태우러 오는 차량들이 하나둘 도착하기 시작한다. 좋은 일거리를 찾으려면 영화관에서 일찍 나가는 게 유리했다. 실제로 영화관에 있던 몇몇 노동자들은 이미 짐을 챙겨 나가고 있었다.

그리고 A군은 자리에서 일어나기 전에 한 번 더 내게 말을 걸었다.

"마지막으로 한마디만 들어줘."

나를 향한 말이었기에 영화를 보던 시선을 돌려 A군을 바라봤다. "뭔데?" 하고 짧게 되묻자 A군은 뭔가 애쓰는 듯한 목소리로 심정을 털어놓았다.

"프리터 시절엔 뭔가 대단한 일을 하게 될 거라고 믿었어. 실제로 즐겁기도 했고, 프리터로 살았던 걸 후회하진 않아. 보통 사람들이 하지 못할 경험도 많이 할 수 있었으니까."

"응, 좋았겠네."

"하지만 이제부터는 누구의 인상에도 남지 못할 평범함만 선택하면서 살게 되겠지."

"뭐야, 그게."

"그래서 말인데, 코이치 군이 여유가 있다면 기억해줬으면 해. 이런 하찮은 나를 말이야. 아, 옛날에 그런 녀석이 있었지, 하는 정도라도 괜찮으니까."

그 말을 마지막으로 A군은 내 앞에서 자취를 감추었다. 그의 마지막 바람은 너무 소박해서, 내가 뭐라고 대답했는지 정확히 기억나지 않는다. "뭐야, 그런 거였어?" 하며 내심 쓴웃음을 지었고, "알았어" 하고 진지하게 고개를 끄덕이며 "당연하지"라고 말했던 것 같다. 어쨌든 자리에서 일어나 오른쪽 어깨에 가방을 멘 A군은 만족스러운 미소를 지으며 영화관을 떠났다.

거의 아무도 없는 이른 아침의 영화관에서 혼자 스크린을 바라보았다. 그곳엔 극한의 땅을 달리는 개의 모습만이 남아 있었다. 유일하게 살아남은 존재가 잠시 멈춰 뒤를 돌아본다. 대사 한 마디 없는 그 장면이, 이 영화를 가장 잘 말해주는 듯했다.

영화관에서 헤어진 후 A군과는 예전처럼 마주칠 일이 없었다. 분명 다른 지역에서 취직했을 것이다. 그는 늘 만나던 공원에도, 인력시장에도 나타나지 않았다. 취직 이야기도 했었으니까 갑작스럽게 느껴지진 않았다. 오히려 A군에게는 잘된 일이라고 생각하기로 했다. 서로 연락할 수단도 없었고 이런 막장 동네에서 살아가는 이상 주소는 없는 거나 마찬가지였다. 그걸 잘 알고 있었기에, 그날 영화관에 남겨진 나는 평소라면 보지 않았을 영화의 엔딩 크레디트를 마지막까지 지켜보았다.

A군과 다시 만난 건, 그로부터 반년쯤 지난 무렵이었다. 어쩌면 A군은 그날 영화관에서 내가 좋아한다고 말했던 장르의 영화를 기억하고 있었던 걸지도 모른다. 일주일에 한 번 취미 삼아 들르는 영화관에서, 나는 중간에 들어온 양복 차림의 남자를 보았다.

처음엔 이런 시간에 웬 회사원인가 싶었다. 평일 밤이었고, 회식을 하다 막차를 놓쳤다 해도 집에 갈 땐 택시를 타면 된다. 영화를 보기엔 시간도, 장소도 썩 좋지 않았다. 그렇다고 해서 특별히 이상하게 여기진 않았다. 그래서 상영 중인 영화를 계속 보고 있는데, 출입구 앞에서 자리를 찾는 듯하던 남자가 종종걸음으로 이쪽으로 다가왔다.

"코이치 군, 코이치 군 맞지?"

다른 데도 빈자리가 많을 텐데, 하고 곁눈질로 보고 있었기에 그가 내 이름을 말했을 때는 깜짝 놀랐다. 스크린의 희미한 불빛으론 표정을 제대로 볼 수 없었지만 목소리가 익숙해서 누군지 바로 알 수 있었다.

"A군이야? 어, 그 옷······."

깔끔한 차림이었기에 어둑어둑한 곳에서 얼핏 보고는 알아보지 못했던 것이다. 하지만 가까이서 보니 틀림없는 A군이었고, 오랜만에 다시 만난 그는 나를 발견하고 해맑게 웃고 있었다.

"나, 취직했어."

장소도 장소였고, 예상치 못한 만남이었지만 나는 곧바로 의자에서 몸을 내밀며 축하 인사를 건넸다. A군이 채용된 곳은 여기서 두 개 시(市)를 넘어간 지역에 있는 인쇄 계열 회사라고 했다. 이미 일을 시작했고 곧 수습 기간도 끝난다며 배속된 부서나 회사 분위기 같은 것도 이야기해주었다. 영화가 중반쯤 되었을 무렵 우리는 밖으로 나가 함께 저녁을 먹었다. "퇴근하고 오는 길이야. 그래도 내일은 쉬는 날이거든" 하고 말하는 그와 결국 아침이 밝을 때까지 공원에서 이야기를 나누었다.

"난 중도 채용이었는데 거의 동기로 들어온 여자애 중에 정말 괜찮은 애가 있어. 나보다 어리긴 한데 엄청 일을 잘하거든. 처음엔 똑 부러져 보여서 좀 다가가기 어려웠는데, 막상 얘기해보니까 재밌더라고. 그 애를 보니까 왠지 코이치 군 생각이 나더라."

"그 애, 마음에 드나 보네."

"아니…… 뭐, 응. 그렇겠지? 확실히 관심은 가니까. 그래서 코이치 군한테, 지금은 취직해서 이렇게 잘 지내고 있다는 걸 꼭 전하고 싶었어. 지금 찾지 않으면 왠지 다시는 못 만날 것 같은 느낌이 들었거든. 이렇게 또 만나니까, 기쁘다."

처음엔 인력시장에 어울리지 않는 명품 옷 차림이었고, 일용직 노동에 익숙해진 뒤엔 지저분한 작업복 차림이더니 오늘은 정사원이 되어 양복을 입고 있었다. 짧은 시간처럼 느껴졌지만 A군의 그런 변화와 성장을 떠올리니 세월이 흘렀다는 게 확실히 실감났다.

"그럼, 또 보자."

"그래, 또 봐."

양복을 입은 회사원들이 출근하는 시간대에 A군과 역에서 헤어졌다. 전철로 출근하는 인파 속에서 오직 A군만이 이쪽을 향해 손을 흔들고 있었다. 내가 타고 싶었던 인생의 흐름에 합류한 그의 모습은 이윽고 사람들에 가려 보이지 않았다. 그 모습을 배웅한 뒤, 나는 평범한 사람들의 흐름에 올라타지 못한 채 다시 원래의 시궁창으로 돌아가기 위해 발걸음을 돌렸다.

A군이 눈앞에 있을 때는 순수하게 기쁨을 함께 나눌 수 있었고, 축하하는 마음도 자연스럽게 솟아났다. 하지만 헤어진 뒤에 밀려온 감정은 약간의 부러움과 초조함이었다. 사회 복귀에 성공한 A군에게 이 인력시장에서의 시간은 좋은 경험으로 남을 것이다. 하지만 나처럼 미래가 없는 인간은 이 일을 계속할 수밖에 없다. 같은 시기에 같은 일터에서 일하며 지냈다 해도, 기한이 있는 것과 없는 것 사이에는 분명한 차이가 있었다.

좁고 어두운 침상을 찾아 이리저리 걷는 무의미한 시간 속에서 그런 생각이 강하게 들었다. 이젠 정말 A군과는 다시는 만나지 못할 것 같은 기분이 들었다. 그건 단순한 예감이라기보다는, 내가 진심으로 행복해지기 전까지는 그를 만나고 싶지 않을 것 같다는 생각 때문이었다.

올바른 지도의 뒷면에서

✱

일용직 노동에서 맡게 되는 일은 늘 위험을 동반한다. 에어컨이 나오는 사무실에서 일하는 사람들과 달리 이쪽은 육체의 피로와 부상을 가까이서 실감하게 된다. 앞일을 생각하지 않고 움직이다가는 금세 일할 수 없는 몸이 되고 생활도 끝장난다. 앞으로의 인생에 영향을 줄 만한 장애가 생겨도 제대로 된 복지 혜택은 기대하기 어렵고, 나를 돌봐줄 사람도 없다. 지금까지 일해온 현장에서도 큰 사고 직전의 순간을 몇 번이나 마주했기에, 아무리 익숙한 일이라도 매번 마음을 다잡으며 작업에 임하고 있었다.

그런데도 사고는 한순간이었다. 요란한 사고는 아니었다. 정말로 단순히 넘어진 것뿐이었다. 내장 해체 작업 중 짐을 나르다가 계단을 한두 단 헛디뎠다. 통로가 좁아 들고 있던 짐을 옆으로 던질 수도 없었고, 붙잡을 곳도 없어서 거의 계단을 뛰어 내려가는 듯한 기세로 내던져졌다. 그리고 피할 틈도 없이 1층 기둥 모서리에 얼굴을 그대로 처박고 말았다.

콱, 하는 둔탁한 충격이 오른쪽 눈 위에 전해졌다. 정말로 너무 순식간이라 무슨 일이 일어난 건지 처음엔 이해하지 못했지만, 곧이어 밀려든 지독한 통증에 나는 목장갑 낀 손으로 상처 부위를 강하게 눌렀다. 거추장스러운 헬멧을 벗을 틈도 없이 그 자리에 몸을 웅크렸다.

"이봐, 괜찮아?"

이상이 생긴 걸 알아차린 사람들이 다가와 말을 걸었다. 회사 직원인 듯했다. 내가 의식을 또렷하게 유지하고 있었던 덕분인지 처음에는 꽤 침착하게 말을 건넸다. 하지만 곧 "피가 나잖아!" 하고 소리치자, 주위 사람들까지 함께 당황하며 분위기가 일순간에 소란스러워졌다.

"깨끗한 천 가져와!"

나는 더러운 목장갑으로 상처 부위를 꾹 눌러 막고 있었다. 그러자 주위 사람들이 "놔, 놔!" 하며 억지로 손을 잡아당겼고, 그제야 목장갑이 상상했던 것 이상으로 새빨갛게 물들어 있다는 걸 알았다. 이렇게까지 피가 나는 건 생전 처음이었다. 상처에 천이 대지기 전까지의 몇 초 동안에도 얼굴을 타고 뜨뜻한 무언가가 흘러내리는 게 또렷하게 느껴졌다.

결국 현장 작업을 중단시키고 말았다. 부상을 입은 나는 오히려 죄책감이 들었고, 주변 사람들 쪽이 더 다급하게 움직였다. 다행히 의식은 또렷했고 응고된 피가 살에 들러붙어 눈꺼풀에서 이물감이 느껴지긴 했지만, 부딪힌 오른쪽 눈에는 이상이 없었다. 그래서 구급차를 부르려는 책임자에게

"괜찮다니까요" 하고 몇 번이나 만류했다.

"죄송합니다. 하지만 이 정도는 괜찮아요. 제가 보험증 같은 게 없어서 구급차를 불러도 병원비를 낼 수가 없거든요."

산재 이야기가 나오긴 했지만 호적과 관련된 일이 귀찮아질 것 같아 "그냥 타박상이에요" 하고 아무렇지 않은 척 넘겼다. 회사 측도 성가신 절차를 피할 수 있으니, 내가 괜찮다고 하자 굳이 병원까지 데려가려 하진 않았다. 이마를 누른 채 "정말 신경 쓰지 않으셔도 돼요. 방해가 돼서 죄송해요" 하고 거듭 사양하자, 결국 포기한 듯 오늘은 일찍 퇴근하라고 했다. 작업이 3~4시간 정도밖에 남지 않았기 때문인지 일당 1만 엔도 그대로 받을 수 있었다.

현장이 시내였기에 곧바로 간이 숙박업소로 돌아와 세면대 앞에 섰다. 수돗물로 상처 부위와 피투성이가 된 얼굴을 씻고 거울을 보니, 오른쪽 눈썹을 세로로 가로지르듯 희미하게 휘어진 절개 자국이 생겨 있었다. 출혈은 가라앉았지만 강하게 누르고 있지 않으면 이마에서 다시 선혈이 흘러나왔다. 2~3센티미터 정도의 상처였고, 머리가 깨진 건 아니었다. 하지만 몇 바늘쯤 꿰매야 할지도 모를 부상 같았다. 병원에 가는 건 아무래도 곤란했다. 가능하다면 시판되는 의료용품 같은 걸로 어떻게든 해결해야 했다.

늦은 밤이 되자 상처 주변이 눈에 띄게 부어오르기 시작했다. 먹을 것과 마실 것, 그리고 의약품을 함께 사 왔다. 거즈를 대고 상처 고정용 테이프로 붙인 뒤, 그 위에 붕대를 단단히 감았다.

중간부터 심해진 붓기가 애초에 타박상 때문인지, 아니면 염증 때문인지는 알 수 없었다. 단단히 감아둔 붕대를 몇 번이나 풀었다가 다시 조여 감으며, 최대한 방에서 꼼짝하지 않고 조용히 시간을 보냈다. 상처의 고통 외에도 목에서는 마치 채찍으로 맞은 듯한 통증이 느껴졌다.

옆방에 다른 노동자가 돌아오는 소리를 벽 너머로 들으면서 조악한 응급처치로 어질러진 피투성이 휴지와 쓰레기를 정리했다. 뭔가 먹으려 했지만 씹을 때마다 울리는 진동 때문에 이마가 아팠다. 눕고 싶어도 몸을 뒤척일 엄두가 나지 않았다. 무엇을 하든 이마에 감은 붕대 때문에 시야가 가려졌다. 붓기가 가장 심해지는 시간대에는 좀처럼 잠들 기분이 들지 않았고, 상처가 벌어지지 않도록 최대한 무표정한 얼굴을 유지한 채, 언젠가 A군에게서 싼값에 산 소형 라디오에 귀를 기울였다.

부드러운 목소리의 여성이 진행하는 라디오 방송이었다. 그녀는 청취자가 보낸 엽서를 읽고 거기에 답하며 자연스럽게 여러 주제로 이야기를 이어가고 있었다. 중간중간 신청곡도 틀어주었는데, 나는 사실 그 신청곡이 듣고 싶어서 계속 라디오를 켜두고 있었다. 하지만 익숙한 노래가 흘러나와도 감정이 전혀 움직이지 않았다. 지금의 내 상황을 응원하는 듯한 곡이 나와도 아무 감흥이 없었다. 오히려 밝은 멜로디의 가사를 들을 때마다, 나와는 전혀 다른 세상의 이야기처럼 느껴져 슬픔과 분노가 밀려왔다.

정말로 피폐해지면 어떤 인기곡을 들어도 아무런 느낌이 없다. 내 문제만으로도 벅차서 다른 사람이 전하려는 메시지를 받아들일 여유조차 없기 때문이다. 다시 말해, 지금 나는 그만큼 힘든 상태라는 걸 스스로도 잘 알고 있었다.

그 라디오를 끄지 않고 계속 틀어두었던 건 거의 관성에 가까웠다. 듣고 싶어서 들은 건 아니었다. 이마의 상처를 누르고 있어 양손을 쓸 수 없었고, 조금이라도 움직이면 고통이 밀려왔다. 고통만 느끼는 것이라면 차라리 다행이었다. 진짜 문제는 그 직후에 밀려오는 한심한 기분이었다.

"다음 편지는 아키타 현에서 닉네임 보리차 님이 보내주셨습니다."

라디오를 계속 틀어두자, 이번에는 부모 이야기를 담은 청취자의 사연이 흘러나왔다. 자신이 여자라는 이유만으로 부모가 대학 진학을 허락하지 않는다는 내용이었다. 그뿐만 아니라 혼자 힘으로 상경하는 것조차 막아놓고는, 자신보다 머리가 나쁜 큰오빠는 아무런 망설임 없이 대학에 보내줬다는 점이 도무지 이해되지 않는다고 했다. 그 답답함을 담은 편지를 읽으며 여성 진행자는 조용히 공감의 말을 건넸다.

계속 일만 해오던 평소와 달리 쓸데없는 생각이 자꾸 떠오르는 시간이었다. 그 탓에 아버지에 대한 기억이 스치며, 희미한 분노와 불만으로 손가락에 힘이 들어갔다. 이를 악문 건 고통을 참기 위해서가 아니라, 아버지 때문에 인생이 망했다는 억울함 때문이었다.

아버지가 실직한 건 내가 중학생 때였다. 트럭 운전사로 일하던 아버지가 사람을 치는 사고를 냈다. 피해자가 크게 다쳤는지 아니면 숨졌는지는 아버지에게서 자세히 듣지 못했기에 지금도 알 수 없다. 하지만 그날 이후, 완전히 생기를 잃어버린 아버지의 얼굴을 보면 얼마나 처참한 사고였는지 짐작할 수 있었다. 아버지가 몰던 트럭이 자전거와 충돌했다고 한다. 그 일로 아버지는 법적 처벌을 받았고, 그에 더해 사고 직후의 트라우마로 정신적인 충격도 남았다고 했다. 거의 처음 보는 아버지의 자는 얼굴은 늘 악몽에 짓눌린 듯했다.

그런 상태가 되었으니 회사를 그만두는 것도 시간문제였

다. 아버지가 먼저 말을 꺼낸 건지 회사 쪽에서 압박이 있었던 건지는 알 수 없다. 어느 날 밤, 아버지는 중요한 이야기가 있다며 입을 열더니 회사를 그만두었다고 중얼거리듯 말했다. 그날 밤의 광경은 지금도 선명하게 기억난다. 하지만 어느 정도는 예상했던 일이었기에, 나는 경악하거나 동요하지 않고 꽤 냉정하게 그 사실을 받아들였다.

상황이 상황인지라 고등학교는 내가 고를 수 없었다. 그래도 나중에 취직을 생각하면 진학은 해두고 싶었기에, 야간 고등학교에 다니며 낮에는 돈을 벌었다. 물론 좋아서 내 청춘을 시급 몇백 엔으로 바꾼 건 아니었다. 아버지가 정신적으로 무너졌으니 내가 일할 수밖에 없었다. 놀 여유 같은 건 없었다.

그 무렵엔 아직 아버지를 동정했던 것 같다. 내 눈에 비친 아버지는 무슨 생각을 하는지 알 수 없는 사람이었지만, 과거에 심한 폭력을 당한 기억도 없고 내가 바라는 것을 계속 거절한 적도 없었기 때문이다. 아버지는 누군가의 가해자가 되어버렸지만, 그건 단순한 불운 때문이었다고 생각했다.

나는 신문 배달과 주유소 점원 일을 동시에 했다. 번갈아가며 일하느라 쉴 틈이 없었다. 물론 스스로 선택한 일이었지만, 아버지가 언젠가 복귀할 거라는 기대 속에서 그때까지만 버티면 된다는 생각으로 내린 무모한 결정이었다.

　물론 일을 하면서 즐거웠던 건 아니다. 10대의 소중한 시간을 희생하며 일하는 하루하루가 괴로웠다. 그런데도 아버지는 재기하지 못했다. 오히려 일하는 나를 보며 "성실하게 일해도 소용없어. 일하지 마"라며 시비를 걸었다. 아버지가 사고를 내고 일할 수 없게 된 상황에서 내가 아버지에게 압박감을 주려 한 걸로 오해했는지도 모른다. 집에 돌아가면 빈 맥주 캔을 잔뜩 어질러놓은 채 잠들어 있었고, 생활비로 건넨 돈은 파친코 같은 오락에 탕진했다. 그런 아버지를 남처럼 대하기 시작한 건 소비자금융 카드 몇 장이 집 안에 나뒹구는 것을 발견했을 때부터였다. 얼마일지 모를 대출 금액을 상상하며 연대 책임만은 피하고 싶다는 생각에 자연스럽게 거리를 두기 시작했다.

　가장 큰 불만은 비난할 대상이 없다는 점이었다. 만약 처음부터 구제 불능인 아버지였다면 차라리 나았을까? 다른 사람에게 피해를 주고 문제만 일으키는 아버지였다면 쉽게 정을 떼고 인연을 끊었을지도 모른다. 하지만 아버지는 망가지고 엉망이 된 인간이었다. 그래서 나는 불만을 터뜨리지도 못한 채, 분출되지 않는 스트레스만 쌓아갔다. 매달 내가 번 몇 만 엔을 생활비로 주었고, 아버지는 그것을 아무렇지 않게 술과 오락에 탕진했다. 그런 일이 매번 반복되었다. 괴롭지 않을 리 없었다. 하지만 성인이 될 때까지의 몇 년이라면 이런 아슬아슬한 생활도 견딜 수 있을 것 같았다. 버텨낼 수 있을 것 같았다.

그런 기대는 결국 가혹하게 배신당하고 말았다. 이렇게나 고생하며 굳게 결심했는데도, 아무리 발버둥 치고 필사적으로 노력해봐도 아무런 보답도 받지 못했다. 왜 내 인생은 단 한 순간도 행복해지지 못하는 걸까. 그렇게 비관할 때마다 억울한 마음에 눈물샘의 둑이 무너져 내렸다. 어쩔 수 없는 일이라고 체념하기에는 아직 너무 이르다는 생각밖에 들지 않았다.

라디오 시보가 새벽 1시를 알렸다. 나는 그 신호에 억지로 몸을 뉘이고, 눈을 감았다. 애초에 이렇게 늦은 시간까지 깨어 있는 일은 드물었다. 피로보다는 불안이 더 컸기에 깊게 잠들지는 못했지만 그래도 어렴풋한 꿈 정도는 꿀 수 있었다. 다만 상처를 감싼 채 잠들었는지, 눈을 떴을 때 오른쪽 목덜미가 심하게 쑤셨다.

매일이 그랬다. 주어진 육체노동을 계속하다가 피폐해진 몸을 이끌고 여관을 찾았다. 가격을 신경 쓰며 먹을 것을 고르고, 눅눅한 이불 위는 신경 쓰지 않고 잠들었다. 이른 아침,

신음하며 일어나 또 다시 일거리를 찾아 나섰다. 노동 자체도 힘들었지만 매일 일거리와 여관을 찾아 헤매야 한다는 사실이 정신적으로 더 괴로웠다. 뿐만 아니라 한 번 일하러 가면 묶여 있는 시간이 길어서 생활에 취미를 가질 여유도 거의 생기지 않았다.

그런 가운데 일할 수 없게 되는 부상이라니, 생각조차 하고 싶지 않았다. 비상사태에 대비해 어느 정도 비상금은 마련해두었고 돈을 최대한 아껴 쓰는 생활에도 익숙해져 있었다. 하지만 이곳에 와서 사흘 이상 연속으로 쉰 적은 없었다. 그래서인지 사흘이 지나도 이마의 벌어진 상처가 아물지 않자 초조함이 밀려왔다. 그뿐만 아니라 광범위하게 생긴 푸른 멍도 나을 기미가 보이지 않았다. 답답한 마음이 점점 커져 갔다.

피와 노란 고름이 묻어 들러붙은 거즈를 갈아 끼우며 몇 번이고 공용 세면대 앞에서 상처의 회복 상태를 살폈다. 그럴 때마다 마음은 좀처럼 진정되지 않았다.

"아파, 아직도 아프네. 왜 이러지……."

출혈은 완전히 멈췄지만 부어오른 오른쪽 눈꺼풀이 좀먹힌 듯 아팠다. 그 부위를 건드리지 않으려 조심하면서, 느린 회복력을 저주했다. 오른쪽 눈의 시야 불량은 상처가 완치되지 않을지도 모른다는 불안을 키웠고, 거울 속 참혹한 상처는 비참한 기분을 더욱 부추겼다.

표정이 일그러지며, 벌어진 상처가 아팠다. 그 주변은 묘하게 뜨거웠다. '이 쓸모없는 인간.' 마음속으로 그렇게 욕했던 것은 욕을 먹으면 특유의 반골 정신으로 다시 일어설 수 있기 때문이었다. 쉽게 말해, 일종의 습관이었다.

하지만 그런 반사적인 채찍은 오히려 상처의 고통을 헤집어 울상을 짓게 했다. 마음속에서 들려오는 건 '이렇게 다쳤는데 좀 잘 대해주면 안 돼?' 하는 힘없는 목소리와 '이제 좀 봐주세요.' 하는 참회였다. 그런 호소에 귀를 기울인 이성은 '그래도 좀 더 노력해봐야지. 그것 말고는 방법도 없잖아?' 하고 설득을 시작했다. 복잡한 감정과 갈등이 이어지는 가운데, 일단 진정될 때까지는 좁은 여관방에 틀어박혀 이불 속에서 숨죽이듯 눈물을 흘렸다. 지난 일주일은 그렇게 보냈다.

푸른 멍이 가시고 상처가 어설프게라도 아문 것은 그로부터 닷새 뒤였다. 물론 완치는 아니었다. 하지만 점점 줄어드는 돈을 바라보며 보내는 시간은 약간의 트라우마로 남았다. 그런 불안을 덜기 위해 이른 아침부터 일자리를 찾아 나섰다. 아픈 곳은 꽤 많이 나아져서 이마를 만지지 않는 이상 상처가 있다는 걸 어느 정도 잊을 수 있었다. 헬멧도 각도를 잘 맞추면 쓸 수 있었다. 머리에 붕대를 계속 감고 있었기에 회사 차 앞에서 일꾼을 구하는 사람마다 거의 "머리 왜 그래?" 하고 물었다. 숨길 필요가 없었기에 지난번 현장에서 머리를 살짝 다쳤다고 대답했다. 부상자를 고용하는 걸 기피할까 봐 순간 불안했지만, 나이 덕분인지 건강해 보이는 태도 덕분인지 몰라도 적극적으로 일하러 오라고 말해주는 업자가 많았다.

내가 고른 일은 황무지를 정비하며 온종일 잡초와 키 작은 나무를 베는 작업이었다. 무거운 물건을 옮기는 것보다 시선을 내리고 하는 작업이 더 나을 것 같았기 때문이다. 계절도 시원해져 일사병 걱정을 할 필요도 없었다. 그런 안일한 생각으로 노동에 참여했지만 지급된 도구는 녹이 슬어 제대로 쓸 수 없었다. 그런 상태로 엉거주춤 서서 하루 종일 작업했지만, 고작 몇 명으로는 일이 되지 않았다. 결국 고용주에게 '식충이'라는 잔소리를 들으며, 거의 내던지듯 건넨 현금을 받아들었다. 일을 마친 현장은 인력시장에서 수십 킬로미터나 떨어진 먼 곳이었다. 12시간이나 통제당하며 일하고, 교통비까지 포함해 받은 돈은 고작 1만 엔이었다.

퇴근길, 혼잡한 전철 안에서 주위의 시선이 느껴졌다. 그 시선이 일하느라 흘린 땀 냄새 때문인지, 진흙에 더러워진 작업복 때문인지, 아니면 머리에 감은 붕대 때문인지는 알 수 없었다. 어느 쪽이든 좋은 의미는 아니었을 거라는 점만은 확실했다. 작업 도구가 든 가방도 자리를 많이 차지해 괜히 눈치가 보였다.

해 지는 시간도 빨라져 바깥은 벌써 어두웠다. 나는 일부러 차창 너머, 제대로 보이지도 않는 바깥 풍경을 바라보았다. 그렇게라도 하지 않으면 창문에 반사된 피폐해진 내 모습과 눈이 마주칠 것 같았기 때문이다.

이런 내 처지를 다른 사람 탓으로 돌리며 비관하고 싶지 않았다. 고향에서 눈길을 걸으며 떠오른 말을 용기 주는 다짐이라 생각하고 노트에 '세상을 나쁜 놈으로 몰아가면 안 된다'라고 적었다. 그 말은 내 마음 깊은 곳에서 우러난 것이었고, 인생에서 가장 중요한 사고방식이라고 믿었다.

하지만 그걸 구원의 말이라 믿고 의심 없이 적었던 나 자신을 지금은 '순진했다'고 생각한다. 그런 사고방식으로는 타인을 쉽게 미워할 수 없다. 미워할 수 없을 뿐만 아니라, 상대를 용서하기 위해 계속 노력해야만 한다. 아마 이 세상에서는 그런 말을 주저 없이 꺼내는 사람들부터 먼저 망가지기 시작할 것이다. 정신적인 피로를 느끼면서도 외면한 채 '한 걸음만 더, 한 걸음만 더!' 하며 다리가 부서질 때까지 달려간다. 그리고 망가진 다리를 보고서야 비로소 고통에 울 수밖에 없게 된다. 내 꼴이 딱 그랬다.

전철에서 내려 막장 동네로 돌아오는 길에 노트에 적은 그 문장을 지워야겠다고 생각했다. 이제 빈 종이도 없고 책등 표지도 찢어졌지만, 그 오래된 노트를 아직도 소중히 간직하고 있었다. 단순히 지우개로 지우는 게 아니라 사선으로 X자를 여러 겹 덧칠하기로 마음먹었다.

말없이 좁은 방으로 돌아와 지금까지 아무렇게나 기록해온 노트를 펼쳤다. 그 안에는 의미 없는 말들의 메모, 영화관에서 본 영화 제목들, 저금과 지출 기록, 인력시장 주소, 캔 줍기 시절의 메모 등이 남아 있었다. 페이지를 넘기던 중 노트 사이에 끼어 있던 낡은 종이 한 장이 떨어졌다.

주워들어 보니, 그 종이에는 내 글씨가 아닌 삐뚤빼뚤한 글자가 적혀 있었다.

'미안하다.'

언젠가 길 위에서 돌아가신 하마 씨가 살아 있었던 증거였다. 오랜만에 이 글자를 보니 다양한 감정이 솟구쳤다. 동시에 지금까지 과거를 돌아보지 않고 오로지 앞으로만 걸어왔다는 사실을 실감했다. 인력시장에 온 지도 꽤 오랜 시간이 지났지만 지금까지 한 번도 이 글자를 다시 읽어본 적은 없었다. 이 노트는 일기라기보다 메모장처럼 사용해왔고, 매일

같이 가혹한 노동환경에 시달리며 바쁘게 살았기 때문이기도 했다. 그래서 하마 씨의 글씨를 보며 추억에 잠기는 동시에 이런 생각도 들었다.

나는 어떻게 죽게 될까? 분명 A군 같은 생활은 이제 기대할 수 없을 것이다. 하마 씨처럼 언젠가 노동자로 일할 수 없게 되어 아무 전환기도 맞지 못한 채 길거리 생활을 하게 될지도 모른다. 만약 상황이 호전된다 해도 평범하다고 부를 만한 보금자리를 얻을 수 있을까? 과로사든 사고사든 자연사든 간에 내 인생이 끝날 때 곁에서 지켜봐 줄 사람이 있을까?

이 눅눅하고 좁은 방에서 아무도 모르는 사이 죽게 될 수도 있다. 아무리 나라도, 고독하게 남몰래 죽고 싶지는 않았다. 그렇다고 사람들에게 둘러싸여 사는 인생을 바라기도 힘들었다.

그날, 나를 격려하듯 계속 써 내려갔던 말들을 찾았다. 꼼꼼히 읽으며 당시의 감정을 떠올려봤지만, 지금의 내 눈에는 불완전해 보이는 그 말들에 취소선을 그었다. 그렇게 하다 보니 어느새 격려의 말들만큼이나 까맣게 덧칠한 부분이 많아졌다. 언젠가 다시 읽게 될 미래의 나를 격려하기 위해 진심을 담아 적었던 말일 텐데도 지금의 나에게는 전혀 감흥이 없었다. 오히려 '치졸하다'는 생각으로 과거의 기억을 하나씩 지울 때마다, 나는 알맹이 없는 인간이며 아무것도 가진 게 없다는 사실을 실감했고, 눈앞이 다시 흐려졌다.

일단 기분 전환이 필요했다. 누군가를 만나 이야기하는 것이 더 건전하다는 생각이 들었다.

"그래? 네 절친이 취직했구나. 잘 됐네!"

이미 늦은 시간이었기에 길거리에서 자는 사람 말고는 마주칠 일이 없을 거라 생각했다. 그런데 이곳저곳을 돌아다니다 보니 근처 음식점에서 늦은 저녁을 먹고 있는 아이바 아재가 보였다. 평소처럼 기운찬 아재의 목소리를 들으니 안심이 되었고, 몇 번이고 눈시울이 뜨거워졌다.

"코이치! 머리는 어쩌다 다친 거야!"

아재의 그 한마디로 본격적인 이야기가 시작됐다. 현장에서 피를 흘린 일, A군이 취직한 일, 최근엔 회복을 위해 여관방에서 나가지 못했던 일까지 차례로 이야기했다. 그러자 아재는 내 등을 두드리며 "잘 버텼어!" 하고 적당한 칭찬을 건넸다. 지금은 그것만으로도 충분했다.

그리고 아재는 갑자기 "아!" 하고 소리치며, 누군가가 나에게 전할 말을 부탁했다는 걸 떠올렸다. 그 말을 전해달라는 사람은 내가 자주 묵는 간이 숙박업소의 카운터 이모였다.

"처음엔 금세 만날 줄 알았는데, 네가 최근에 안 보여서 깜

빡했어. 미안하다. 그리고 막상 마주치니까 다친 게 먼저 보여서 그쪽으로 신경이 쏠렸네."

"무슨 용건이래? 난 숙박비 안 낸 적 없는 것 같은데."

"아니, 뭔가 짐을 맡아두고 있다고 들었는데? 물건이라도 놓고 간 거 아니야?"

그 말을 듣고 곰곰이 생각해봤지만 짐작 가는 바는 없었다. 지난 일주일 동안은 회복을 위해 일을 쉬려고 외곽에 있는 싼 여관으로 옮겨가 있었다. 한가한 시간을 주체하지 못하는 동안에도 잃어버린 물건은 생각나지 않았다. 일하러 나갔을 때도 작업 도구는 전부 그대로였다.

아재에게 밥을 얻어먹은 뒤 인사를 하고, 짐을 맡아두었다는 숙박업소로 향했다. 이 동네에는 젊은 노동자가 많지 않은 데다, 나와 자주 잡담을 나눈 덕분에 이모가 나를 기억한 것일지도 모른다. 카운터 이모는 내 얼굴을 보자마자 "언제 오나 했네" 하며 안쪽에서 백화점 쇼핑백 하나를 꺼내왔다.

"이거, 코이치 군한테 전해달라고 해서 내가 맡아두고 있었어. 30대 후반쯤 되는 남자였는데, 코이치 군하고 아는 사이래. 그런데 성은 모른다고 하더라고. 좀 수상하지? 그래도 그 사람이 말한 코이치 군 특징이 딱 맞아서 맡아둔 거야. 원래는 이렇게 안 하는데 말이지. 뭐, 그 남자도 나쁜 사람 같진 않았고, 안에 뭐가 들었는지 봤는데 위험한 물건은 아닌 것 같더라고. 코이치 군이라서 특별히 해준 거거든? 늘 열심히 사니까. 이건 여관 서비스가 아니라 이 이모가 베푸는 친절이야. 알았지?"

쇼핑백은 생각보다 묵직했다. 내게는 주소가 없었기에 우체국 전표 같은 건 붙어 있지 않았고, 쇼핑백에는 백화점 로고만 인쇄되어 있었다. 그걸 살펴보고 있자 이모가 말했다.

"감사 인사 같은 거라고 하던데."

"고마워, 이모. 그런데 누구야? 그 사람이 이름은 말했어? 30대 후반이면 이 근처에 그런 사람 많잖아. 특징 같은 건 없었어?"

"인력시장 사람은 아니었어. 아이치에 사는 사람인데 이제 돌아가게 됐으니까 맡아달라고 하더라."

"아이치? 잘 모르겠는데……."

쇼핑백은 한 번 열어봤다고 했지만 봉투 입구 쪽은 다시 테이프로 붙여져 있었다. 물건을 전해준 카운터 이모에게 고맙다는 인사를 한 뒤, 계속 연박했던 이불만 있는 방에서 쇼핑백을 확인했다. 안에는 갈색 편지 봉투와 작고 네모난 상자가 들어 있었다. 내용물은 그 두 개뿐이었고, 누가 보낸 건지 짐작할 만한 단서는 전혀 없었다.

하지만 편지 봉투의 발신인 이름에 '미우라 히로카즈'라고 적혀 있는 것을 보고, 나는 깜짝 놀랐다. 수신인은 '코이치'였고, 명백히 내게 보낸 편지가 들어 있었다. 봉투 안에서 삼등분으로 접힌 여러 겹의 편지를 꺼내 펼쳤다. 미우라 씨의 글씨를 보는 것은 이때가 처음이었다. 노숙자 시절의 모습에서는 상상하기 힘들 만큼 모범적이고 깔끔한 글씨였다. 하지만 이상하게도 의외라는 생각은 들지 않았다.

편지는 이렇게 시작하고 있었다.

'기억나니? 미우라 아저씨다.'

잊을 리가 없다. 오히려 한때 이것저것 가르쳐주기만 했던 나를 아직도 기억하며 편지를 써줬다는 게 놀라웠다. 나는 제대로 된 보답도 하지 못했고, 아니 기대를 저버린 채 그가 마련해준 보금자리를 떠나버린 인간이었다. 그런데도 편지에는 '몸은 괜찮니?', '새로운 환경에는 잘 적응했는지 모르겠구나' 같은 나를 걱정하는 말들이 적혀 있었다.

계속 읽어 내려가자 내가 떠난 뒤 집락이 어떻게 되었는지가 적혀 있었다. 쉽게 말해 관청과 경찰에서 퇴거 명령을 내려 이제 그 근처 일대에는 아무도 살지 않게 되었다고 한다. 집락에서 가장 고령자였던 하마 씨가 돌아가시고, 또 내가 아무 말 없이 인력시장으로 떠난 날부터 집락 사람들도 생활의 의욕을 잃고 권고대로 해산했다고 한다.

'한심하게도 난 다른 사람의 요구에 그곳을 떠났지만 딱히 갈 데도 없었어. 관청에서 일자리를 알선해주겠다는 이야기가 나온 게 퇴거 요청을 받은 그 시기였지. 평소였으면 분명 거절했을 거야. 왜냐하면 난 정상적으로 살아갈 자격이 없는 인간이니까.'

이 문장을 읽으며 떠올린 것은, 언젠가 노하라 씨에게 들었던 말이었다.

"네 스승님도 마음이 꺾여버렸으니까."

그때 노하라 씨에게 자세한 이야기를 듣지 못했고 미우라 씨에게 직접 물어볼 수도 없었다. 하지만 시간이 흐른 뒤, 미우라 씨가 보내온 편지에는 그에 관한 내용도 적혀 있었다.

'내 아내는 자살로 생을 마감했다.'

강한 인상을 남기는 한 문장이, 마치 자신을 책망하듯 힘이 담긴 글씨로 적혀 있었다. 어떻게 만났는지는 생략되어 있었지만, 편지에는 아내는 좋은 집안 출신이었고 당시 미우라 씨는 일반 기업의 평사원이었다고 적혀 있었다. 쉽게 말해 신분을 뛰어넘은 사랑이었고, 양가에서는 당연히 결혼을 반대했다고 한다.

하지만 미우라 씨와 아내는 젊었다. 가족의 반대를 무릅 쓰고 먼 곳으로 도망쳤고, 결국 가족들과 인연이 끊겼지만 그 순간만큼은 둘이서 가난해도 행복하게 살 수 있을 거라 믿었다.

하지만 현실은 드라마처럼 쉽게 흘러가지 않았다. 처음엔 가치관의 차이가 좁혀지는 듯 보였지만, 끝내 좁혀지지 않았다. 자라난 환경과 금전 감각이 너무 다른 두 사람은 생활에 대한 기대도 크게 달랐다. 서로 너무 어렸기에 사회적 지위도 수입도 없이 살아가는 현실을 체념하며 견디기에는 버거웠을 것이다.

그런 스트레스가 쌓이면 관계가 틀어지기 마련이다. 하지만 도망치면서까지 얻은 결혼생활을 이혼이라는 결말로 끝낼 수는 없었다. 설령 서로의 부모님이 용서해준다 해도 친척들이나 주변 사람들의 시선을 견뎌내야 할 테니까. 어쩌면 그의 아내는 이 결혼 자체와 미우라 씨를 선택한 자신의 결정이 잘못됐다는 걸 인정하기 싫었던 걸지도 모른다. 그래서 친정으로 돌아가지도, 바람을 피우지도 못한 채 미우라 씨를 원망할 수밖에 없었다. 그녀가 감정을 분출할 상대는 사랑의 도피까지 하면서 선택한 남편뿐이었으니까.

미우라 씨는 아내를 끝까지 사랑했던 것 같다. 그 마음은 편지 속 문장에서도 느껴졌다. 그래서 아내가 사고인지 자

살인지 모를 상태로 생을 마감한 날부터 그의 마음은 꺾이고 말았다.

사인은 교통사고였다. 비 오는 날 차도로 뛰어든 아내는 시야와 반응이 모두 둔해진 운전자에게 치였고, 충돌 당시의 속도로 미루어 볼 때 즉사였던 것으로 보인다.

내가 편지를 읽으며 상상한 광경은 빗속에서 우산과 장바구니를 들고 횡단보도를 건너려는 미우라 씨 아내의 뒷모습이었다. 당시 그녀가 어떤 표정을 짓고 있었는지는 누구도 알 수 없다. 단지, 차가 잘 보이지 않는 위치에서 신호등을 제대로 확인하지 않고 건너려 한 것일지도 모른다. 고개를 숙여 걸었던 것은 정신적으로 피폐해진 탓이 아니라 마음에 드는 신발로 물웅덩이를 밟지 않기 위해서였을 수도 있다. 그것이 자살이었는지 단순한 사고였는지는 아무도 모른다. 하지만 친정에서 지낼 때처럼 유복한 환경을 만들어주지 못했다고 후회하는 미우라 씨는 그것이 자살이라고 단언했다. 자신이 그렇게 몰아넣었다고.

그날 미우라 씨는 일 때문에 바로 연락을 받지 못했고, 아내가 이송된 병원에서 장인과 장모를 마주쳤다고 한다. 그 사건 이후 미우라 씨는 마음에 병이 생겨 삶의 기력을 잃고 말았다. 곧 회사를 그만두었고, 돌아갈 곳도 의지할 곳도 없던 그는 노숙자 생활을 시작했다.

'난 아내를 죽음으로 몰아넣은 뒤로 일할 의욕을 잃어버렸어. 생활을 윤택하게 만들기 위해 돈을 버는 행위 자체에 거부감이 들었지. 다른 노숙자들처럼 자유에 대한 신념 같은 건 없었고, 가난하고 괴로운 하루하루를 보내면서 죄책감을 덜어내고 싶었던 걸지도 모르겠어.'

편지를 절반쯤 읽었을 무렵, 문득 미우라 씨에 대한 인상이 달라진 걸 느꼈다. 불쌍하다는 동정심은 아니었다. '미우라 씨에게 그런 과거가 있었구나'라는 놀라움보다 '그래서 미우라 씨에게서 그런 느낌이 들었구나' 하고 납득하는 마음에 더 가까웠다.

미우라 씨의 편지에는 몇 번이고 지웠다가 다시 쓴 흔적이 있었다. 자기 이야기를 글로 풀어내는 데 익숙하지 않다는 것은 군데군데 글씨 끝이 길게 뻗은 모습만 봐도 알 수 있었다. 편지 후반부에는 나에 관한 내용이 적혀 있었는데, 전체적으로 이 부분에 고쳐 쓴 흔적이 가장 많았다.

'솔직히 말하면 너와 처음 만났던 당시, 나는 너를 볼 때마다 괴로운 마음이 들었던 것 같아. 불평 한마디 없이 그 자리에서 열심히 노력하는 너의 모습이 지금 내 삶을 강하게 부정하는 기분을 들게 했거든. 그래서 처음엔 부정적인 태도라도 취하지 않으면 너와 마주하는 것조차 힘들었어. 어린 나이에 그런 곳에 오게 된 건 그럴 만한 사정이 있어서겠지. 하지만 당시 내가 네 과거에 별로 관심을 보이지 않았던 건, 내 과거를 털어놓기 싫었던 이유도 있지만 지금 생각해보면 그렇게 열심히 사는 너를 응원하지 못하는 비뚤어진 감정 때문이기도 했던 것 같아.'

당시 미우라 씨가 나를 향해 느꼈던 감정은 너무 뜻밖이라 처음엔 믿기 어려웠다. 하지만 문장을 곱씹듯 몇 번이고 반복해 읽다 보니, 분명한 증거가 떠올라 받아들일 수밖에 없었다. 여유 없이 살던 그 시절, 노하라 씨가 해준 말과 하마 씨가 다툼을 말리며 타일렀던 말이 미우라 씨의 감정을 이해하는 데 큰 도움이 되었다. 그 시절, 미우라 씨를 비롯한 주변 사람들에게 나는 많은 것을 배웠다. 그곳에는 평범한 사람이 없었고, 각자 저마다의 사정을 안고 있었기에 나는 그 속에서 성장할 수 있었다. 하지만 어느 순간부터 성장이 멈춘 듯한 느낌이 들었고, 그 감각이 지금의 환경으로 나를 이끌었다. 그렇게 나는 노동자의 삶을 살고 있다.

그로부터 2년 반 가까운 시간이 흘렀다. 편지 후반부에는 미우라 씨의 삶에 변화가 생겼다는 내용이 적혀 있었다.

'보금자리에서 쫓겨난 뒤, 나는 일자리를 구해 다시 일을 시작했어. 내가 선택할 수 있는 일은 거의 없었지만 다행히 기숙사가 딸린 공장에서 기간제로 근무하게 되었지. 솔직히 말하면 앞으로 내 삶을 개선하려는 마음은 전혀 없었어. 그래도 돈을 벌어야겠다고 생각한 건, 사고 싶은 물건이 있었기 때문이야. 그 물건을 찾는 것만이 새로운 보금자리를 찾는 때까지는 내 유일한 버팀목이자 목표였어. 제대로 된 일자리를 가진 건 거의 10년 만이었어. 익숙하지 않은 환경에서 처음부터 일을 배우는 건 긴장과 곤혹의 연속이라, 필사적으로 버틸 수밖에 없었지. 그런 생활을 하다 보니, 그때 필사적이던 네 모습에 대한 열등감도 점차 사라져 갔어.'

공장 작업복을 입고 일하는 미우라 씨의 모습을 떠올리며 편지를 다시 읽었다. 일하는 틈틈이 쓴 편지라 그런지 한 글자 한 글자가 더 소중하게 느껴졌다.

'코이치, 네가 떠나기 전에 딱 한 번 주스를 사주러 간 게 생각나. 사실 그때 사과하고 싶었어. 그런데 너와 이런저런 이야기를 나누다가 사과할 기회를 놓친 걸 지금도 후회하고 있어. 시간이 너무 많이 흘렀으니 이제 와서 사과만으로 용서받을 수 있을 거라고는 생각하지 않아. 그래서 언젠가 내가 팔아버린 네 손목시계를 되찾으려고 계속 돌아다녔어.'

'손목시계'라는 단어를 읽는 순간 자연스럽게 쇼핑백 안에 들어 있던 정사각형 상자에 시선이 갔다. 들어 보니 확실히 손목시계 정도의 무게감이 느껴졌다. 궁금한 마음을 억누르며 편지를 계속 읽었다. 미우라 씨의 글은 조심스러운 사과로 이어지고 있었다.

'결론부터 말하자면, 결국 다시 찾아내지 못했어. 시간이 너무 많이 흘러서 내가 찾기 시작했을 땐 행방을 알 수 없는 상태였거든. 그날 네 손목시계를 돈으로 바꾼 건 사실이야. 변명의 여지가 없지. 네가 금세 원래 있던 장소로 돌아갈 거라 생각하고 빼앗은 거였어. 이 일만큼은 정말 네게 지독한 짓을 했다고 생각하고, 그저 미안한 마음뿐이야. 동봉한 물건은 내가 찾아낸 손목시계 중에서 네 것과 가장 비슷하면서 최대한 좋은 걸로 골랐어. 이걸로 용서받으려는 건 아니야. 다만 만약 네 마음에 든다면 받아줬으면 해.'

편지의 마지막 한 장을 내려놓고 뜻밖의 선물인 상자의 포장을 벗겼다. 시계 같은 건 이미 단념한 지 오래였고 미련도 없었다. 그래서 미우라 씨가 그 일을 신경 쓰고 있었다는 사실만으로도 기뻤다.

상자에서 나온 건 예전 것보다 훨씬 세련된 디자인의 손목시계였다. 아직도 믿기지 않았지만 손목시계의 무게감을 손으로 느끼자 가슴이 뛰었다. 얼핏 봐도 예전 것보다 가격이

2~3배는 될 것 같았다. 그리고 꽤 고심해서 고른 듯 그것은 예전 내 손목시계와 매우 닮아 있었다. 색상과 디자인도 내 취향에 꼭 맞았다.

편지에는 이 선물을 내게 주고 싶다는 진실한 마음이 담겨 있었다. 마지막 한 장에는 편지를 쓰던 당시의 감정과 마무리 인사가 적혀 있었다.

'마지막으로 이 편지를 쓰는 데만 반년이 넘는 시간이 걸렸어. 편지 내용도 그렇고 이제 와서 너를 찾아 편지를 보내는 것 자체가 수도 없이 망설여졌거든. 그래도 이 나이에 한 가지 목표라도 이루고 싶었어. 나는 앞으로도 많은 것을 바라지 않는 인생을 살겠지만, 적어도 네 인생에는 전환기가 찾아오길 바랄게.'

편지 끝에는 '그럼 이만'이라고 적혀 있었고, 더 이상 이어지는 문장은 없었다. 나는 오랜 시간 동안 정성스레 쓰였을 이 편지를 몇 번이고 반복해서 읽은 후 미우라 씨의 진심이 담긴 글을 다시 봉투에 넣었다. 미우라 씨는 이 편지를 쓰는 데 쏟은 시간만큼 나를 생각했을 것이다. 그 사실만으로도 바닥을 기어 다니는 듯한 기분에서 조금은 벗어날 수 있었다.

보내준 손목시계는 바로 손목에 차지 않고 지문이 묻지 않도록 조심하며 꼼꼼하게 모양을 감상했다. 시간이 약간 어긋나 있어 평소에 차던 싸구려 손목시계를 옆에 놓고 정확히 시간을 맞췄다. 시계에는 몇 가지 추가 기능이 있었고, 그 기능에 익숙해지려 조작하다 보니 10여 분이 훌쩍 지나 있었다. 최근 들어 그렇게 빠르게 지나간 시간은 없었던 것 같다.

손목시계를 차고 공용 세면대로 달려갔다. 그곳에는 마침 전신 거울이 있었고, 앞에 서 보니 입가에 미소가 떠나지 않는 내 모습이 비쳤다. 머리에 붕대를 두르고 있다는 사실은 그제야 떠올릴 만큼 흥분한 상태였고, 조금 쑥스러워하면서도 팔을 가슴 쪽으로 들어 올려 포즈를 취해보았다. 이렇게 저임금의 육체노동으로 버티는 삶 속에서, 다시 고가의 물건을 손목에 차게 될 줄은 상상도 못 했다.

그렇게 체념했던 만큼 선명한 기쁨이 느껴졌던 것 같다. 직접 골랐던 예전 손목시계와 비슷하다는 점도 기쁨의 한 이유일지 모른다. 처음 받은 아르바이트비로 산 손목시계를 잃어버렸던 날의 감정과 그날부터 오늘까지 고생해온 시간들이 주마등처럼 스쳐 지나갔다. 하지만 그 기억들은 더 이상 불안이나 초조함에서 떠오르는 것이 아니었다. 오히려 이 선물을 통해 조금이나마 내 삶이 보상받았다는 기쁨에 가까웠다.

지금까지는 누가 훔쳐 가거나 망가져도 상관없는 물건만

사용해왔다. 그런 상태에서 오랜만에 다시 귀중품을 얻게 됐다. 물건이 가진 단순한 가치뿐만 아니라 내가 가장 힘들었던 시절을 지켜본 사람이 보내준 선물이라 더 특별했다. 미우라 씨가 보내준 손목시계의 무게감은 요즘 부쩍 약해진 내 마음에 벅차게 다가왔다.

편지만 해도, 미우라 씨 앞에서 아무 말 없이 사라진 내가 받을 자격은 없었다. 그런데도 미우라 씨는 나를 생각하며 편지를 썼고, 재출발하게 된 일과 자신의 인생에 대한 후회까지 털어놓았다. 심지어 먼 지역까지 직접 찾아와 내게 그 마음을 전하려 애써주었다. 그 사실을 떠올릴 때마다 눈시울이 뜨거워졌다.

붕대를 감았던 이마의 상처는 미우라 씨의 편지를 받고 한 달 뒤에 가라앉았다. 표정을 지을 때마다 아팠던 갈라진 상처는 결국 눈에 띄는 흉터로 남았다. 눈썹을 가로지르듯 세로로 찢긴 탓인지 자세히 보면 눈썹 일부가 사라진 상태였다. 햇볕에 그을린 피부색과 달리 흉터는 연한 붉은빛을 띠며 이질적으로 보였다. 다행히 감염은 없어서 심각한 문제로 번지진 않았다. 진물이 완전히 멈출 때까지 붕대로 상처를 고정했다. 노동을 계속했기에 회복이 늦었는지 빨랐는지는 알 수 없다. 하지만 미우라 씨에게 받은 손목시계 덕분에 지금의 처지를 비관하지 않을 수 있었다. 상처는 한 달 뒤 완치되었고, 눈에 띄는 흉터가 남았지만 나는 아무렇지도 않았다.

  손목시계는 특별한 물건이라 평소에는 사용하지 않았다. 인력시장에 나갈 때는 활동하기 편한 방한복에, 예전부터 쓰던 싸구려 손목시계를 그대로 차고 다녔다. 귀중품이라 부를 만한 물건이 생긴 뒤부터는 열쇠로 잠글 수 있는 여관에서 지냈다. 선물 받은 손목시계를 차는 건 가끔 거리를 걸어 다닐 때 정도였다. 그 시계를 차고 있다는 사실만으로도, 별것 아닌 소모품을 사러 가는 일조차 의미 있는 행동처럼 느껴졌다. 게다가 지금은 지갑에 어느 정도 돈이 들어 있었고, 갖고 싶은 게 생기면 조금 무리를 해서라도 살 수 있었다. 사소한 차이긴 해도 선택할 수 있다는 자유는 내 안에 건전한 여유를 만들어주었다.

  해체 작업 중 이마가 깨지며 시작된 일련의 불안은 이제 거의 사라졌다. 그리고 내가 미처 몰랐을 만큼 미우라 씨가 나를 많이 생각해주었다는 사실을 알게 된 뒤로는 한 가지 생각에 잠기는 일이 많아졌다. 이대로는 안 된다는 막연한 공포가 아니라 잘 찾아보면 현실적으로 바랄 수 있는 행복이 어딘가에 있지 않을까 하는, 그런 이기적인 마음을 간신히 품게 된 것 같다.

아버지에 대해 조사해보았다. 시간이 꽤 지난 일이었기에 우선은 그 시기 신문을 찾는 것부터 시작했다. 1994년 1월 26일 이후의 신문. 먼저 찾아간 두 곳의 작은 지역 도서관에는 최근 1년 치 신문만 보관되어 있었고, 3년 전 신문은 어디에서도 찾아볼 수 없었다. 게다가 이곳은 아버지의 사건이 벌어진 고향과는 다른 현에 속해 있었기에 내 고향의 지방 신문은 아예 보관되어 있지 않았다.

시간을 들여 더 큰 도서관에도 찾아갔다. 그곳에는 국내외의 다양한 신문이 보관되어 있었고, 내 고향의 지방 신문도 눈에 띄었다. 당시 날짜의 신문은 작게 인쇄되어 책자 형태로 정리돼 있었다. 심호흡을 한 뒤 조심스럽게 기사를 읽었다. 손에 닿는 얇은 종이가 유독 무겁게 느껴졌다. 기사를 구석구석 읽는 데 집중하다 보니 어느새 폐관 시간이 가까워지고 있었다.

결론부터 말하자면, 어느 신문에도 나에 관한 이야기는 실려 있지 않았다. 눈길에 방치된 남자에 대한 기사도, 길거리에서 폭행을 당한 뒤 얼어 죽은 남자에 대한 기사도 없었다. 대신 1면을 차지한 것은 공장 현장에서 발생한 대규모 사망사고, 조직 폭력단이 연루된 사건, 그리고 버블 붕괴로 인한 기업 도산 소식 등이었다.

기삿거리조차 되지 못하는 사건 사고는 매일같이 수도 없이 일어난다. 게다가 언론이라는 틀에는 분명한 한계가 있다. 설령 나에 관한 기사가 없다고 해도 그것이 곧 내 무죄를 뜻하는 건 아니다. 그리고 기사를 찾아냈다 한들, 지금의 생활이 달라지는 것도 아니었다. 그런 당연한 사실을 다시 확인하고 나서, 나는 밤길을 걸어 막장 동네로 돌아왔다.

다만 이렇게 조사를 마치고 나니 마음에도 사소한 변화가 생긴 듯했다. 그 변화를 알아챈 건 돌아오는 길에 사람을 마주쳤을 때였다. 가로등이 드문 길이라 얼굴이 잘 보이지 않았던 탓도 있지만, 반대편에서 걸어오는 남자의 모습이 순간 아버지처럼 느껴졌다. 장소가 장소인 만큼 실제로 그럴 리 없다는 걸 알면서도 괜히 긴장하게 됐다. 그러나 옆을 스쳐 지나간 남자는 처음 보는 사람이었고, 내 쪽은 아예 돌아보지도 않았다.

스쳐 지나가는 타인에게서 그런 환각을 봤다는 건 내 의식에 변화가 생겼다는 증거였다. 혹시 아버지는 아직 살아 있는 게 아닐까? 지금까지는 한 번도 떠올려본 적 없는 그런 가능성이 희미하게나마 실감 나기 시작했다. 하지만 정말로 그렇다고 가정하고 생각을 이어가기에는 아직 시간이 더 필요할 것 같았다.

이 생활에서 벗어나야겠다고 결심한 건, 이듬해 늦은 봄이었다. 평소와 다름없이 익숙한 창고 작업을 하고 있었다. 인력시장에서 일용직으로 온 사람은 나를 포함해 네 명 정도였고, 그중에는 아이바 아재도 있었다. 말이 창고 작업이지 실상은 물건을 나르는 단순한 일이었다. 실내 작업이라 야외처럼 힘들지도 않았다. 그런데도 세월의 풍파를 견디기 어려운 건지 아재는 쉬는 시간이 되자 완전히 녹초가 되어 주저앉았다.

"아재, 오늘 좀 힘들어 보이네."

도시락과 마실 것을 들고 옆에 앉자 아재는 내 얼굴을 올려다보며 "어" 하고 한숨 섞인 소리를 내뱉었다. 노동자들은 대개 밥을 빨리 먹는다. 내가 조금 늦게 왔는지, 아재의 도시락통은 이미 비어 있었다.

"요즘엔 잠을 자도 너무 피곤해서 말이야. 간단한 일밖에 못 하겠어. 환절기라 그런지 몸도 영 안 좋은 것 같고. 별로 인정하고 싶진 않지만 나도 나이를 먹은 거지."

나는 창고 뒷문 근처에 앉아 도시락을 먹기 시작했다. 오늘은 구름 한 점 없는 맑은 날씨라 교외의 하늘이 멀리까지 펼쳐져 보였다. 나와 아재뿐 아니라 다른 노동자들과 직원들도 창고 그늘 밑에서 쉬고 있었다.

몸 상태에 대한 푸념을 계기로 말문이 트였는지 평소엔 기운 넘치던 아재가 장래에 대한 불안을 털어놓았다. 나에게는 수십 년 뒤의 일이지만 아재에게는 당장 내일 닥칠지도 모를 이야기였다. 인력시장에 나온 지 몇 년, 그런 마음을 털어놓을 만큼의 신뢰는 서로 간에 쌓여 있었다. 아재가 그런 이야기를 꺼낼 때면 나는 잘 들어주려고 노력했다. 하지만 오늘은 그의 말을 들으면서도 어느 순간부터 머릿속에 떠오른 말을 꺼낼 기회를 조용히 기다리고 있었다.

아재가 마음 속 불안을 다 털어놓고 나자, 잠시 침묵이 흘렀다. 그 틈을 타 아재가 콘크리트 바닥에 누워 잠깐 눈을 붙이려 하자, 나는 문득 떠오른 의문을 조심스럽게 꺼냈다.

"아재, 얼마 전에 호적은 갖고 있다고 하지 않았어?"

그러자 아재는 체념한 듯한 말투로 대답했다.

"있기는 있지. 그래도 생활 보험은 못 받아."

호적만 있으면 될 것 같았다. 문제는 우리 같은 일용직 노동자도 대출을 받아 장사를 시작할 수 있느냐였다.

"아재, 차라리 나랑 가게라도 열어볼래? 음식점이든 뭐든 상관없고, 큰돈은 못 벌어도 입에 풀칠할 정도만 되면 일용직보다는 훨씬 나을 것 같은데. 인력시장 근처에 국숫집 있잖아. 거기 점장님도 예전에 노동자로 일했대."

현재에 대한 푸념과 장래에 대한 불안을 한참 늘어놓은 뒤라서인지, 아재는 내 제안을 진지하게 받아들이는 것처럼 보였다. 지금껏 생각해본 적 없는 미래를 상상하는 사람처럼 그의 표정은 무덤덤했다.

"아, 맞다. 야나기 그 사람, 예전에 그랬다고 했지. 하지만 코이치, 나는 그런 가게를 열 만한 돈도 없고 요리도 못 해. 혹시 너는 할 줄 아니? 아니면 해보고 싶어?"

사실 나도 요리는 잘 모른다. 하지만 그보다 더 견디기 힘들었던 건 일용직 노동에 쏟는 시간 자체에 대한 깊은 염증이었다. 처음엔 자극적이기도 했고, 쓸데없는 생각을 할 틈도 없었지만, 대부분의 작업에 익숙해진 요즘엔 오히려 장시간의 노동이 정신적으로 더 큰 부담으로 다가왔다. 매일 아침 눈을 뜰 때마다 느껴지는 강렬한 울적함은 좀처럼 떨칠 수 없었다. 지금의 상황만 벗어날 수 있다면 요리든 장사든, 아무리 처음 해보는 일이라도 필사적으로 배울 수 있었다. 그리고 지금은 아재처럼 착한 사람이라도 철저히 이용할 각오가 돼 있었다.

"음식점 하려면 허가 같은 것도 받아야 하잖아. 그래도 아재라면 어떻게든 되지 않을까 싶어서. 요리라고 해봤자 백반집 같은 거지, 고급 요리점을 하겠다는 것도 아니고. 그게 아니면 불량식품 가게나 책 대여점 같은 것도 괜찮지 않아? 우동집도 말이야, 맛이 좀 없어도 싸고 양만 많으면 우리 같은 손님들은 꼭 온다니까. 나머진 아재 붙임성으로 해결하면 되고. 아재가 일할 장소만 만들어주면 난 매일 소처럼 열심히 일할 수 있어. 아재는 그냥 뒤에서 TV나 보면서 쉬면 되고, 지금보다는 확실히 몸이 편할 거야. 역시 직장이랑 집이 가까운 게 좋을 것 같다는 생각도 드네."

담담하게 말하려 했지만 이야기가 길어질수록 내 간절한 마음이 드러나는 것 같았다. 대놓고 눈치를 살피긴 어려워서 젓가락질을 하며 아재의 반응을 곁눈질로 살폈다. 내 말을 들은 아재는 여전히 상상에 잠긴 듯했다. 금전이나 경영 같은 현실적인 문제보다 실제로 실행에 옮길 때까지 그 열정을 계속 유지할 수 있을지를 고민하는 것처럼 보였다.

창고 뒤에서 하늘을 바라보며 기다리고 있자 아재는 차를 한 모금 마신 뒤 "괜찮을 수도 있겠네" 하고 분명하게 중얼거렸다.

"백반집 같은 가게는 힘들어도 노점 같은 건 가능할지도 몰라. 그거라면 장소에 구애받지 않고, 잘하면 직접 만들 수도 있으니까."

"그리고 아재, 우리가 뭐 어엿한 직장을 그만두겠다는 것도 아니잖아. 실패해도 언제든 일용직으로 돌아갈 수 있고. 그러면 큰 손해는 아니라고 봐."

신고나 허가 같은 걸 아재가 대신 해준다면 난 그 보답으로 열심히 일해서 몇 배로 갚을 생각이었다. 게다가 아재가 말한 노점이라는 선택지 덕분에 뭔가 진입장벽이 확 낮아진 느낌이 들었다. 판매하는 상품 수를 최소화하면 초기 비용도 크게 줄일 수 있다. 하루 12시간 육체노동으로 1만 엔을 버느니, 낮부터 밤까지 포장마차를 끌며 똑같은 돈을 버는 쪽이 훨씬 나을 수밖에 없다. 큰돈을 벌진 못하더라도 잘만 하면 지금보다는 분명 나은 생활을 할 수 있을 것이다.

아재는 오후 작업 중에도 내내 진지하게 고민하는 것 같았다. 만성 피로 상태에서 계속 육체노동을 해야 한다는 사실만으로도 내 제안을 받아들이기에 충분한 이유가 되었던 것 같다. 일이 끝나고 해산할 무렵 아재는 "그래, 하자" 하고 진지하게 말했다.

"그러고 보니까 이 아재가 젊었을 땐 지역 축제에서 노점 일 도운 적이 있었거든. 그런 요령은 내가 좀 알아. 이제 나이도 있다 보니 솔직히 육체노동은 많이 힘들어. 확실하게 먹고살 수만 있다면, 이제부터는 라면이라도 끓여서 파는 게 백 번 낫지. 실패해도 괜찮으니까 일단 한번 해보자. 이 아재는 코이치 말 따를게."

　공원 앞에서 아재가 나와 계약을 맺듯 손을 내밀었다. 나도 망설이지 않고 한 걸음 앞으로 나가 손을 잡았다. 아재가 맞잡은 손에 힘을 주었고, 나는 두근거리는 가슴만큼이나 그 손을 위아래로 힘껏 흔들었다. 가로등의 희미한 불빛 아래, 앞을 향해 나아가기에 밤은 충분히 밝았다. 낮과는 완전히 다른 고요한 밤의 주택가에 우리의 말소리가 또렷하게 울려 퍼졌다.

가게를 여는 데 필요한 건 자금과 지식이었다. 나도 아재도 일용직 노동자라 애초에 모아둔 돈이 많지 않았다. 자금 부족이 큰 문제였고, 요리 기술도 없었으며, 먹을 것을 팔기 위해선 전문적인 지식도 필요했다. 상당한 열정이 없다면 보통은 이 단계에서 계획이 좌절되기 마련이다. 하지만 우리에게는 그게 꿈이 아니라 지금의 생활을 어떻게든 바꿔보려는 간절한 발버둥이었다. 인력시장 주변에는 숙박비조차 없어 길거리에서 지내는 사람들이 많았다. 젊은데도 사정이 있거나 몸에 장애가 생겨 일거리를 받지 못하는 사람들, 그런 이들이 서로 다투는 모습을 볼 때마다 그게 남 일처럼 느껴지지 않았다.

같은 부류라고 생각했던 A군이 취직을 하고, 직장에 예쁜 여자 직원이 있다는 이야기도 들려줬다. 그런 사소한 이야기조차 남겨진 일용직 노동자인 나에게는 꽤 큰 울림으로 다가왔다. 게다가 작업 현장에서 다쳐 평생 남을 흉터까지 생겼다. 통증을 참으며 눅눅한 방 안에 가만히 누워 있던 시간은 '아직은 괜찮다'는 생각을 몇 배 빠른 속도로 갉아먹었다. 그런 상태에서는 피폐한 시간이 길어질수록 새로운 환경, 적어도 이곳보다는 나은 생활을 찾고 싶다는 욕심이 점점 커져만 간다.

자금은 없었다. 그래서 처음엔 하드웨어 숍이나 재활용 센터를 다니며 합판이나 조리 기구, 쓸 만한 리어카 같은 걸 찾아 포장마차를 직접 만들어볼 계획이었다. 이동식 포장마차로 초기 비용을 줄이고 복잡한 요리보다는 만들기 쉬운 메뉴를 고르기로 했다. 그 밖의 시간에는 아재랑 같이 주변 노점 음식을 먹어보며 이런저런 의견을 나누기도 했다.

"맛있어."

"맛있구만."

노점을 하는 사람들도 제각각이었다. 식당을 하다가 사정이 어려워져서 어쩔 수 없이 시작한 사람도 있었고, 본전만 건지면 된다는 마음으로 운영하는 곳도 있었다. "이건 아재 실력으론 무리겠네"라든가 "이것보단 아재가 더 잘 만들겠어" 같은 내 말에, 옆에서 일희일비하던 아재도 점점 노점으로 돈을 벌 수 있을 것 같다는 생각이 드는 눈치였다.

그리고 실제로 계획이 구체화되기 시작하자, 어느 날 아재가 갑자기 숨겨둔 돈을 내게 맡겼다. 저축조합 계좌에 넣어둔 일부라고 했다. 원래는 연금을 받지 못하는 노후를 대비해 모아둔 돈이었지만, 지금 가진 금액으로는 노후에 큰 도움이 되지 않는다며 나에게 투자해준 것이다. 설마 아재가 그런 돈을 숨겨뒀을 줄은 몰랐고, 이렇게 큰돈이 생긴 건 정말 뜻밖의 행운이었다. 거기에 내가 가진 약간의 돈을 보태자 개업 자금으로는 충분했다. 그렇게 아재와 단둘이 처음 시작한 건, 타코야키 가게였다.

호기가 찾아온 건 계획을 세운 지 한 달쯤 지난 어느 날 재활용 센터에서였다. 그곳에서 업소용 타코야키 기계를 발견한 것이다. 가격은 좀 나갔지만 작동에는 문제가 없었고, 거의 망설임 없이 구입을 결정했다. 이걸 넓게 개조한 리어카에 탑재하기만 해도 그럴듯한 노점 분위기를 낼 수 있었다. 일용직 노동자의 숙소에는 둘 공간이 없어서 처음엔 재활용 센터에 맡겨두기로 했고, 그 뒤로는 모든 일이 일사천리로 진행됐다.

"코이치, 실은 아재한테 부동산 가진 지인이 있어. 그 사람한테 사정을 말했더니 누추하긴 해도 그곳을 빌려주겠다고 하더라고. 다만 위치가 시즈오카라서 여기서 좀 멀긴 해. 그래도 근처에 상점가도 있으니까, 일단 거기서 타코야키 장사를 한번 시작해보는 건 어때? 보건소에도 연락해봤는데 주변에 피해만 안 주면 노점 장사도 괜찮다고 하더라고. 이것저것 시작하려면 일단 주소가 필요하잖아. 그래서 네가 괜찮다면, 아재랑 둘이서 같이 살아보는 건 어때?"

"우리 같은 사람한테 방을 빌려준다는 것만으로도 고마운 일이잖아. 둘이 같이 사는 건 상관없으니까 일단 가서 한번 벌어보자. 그건 그렇고, 아재는 진짜 발이 넓네."

들어보니 그 지인은 아재가 여러 연줄을 통해 건너 건너 알게 된 인맥이라고 했다. 애초에 아재의 그런 사교성을 믿고 있었던 터라, 이 시점에 방까지 구할 수 있었다는 건 그야말로 천운이었다. 거점이 생겼으니 미리 사둔 업소용 타코야키 기계를 그쪽으로 보내고, 노점 준비 기간 동안 쓸 자금을 번 다음, 몇 년 동안 지내온 인력시장을 떠나기로 했다.

이쯤 되자 너무 바빠져서 아침까지 영업하는 영화관에는 한동안 가지 못했다. 이곳을 떠나며 가장 아쉬움이 남았던 장소도 바로 그 영화관이었다. 마지막으로 한 번쯤 들러볼 걸 그랬나, 하는 가벼운 후회는 새로운 환경으로 향하는 길 위에서 문득 떠올랐다.

예정된 날, 막장 동네를 떠나 생전 처음으로 신칸센에 올라탔다. 사복 차림의 아재와 함께 신칸센 안에서 도시락을 먹고 있다는 사실이 왠지 낯설고 신기했다. 이제부터는 새로운 경험이 많아질 테고, 다시 그 영화관을 찾을 여유는 없을 것 같았다. 그곳에서 마지막으로 본 영화는 제목조차 기억나지 않는 이름 없는 외국 영화였다.

시즈오카현에 들어선 건 오전 중이었고, 우리가 살게 될 집에는 정오쯤 도착했다. 빌리기로 한 곳은 2층짜리 목조 건물로 외벽에는 낡고 얇은 철제 계단이 달려 있었다. 지은 지 40년은 넘었다고 했다. 아재가 시험 삼아 계단을 성큼성큼 올라가 보자 계단이 덜컥거리며 녹가루가 떨어졌고, 그걸 보며 1층 방이었으면 더 좋았겠다는 생각이 들었다.

집주인의 것인지 아무렇게나 놓인 화분들 중 절반 이상은 말라 죽어 있었고, 다른 세대의 현관 앞에 방치된 세탁기는 연식이 꽤 되어 보였다. 방 안의 화장실은 타일이 더러웠고, 여기저기 곰팡이와 금이 가 있었다. 그래도 변기는 서양식 좌변기였다. 바닥은 오래 교체하지 않아 밟을 때마다 푹 꺼지는 부분이 있었지만, 구석에 재떨이를 엎어놓은 듯한 검은 곰팡이에 비하면 아무것도 아니었다. 천장은 높아서 손이 닿지 않았고 거실은 어른이 앞구르기를 해도 벽에 부딪치지 않을 만큼 넓었다. 수도와 전기도 잘 나왔고 TV 배선도 있어서, 처음에 상상했던 혹독한 환경보다는 훨씬 쾌적해 보여 안심할 수 있었다. 그런데도 집세는 월 3만 5천 엔이라고 했다.

"우와, 좋네. 방도 두 개나 있고. 코이치, 네가 안쪽 방 써도 돼. 아재는 거실에서 지내면 되니까."

"진짜? 고마워……가 아니라, 에어컨 있는 데가 거실뿐이구나."

이제는 밤마다 돌아다니며 숙소를 찾아 헤맬 필요도 없다. 밥도 밖에서 해결하는 대신 식재료를 사서 냉장고에 넣어둘 수 있고, 욕실과 화장실도 더 이상 공용이 아니다. 그런 스트레스에서 벗어날 수 있다는 건 내게 꽤 큰 의미였다. 우리 같은 일용직 노동자에게 이런 셋방을 소개해준 아재의 지인에게는 그저 고마운 마음뿐이었다.

아재는 얼마 안 되는 짐을 풀고 거실에서 잠시 쉬었다. 타코야키 기계 외에는 가구나 전자기기도 없었기에, 이제부터는 싸구려라도 하나씩 마련해나가야 했다.

"여기가 내 마지막 거주지가 되려나. 그건 그렇고 TV는 있어야겠다. 새해 전까지 코이치가 열심히 일해서 사줄 거지?"

"뼈 빠지게 일할 거야. 그래도 책임자는 아재니까 포장마차엔 나와 있어야 해. 옆에서 그냥 신문이라도 읽고 있어. 일단 아재가 영업허가 받으러 갈 때까지는 내가 어떻게든 타코야키 기술이랑 포장마차는 완성해 놓을게. 저기 집 앞 주차장 사용해도 된다고 했지?"

처음으로 구입한 건 냉장고와 이불이었다. 냉장고는 음식물을 보관하려면 필수였기에 우선해서 마련했고, 이번에도 아재가 또 무슨 교섭 능력을 발휘했는지 다른 집에서 필요 없어진 물건을 싸게 가져왔다. 그 외에 값이 나가는 물건들은 실제로 돈을 벌고 나서 결정하기로 하고, 처음엔 의자도 테이블도 없는 방에서 둘이 지내기 시작했다. 밥은 그냥 바닥에 놓고 먹었고, 매일 방 안에서 타코야키를 계속 구워댔기에 식사는 거의 철판 위의 타코야키와 맥주로 때웠다. 처음 두세 번까지는 영 어설펐지만 처음부터 제법 잘 굽던 아재가 요령을 알려주었고, 나도 인력시장 근처에서 먹었던 타코야키 가게의 조리 과정을 떠올리며 따라 해보니 생각보다 금세 상품으로 내놔도 손색없을 정도의 타코야키를 만들 수 있게 됐다.

"아재, 타코야키 잘 굽네? 전생에 타코야키였던 거 아냐?"

"그럼 먹히는 거잖아. 타코야키 장인으로 해줘."

술에 거나하게 취한 아재는 웃으면서 자기가 만든 타코야키를 입에 넣고는 눈을 가늘게 떴다. 막상 장사를 시작해보니 의외로 더 적극적인 쪽은 아재였다. 반죽이 어떻고 소스가 어떻고 하며 밤마다 열심히 떠들어댔고, 본격적으로 장사를 시작하기도 전에 "이야, 하길 잘했어" 하고 입버릇처럼 중얼거리며 잠드는 아재의 모습은, 그 생활 자체만으로도 이미 충분히 즐거워 보였다.

장도 보고 돌아다니려면 자전거가 필요해서 결국 하나 샀다. 매장은 집에서 꽤 멀었지만 그만큼 상품 종류가 다양해서 마음껏 고를 수 있었다. 매장 안에 빽빽하게 전시된 자전거를 하나하나 살펴보다가 결국 눈에 딱 들어오는 자전거를 발견했다.

"실례합니다. 자전거를 사려고 하는데요. 저쪽 줄에 있는 빨간 자전거요. 아뇨, 그거 말고요. 직원분이 보시기에 오른쪽에 있는, 네, 그 매끈한 녀석이요."

내 돈으로 자전거를 사본 건 이번이 처음이었다. 인력시장에서 번 지저분한 지폐 여러 장을 건넨 뒤, 정비를 마친 빨간 자전거를 받았다.

낮에 아재가 영업허가를 받으러 나간 사이, 나는 포장마차의 골조부터 만들기 시작했다. 골판지 상자로 집을 지어본 적도 있었고, 목조 건물 해체나 건설 현장에서 보조 일로 익힌 지식도 있어서 하드웨어 숍에서 자재를 고를 때는 별로 망설일 일이 없었다.

포장마차는 이동과 조립이 간편하면서도 기능이 다양한 게 좋다. 해외에서 아이들이 쓰는 레모네이드 가판대처럼 싸구려 느낌보다는 표면에 식용유의 번들거림이나 그을음이 묻어 있는 숙련된 스타일을 원했다. 그래서 자재비는 아끼지 않되 최소한의 공구만으로 완성했다. 완성된 포장마차는 이동 중에는 사람 힘으로 끌 수 있을 정도의 크기지만, 펼치면 나와 아재가 안쪽에서 자유롭게 움직일 수 있을 만큼의 공간이 나왔다. 비가 오거나 바람이 불어도 영업할 수 있도록 접이식 지붕과 벽도 갖췄다. 완성된 모습을 본 아재는 정말 대단하다며 감탄을 아끼지 않았다.

"이야, 정말 멋지다! 코이치, 너 진짜 대단해. 이 정도면 벌써 지역 최고 타코야키 노점이야. 좋아, 아예 그 문구를 커튼에 홍보 문구로 써두자. 걱정 마, 그런 건 이 아재한테 맡겨. 혹시 맛이 별로라는 손님이 있어도 '우린 지역 최강 노점입니다'라고 당당히 말해줄게."

"너무 당당해서 오히려 듬직하네."

솔직히 말하면, 준비가 진행될수록 점점 불안해졌다. 낯선 곳에서 처음 자영업을 시작하려니 막막하기만 했다. 하지만 그보다 더 걱정인 건, 괜히 아재 탓으로 돌리는 것 같아 조심스럽긴 하지만, 아재가 이 노점에 너무 큰 기대를 거는 건 아닐까 하는 불안이었다. 만약 장사가 잘 되지 않는다면 아재가 크게 낙심하지 않을까? 혹시 최소한의 생활비조차 벌지 못하게 된다면, 그 책임은 내가 져야 하는 게 아닐까?

하지만 막상 영업을 시작해보니 그런 불안은 기우에 불과했다.

"타코야키요? 네, 감사합니다! 원래는 8알이지만 개업 이벤트라 2알 더 넣어드릴게요. 부담 갖지 마세요. 맛은 어떤 걸로 드릴까요? 아, 뭐 고를 수 있는 건 소스뿐이긴 하지만요."

늘 웃는 얼굴로 타코야키를 굽는 아재 덕분에 손님이 끊이지 않았던 게 가장 큰 이유였던 것 같다. 내가 손님이라도 아재 같은 사람에게서 타코야키를 사고 싶을 테고, 그런 밝은 사람에게 노점 자리를 내주고 싶을 것이다. 개인적으로는 유동 인구가 많은 거리에서 팔 수 있으면 좋겠다고 생각했지만, 여러 장소를 둘러보고 온 아재는 처음부터 세 군데 슈퍼 앞에서 영업 허가를 받아왔다. 지금 돌이켜보면 노점 간 경쟁이 심하지 않았던 것도 큰 행운이었다.

본인이 얼마나 의도했는지는 알 수 없지만 아무튼 장사가 궤도에 오른 건 아재의 인품 덕분이었다. 바쁠 때는 손님들이 줄을 설 정도로 잘 팔렸고, 시간이 지나면서 단골 손님도 생겼다. 음식 장사는 처음이었지만 내가 만든 음식을 사람들이 사 가는 모습을 보는 건 꽤 즐거운 일이었다. 특히 부모 손을 잡고 온 아이에게 존댓말로 타코야키를 건네는 내 모습이, 생각보다 나쁘지 않게 느껴졌다.

이 지역에 온 뒤에도 나는 지도책을 샀다. 노점을 설치할 수 있는 장소를 기록해두기에 지도책만큼 유용한 게 없었다. 영업할 때는 늘 포장마차와 함께 들고 다녔고, 그래서인지 어느새 기름이 스며들고 종이가 너덜너덜해졌다. 그런 지도를 펼쳐 아재와 함께 다음 영업장소를 정하는 작전 회의를 하는 시간도 꽤 즐거웠다.

자재비, 집세, 수도세, 전기세, 기타 잡비까지. 일용직 노동을 하던 때와 달리 세금 문제도 있어서 해적들처럼 번 돈을 그대로 나눠 가질 수는 없었다. 그래도 하루 12시간씩 하던 육체노동에 비하면 훨씬 효율적이었고, 몇 달 지나지 않아 개업 자금을 회수하고 가전제품을 하나둘 들여놓을 수 있게 되었다. 내 집에 TV와 세탁기가 있다는 게 처음엔 어색하게 느껴졌지만, 황금 시간대 예능 프로그램을 보며 즐거워하는 아재를 보고 있으면 이런 사치스러운 생활에 대한 죄책감도 금세 잊혔다.

자전거를 타고 조금만 나가면 상점가가 있었고, 생활에 필요한 물건은 대부분 그곳에서 해결했다. 함께 살고는 있지만 아재와 늘 같이 다니는 건 아니었고, 오히려 상점가에서 우연히 마주칠 때가 더 많았다.

아재는 요즘 상점가 안쪽에 있는 유흥주점에 자주 들르는 것 같았다. 내가 서점에서 만화잡지를 사고 돌아오는 길에 그 가게 앞을 지날 때마다, 단골손님과 어울려 술을 마시며 즐겁게 잡담을 나누는 아재의 모습을 종종 보았기 때문이다. 아재에게도 그런 편히 지낼 수 있는 장소가 필요하겠지만, 내가 보기엔 아무래도 그 유흥주점의 여주인을 마음에 두고 있는 듯했다. 장사를 끝내고 정리를 마친 뒤에는 꼭 집에 들러 목욕을 하고, 깨끗한 셔츠로 갈아입고 나서 외출을 하곤 했다. 겉으로는 모른 척했지만 속으로는 '나이를 먹어도 사랑을 하는구나' 싶어 괜히 기분이 좋았다.

아무런 경험 없이 시작했지만 반년쯤 지나자 타코야키를 파는 요령이 몸에 익었다. 허가받은 장소로 포장마차를 끌고 가 익숙한 순서대로 세팅하고, 먹고살기 위해 타코야키를 굽는 일상을 반복했다. 본격적인 겨울이 다가올 무렵에는 포장마차에 작은 바처럼 술자리 공간을 만들어 술도 팔아봤지만, 생각보다 수익이 좋지 않아 이번 겨울까지만 하기로 했다. 사람이 많은 역의 고가도로 밑이라면 모를까, 이 동네는 손님도 적고 대부분 상점가의 이자카야로 향했기 때문이다. 완전한 전략 실패였다. 그렇게 반성하면서도 사실 그 시도에는 유흥주점 여주인과 아재를 이어주려는 의도도 있었기에 실패라고 해도 별로 신경 쓰이지는 않았다.

아재가 자주 가는 식당의 여주인 이름은 미요 씨였고, 밤이 되어서야 나타나는 묘령의 여인 같은 분위기를 풍겼다. 단정한 인상에 은근한 섹시함이 느껴졌고, 특히 입가에 살짝 걸친 담배가 잘 어울렸다.

"코이치 군이랑 아이바 씨는 부자지간이야? 아니라고? 같이 산다고 들어서. 얼굴이나 분위기는 별로 안 닮았네. 아, 그래도 둘 다 잘생기긴 했어. 그냥 좀 궁금했어. 나이 차도 많이 나고, 특이한 관계구나 싶어서."

나와 아재는 이 동네에선 신참이고 게다가 장소를 옮겨 다니며 노점을 하는 사람들이었다. 원래라면 동네 분위기에 적응하지 못했을지도 모른다. 하지만 아재의 영향력이 생각보다 커서, 나는 그저 성실하게 일했을 뿐인데도 상점가 사람들에게 어느새 받아들여진 느낌이었다. 이곳에 온 지 1년쯤 지났을 무렵엔 아재 덕분에 주변 사람들과도 자연스럽게 어울리게 되었고, 상점가를 돌아다니다 보면 아는 사람이 먼저 인사를 건네고 잡담을 나누는 일도 많아졌다.

영업은 정오쯤 시작해서 사람들이 거의 다니지 않는 늦은 밤까지 이어졌다. 일주일에 다섯 번만 나가도 생활하는 데 충분한 수입을 올릴 수 있었다. 계절이나 시간대에 따라 영업 장소를 바꾸는 등, 첫 1년 동안은 여러 시행착오를 겪으며 조금씩 자리를 잡아갔다.

그중에서도 가장 마음에 들었던 장소는 집에서 조금 떨어진 공원이었다. 나무와 풀이 많은 넓은 공간이었고 휴일 오후에는 공원을 찾은 사람들에게, 날이 저물 무렵에는 근처 고등학교와 대학교 학생들에게 타코야키를 팔 수 있었다. 나이대가 비슷해서인지 간단한 인사만으로도 금세 대화가 통했다.

가장 인기가 있었던 메뉴는 4알짜리 미니 타코야키였다. 가격이 저렴해서 익숙한 얼굴들이 자주 찾아왔고, 언젠가 만들어둔 의자를 가게 앞에 놓아두자 고등학생들이 앉아서 먹고 가기도 했다. 그들 사이에서 우리는 '타코야키 노점의 오빠'와 '타코야키 노점의 아재'로 통했다. 한창 성장기인 고등학생들을 상대하는 게 즐거웠는지, 아재는 수익과 상관없이 그 공원 근처로 자주 포장마차를 끌고 갔다.

인상적인 손님 중에는 유키라는 이름의 여고생이 있었다. 외모만 보면 어디서나 볼 수 있을 법한 평범한 아이였지만 나와 아재 모두 그녀를 또렷이 기억하고 있었다. 교복 차림으로 밤늦게 자주 타코야키를 사러 왔기 때문이다. 특히 늦게 오는 날은 밤 9시가 넘어서 혼자 찾아올 때도 있었다.

유키는 거의 매일 학원에 다니는 것 같았다. 나도 아재도 학원에 대해서는 아는 게 없어서 처음엔 유키가 집에 가기 싫어 일부러 늦게 돌아다니는 문제아인 줄 알고 괜한 걱정을 했다. 하지만 직접 물어본 뒤 오해가 풀리면서부터는 자주 마음을 열고 대화를 나누게 되었다.

"가고 싶은 대학이 있어요. 부모님이 가라고 하신 것도 있지만, 지금처럼만 하면 아마 합격할 수 있을 것 같아요. 그런데 지난번 모의고사에서 처음으로 C등급을 받았어요. 그래서 마음을 놓으면 안 돼요."

유키는 공부를 잘하는 것 같았다. 그런 유키는 학교생활이나 학원 이야기를 밝은 표정으로 들려주곤 했다. 아침부터 학교에서 공부하고 방과 후에는 밤늦게까지 학원에서 공부를 이어간다. 오로지 대학에 가기 위해서 그렇게 공부하는 거라면 너무 힘들 것 같아 개인적으로는 안쓰럽게 느껴지기도 했다. 하지만 유키는 공부 자체가 힘들지는 않다고 말했다. "문제 푸는 거, 재밌지 않아요?"라는 말을 아무렇지 않게 꺼내는 유키를 볼 때마다, 그런 말을 할 수 있다는 것 자체가 감탄스러웠다. 나 같으면 학년 상위권 성적을 유지하는 것보다는 차라리 매일 육체노동을 하는 편이 훨씬 마음이 편했을 것이다.

평일 며칠은 유키가 마지막 손님이었고, 그 뒤로 노점을 정리하곤 했다. 그럴 때면 아재 말대로 유키를 집 근처까지 바래다주었고, 나이대가 비슷해서인지 대화도 자연스러웠다. 그렇게 유키를 비롯한 동네 아이들과 어울리는 일도 점점 익숙해졌다.

나와 아재가 그곳에 잘 적응해갈 무렵, 지역 자치회의 주선으로 여름 축제에 가게를 낼 수 있게 되었다. 포장마차 골조에 달린 알전구가 신사 경내를 따뜻한 빛으로 물들였고, 타코야키 철판 너머로 사람들의 열기와 떠들썩한 축제 분위기를 생생히 느낄 수 있었다. 아재와 단둘이 감당하기 어려울 만큼 많은 손님이 몰려와서 불꽃놀이는 보지 못했지만, 그만큼 뿌듯한 하루였다.

가장 바쁜 시간대가 지나고 잠깐 쉴 겸, 끝나가는 여름 축제를 구경하러 나섰다. 그때 노점에 인사하러 온 유키와 마주쳐 함께 저녁을 먹게 됐다. 유키는 유카타 차림이었는데, 친구 어머니가 입혀주셨다고 했다. 원래는 그 친구와 함께 왔지만 시간이 늦어 먼저 돌아갔다고 했다.

노점들이 하나둘 정리를 시작할 무렵, 사람들 발길이 드문

드문 이어지는 금붕어 건지기 노점이 눈에 들어왔다. "이것만 하고 가자"는 유키의 말에 나도 처음으로 도전해봤다. 하지만 금붕어 수가 줄어든 수조에서는 빠르게 헤엄치는 녀석들을 잡기가 쉽지 않았다. 첫 번째 종이 뜰채는 수압에 찢어졌고, 그걸로 끝내려 했지만 유키가 이어서 도전했다. 유카타 소매가 젖지 않도록 조심스레 걷어 올린 유키는 하얀 손으로 물속을 살피며 집중했다. 그러나 두 번째 뜰채도 금붕어에 닿기도 전에 물에 풀려 찢어지고 말았다. 유키는 "찢어졌네" 하며 아쉬운 듯 몸을 굽힌 채 수조를 가만히 바라보았다.

유키를 중간까지 바래다주고 경내로 돌아오니, 사람들은 하나둘 정리를 마친 뒤 친한 이들끼리 모여 불꽃놀이를 하고 있었다. 그 사이에서 오늘 장사가 잘됐다며 들뜬 아재의 얼굴이 보였다. 그 순간부터는 마치 우리만의 축제가 시작된 것만 같았다. 매년 축제에 참여할 수 있으면 좋겠다는 생각이 들 만큼 그날 하루는 정말 뜻깊고 알찼다.

즐겁게 집으로 돌아가는 어른들의 뒷모습을 맨 뒤에서 바라보다가, 철수 작업이 끝난 조용한 신사의 밤 풍경을 천천히 둘러보았다. 걸음을 멈추자 내가 끌던 포장마차 전체에서 희미하게 삐걱거리는 소리가 들려왔다.

✳

평소보다 한산한 평일의 상점가를 돌며 필요한 물건을 대충 샀다. 섣달그믐이라 문을 닫은 가게도 많았다. 여름 축제에 참가했을 때의 무더위가 거짓말처럼 느껴질 만큼, 바깥은 코트를 입지 않으면 쌀쌀했다. 다른 건물 안으로 피신한 건지, 이 일대에서 종종 보이던 도둑고양이들도 자취를 감췄다. 내려간 셔터에는 연말연시 휴업 안내와 함께 다소 호화로운 정월 장식이 붙어 있었다.

왼손에 든 장바구니에는 술과 적당한 정월 음식이 담겨 있었다. 올해도 아재와 둘이 TV를 보며 새해를 맞을 예정이었다. 마지막으로 살 것은 해넘이 국수였고, 약속한 시간에 맞춰 상점가 안쪽 유흥주점으로 들어갔다. 문을 열자 머리 위에서 도어벨이 딸랑거리며 울렸고, 인사도 하기 전에 안쪽에서 미요 씨가 얼굴을 내밀었다.

"어서 와. 잘 지냈지?"

"추운 것만 빼면요, 잘 지냈어요."

"그치? 정말 많이 추워졌더라."

며칠 전부터 미요 씨는 맛있는 국수가 있다며 가져가라고 했다. 매년 어디선가 받아오는 거라는데, 그걸 고맙게도 우리에게 나눠준다는 것이었다. 국수를 준비하며 미요 씨는 평소 아재에게 신세 진 일이 많아서 보답하는 거라고 말했다. 그 말이 조금 재미있게 느껴져 나는 의자에 앉아 기다리며 쓴웃음을 지었다. 솔직히 말해 매일같이 이곳에 드나드는 아재는 미요 씨에게 민폐일 거라고 생각했다. 하지만 막상 이야기를 들어보니 미요 씨의 말이 인사치레가 아니라 진심이라는 걸 알 수 있었다.

"아니야. 내가 와달라고 한 거야. 본인이 말 안 했어? 벌써 1년이 넘었으려나? 예전에 좀 성가신 손님이 있었거든. 다른 손님들이랑 자주 시비가 붙는 진상이었는데, 그때 마침 아이바 씨가 완벽하게 처리해줬어. 말할 땐 쾌활해 보이지만 입을 다물고 있으면 일반인처럼 보이진 않잖아? 새끼손가락도 없는 거 보면 이미 조직에서 손을 뗀 사람 같긴 한데. 그런데도 폭력 한 번 안 쓰고 깔끔하게, 내가 나중에 곤란하지 않게 잘 정리해줬어. 다들 그런 점을 좋아하는 거겠지. 누구와도 잘 어울리면서 한편으론 굉장히 고생한 티가 나니까. 그래서 그 뒤로 내가 부탁해서 이 가게의 경호원이 되어준 거야. 그냥 말로 한 약속이긴 하지만."

"우와, 전혀 몰랐네요."

문득 떠오른 건, 이 가게 구석 의자에 앉아 허세를 부리며 술을 마시던 아재의 모습이었다. 아마 미요 씨 앞에서는 평소의 해맑은 모습도 숨기고 있을 것이다. 비록 말로만 한 약속일지라도 미요 씨에게서 '경호원이 되어달라'는 말을 들었을 때는 당연히 기뻤을 거다. 지금까지 그가 취할 정도로 술을 마시고 돌아오는 일이 거의 없었던 이유도 이제야 조금은 알 것 같았다.

전혀 몰랐다고 솔직히 말하자, 미요 씨는 뜻밖이라는 표정을 지었다.

"의외네. 그 사람, 집에서는 그런 얘기 안 하나 보네. 경호원 일도 그렇고 난 코이치 군은 다 알고 있는 줄 알았어. 그 사람 원래 수다스러운 편이잖아."

"아뇨, 정말 처음 듣는 얘기예요."

"두 사람 사실은 꽤 사무적인 관계인 거야?"

"사이는 좋아요. 그냥 이 일에 대해서만큼은 아재가 좀 진지한 거 아닐까요?"

내 말을 들은 미요 씨는 "흐음" 하고 애매하게 웃으며 대답을 피했다. 그러고는 부엌 아래에서 쇼핑백을 꺼내 포장된 국수 2인분을 담아 건네주었다. 값을 치르려 지갑을 꺼냈지만 보답으로 주는 거라며 정중히 거절했다.

고맙다는 말을 전하고 자리에서 일어서자 미요 씨가 담배를 꺼내며 말했다.

"어딜 가려고?"

그러곤 나를 다시 자리에 앉히고는 하얀 연기를 한 모금 내뿜은 뒤 핀잔을 늘어놓았다.

"내가 왜 코이치 군을 부른 줄 알아? 좀 더 있다 가. 특별히 급한 일 있는 건 아니잖아?"

물론 급한 일은 없었다. 집에 가봐야 아침부터 거실에 누워 TV만 보고 있을 아재가 있을 뿐이고, 들러볼 만한 가게들도 전부 문을 닫은 상태였다. 괜히 사양할 필요는 없을 것 같아 짐을 내려놓고 미요 씨가 내준 차를 받아들었다.

"저기, 그 애랑은 어떻게 됐어?"

한숨을 돌린 미요 씨가 단도직입적으로 물었다. 뭘 어디까지 알고 있는지는 알 수 없었지만 '그 애'가 유키를 뜻한다는 건 바로 알 수 있었다. 여름 축제 때 함께 다니는 모습을 사람들이 봤을 테니까. 들리는 말로는 지난주에도 우리 둘이 나란히 걷는 걸 봤다는 사람이 있었다. 의외로 사람들이 그런 걸 다 보고 있다는 게 조금 놀랍기도 했다.

"두 사람, 무슨 사이야?"

아재는 의외로 그런 사생활 이야기를 다른 사람에게 쉽게 떠벌리는 편은 아니다. 다만 어느 정도는 미요 씨에게 말해준 것 같았다. 유키가 학원 끝나고 돌아가는 길에 자주 타코야키를 사러 오는 여자아이라는 정도는. 그 이상의 이야기는 하지 않았는지, 미요 씨는 나를 불러내 마치 청춘 드라마 같은 이야기를 듣고 싶어 하는 눈치였다. 나는 일단 "미요 씨가 생각하는 그런 관계는 아니에요"라며 이야기의 서두부터 선을 그었다.

애초에 유키가 몇 번이고 우리 타코야키 노점에 찾아온 건, 아재가 자주 서비스를 주기 때문이었다. 타코야키를 매일 먹고 싶어서라기보다는 부모님에게 받은 용돈을 아낄 수 있다는 점이 더 컸을 것이다. 슈퍼는 학원에서도 집에서도 멀고, 가까운 편의점은 물건 값이 비싼 데다 먹고 갈 공간도 없다. 그런 점에서 타코야키는 가격도 저렴하고 맛도 괜찮은 데다 의자까지 있어서 최고라고 유키가 전에 말한 적이 있었다.

유키는 매번 미니 타코야키 4알을 주문했다. 그때마다 아재가 하나를 더 얹어 피라미드 모양으로 쌓아주었기 때문에 실제로는 5알이었다. 유키는 그걸 의자에 앉아 천천히 먹었고, 다 먹은 뒤에는 늘 정중하게 "잘 먹었습니다" 하고 인사했다. 그러면 아재는 슬슬 포장마차를 정리하기 시작했고, 나는 유키를 집 중간까지 데려다주곤 했다.

언젠가, 그렇게 돌아가는 길에 유키가 들려준 이야기가 있다. 둘이 많은 대화를 나누며 어느 정도 서로를 알아가던 시기였다. 유키는 평소처럼 담담한 태도로 문득 생각났다는 듯 불쑥 말을 꺼냈다.

"타코야키 노점에서 먹는 거, 저한텐 저녁이거든요."

유키가 그렇게 말했을 때만 해도 그냥 '그렇구나' 하고 넘겼다. 그런데 다음 순간 '저녁밥으로 그것만 먹어도 괜찮은 걸까?' 하는 생각이 스쳤지만 굳이 입 밖에 내진 않았다. 평소엔 명랑한 인상인 유키의 옆얼굴에서 그때만큼은 어쩐지 알 수 없는 그늘이 느껴졌다.

"제 위로 오빠가 두 명 있어요. 큰오빠는 최근에 의사가 됐고, 작은오빠는 꽤 유명한 대학에 다녀요. 부모님도 학력이 좋으셔서 그런지, 제가 시험을 잘 봐도 그냥 유전 덕분이라는 생각이 들어요."

"다른 사람이 그렇게 말했어?"

"아뇨, 실제로 그렇게 말한 사람은 없어요. 그냥 제가 그렇게 느끼는 거예요. 공부는 재밌고 좋은 점수를 받으면 기쁘긴 한데. 뭐랄까, 좋은 점수를 받아도 그게 정말 기쁜 건지 아니면 그냥 안도하는 건지 잘 모르겠어요. 어차피 저는 여자라서 부모님의 큰 기대를 받는 건 아니거든요. 저도 부모님한테 딱히 기대하는 건 없고요."

유키는 거기까지 말하더니 한동안 입을 다물고 생각에 잠긴 듯했다. 정말 문득 떠오른 생각을 조금의 꾸밈도 없이 털어놓은 것처럼 보였다. 그래서인지 내 대답을 기다리지도 않고 "어라? 내가 왜 이런 얘길 했지? 이상하네" 하며 고개를 갸웃거렸다.

"딱히 고민 상담을 하려던 건 아니고요. 무슨 결론이 있는 얘기도 아니에요. 미안해요. 오늘은 그냥, 기분이 좀 그런가 봐요."

자기가 꺼낸 말에 살짝 당황한 듯한 유키에게 멋진 말로 조언해줬다면 좋았을지도 모른다. 늘 밝기만 하던 유키가 처음으로 내비친 그런 감정이었으니까. 하지만 그녀와 나는 사는 세계도, 생각하는 방식도 다를 거라는 생각에, 결국 어떤 말도 떠오르지 않아 입을 다물고 말았다.

유키는 어색한 듯 내 표정을 살폈다. 괜한 배려가 튀어나오기 전에 나는 먼저 "힘들겠네" 하고 고개를 끄덕였다. 정말 그게 전부였다. 센스 있는 말 같은 건 한 마디도 떠오르지 않았다.

하지만 그날을 계기로 유키는 자기 생각을 좀 더 솔직하게 털어놓기 시작한 것 같다. 이전까지는 두세 번쯤 생각을 정리한 뒤에야 조심스레 말을 꺼냈다면, 이제는 그런 거리낌 없이 바로 말할 수 있게 된 느낌이었다. 물론 그렇게 된 이후로도 나는 여전히 맞장구만 쳐줄 뿐이었지만.

유키는 학원 끝나고 돌아오는 길에 타코야키를 사러 오고, 나는 집에 가는 길에 그녀를 중간까지 바래다주며 조금씩 대화를 나눴다. 정말 그게 전부인 사이였다. 유키가 말한 이상적인 결혼 상대는 학교 선생님이었고, 대학에 가게 된다면 이 지역보다는 더 큰 도시로 나가고 싶다고 했다. 그러니까 나는 유키에게 '타코야키 노점의 오빠' 이상도 이하도 아니었고, 나 역시 괜한 착각 같은 건 하지 않았다.

미요 씨가 기대할 만한 이야기는 애초에 전혀 없었다. 무엇보다 유키는 아직 고등학생이었고, 미요 씨가 봤다는 상황도 상점가 서점에서 유키가 우연히 말을 걸어와 잠깐 바깥을 함께 걸은 게 전부였다. 유키는 참고서를 사고 돌아가는 길이었고, 나는 장을 보러 나온 김에 들른 참이었다. 그때 나눈 대화도 정말 아무것도 아닌 일상적인 이야기였다.

정말 그게 전부인 사이였다. 특별한 진전 같은 건 없었다. 미요 씨가 굳이 설명을 원하길래 짧게 말해줬을 뿐인데, 카운터 안쪽에서 담배를 피우던 그녀는 어쩐 일인지 꽤 진지한 얼굴로 이야기에 귀를 기울였다.

"그 애, 코이치 군을 좋아하는 거 아냐?"

미요 씨가 내준 차를 입에 머금은 채 옆을 보니 뿌옇게 김이 서린 유리창 너머로 희미한 빛이 스며들고 있었다. 평소엔 보이지 않았을 먼지들이 그 안에서 둥둥 떠다니는 게 눈에 들어왔다.

"전혀 그런 거 아니라니까요."

"진심으로 하는 말이야? 아니면 그냥 모르는 척하는 거야?"

"유키는 나중에 학교 선생님이랑 결혼하고 싶다고 했어요."

"아, 그래. 하지만 그건 나중 얘기잖아? 지금은 코이치 군이랑 있을 때 즐거워 보이니까, 조금쯤 설레는 건 괜찮지 않아? 내가 보기엔 그 애, 코이치 군을 꽤 마음에 들어하는 것 같더라. 여름 축제 때도 그렇고, 같이 거리 걷던 날도 즐거워 보였거든. 아니었으면 굳이 타코야키 사러 오거나 함께 걷지도 않았겠지. 너는 어떻게 생각해?"

미요 씨는 대답을 기다리는 눈빛으로 나를 바라봤다. 풋풋한 연애담에 관심을 보이는 어른의 시선에 쓴웃음이 나왔지만 막상 뭐라 답해야 할지 몰라 작게 신음했다. 어떻게 말을 돌려야 할지 떠오르지 않았다.

"애초에 말도 안 돼요. 그 애는 미성년자고, 아직 고등학생이라고요."

"나도 학생 땐 연상 남자랑 사귄 적 있어. 그 애가 품고 있는 게 연상에 대한 막연한 동경이라도 괜찮아. 그 아이의 꿈에 맞춰주면 되는 거지. 코이치 군은 성실하잖아. 유키한텐 분명 좋은 추억이 될 거야. 좀 더 자신감을 가져봐."

그런 말로 등을 떠밀어도 문제는 그렇게 단순하지 않았다. 솔직히 말해 유키를 보고 있으면 가끔 레나가 떠오르곤 했다. 꼭 얼굴이 닮아서라기보다는 대화를 나눌 때 느껴지는 분위기가 비슷했다. 말하는 태도나 똑 부러진 구석, 자기 생각을 또렷하게 전하는 방식이 그랬다. 상대를 배려하는 태도도 예전에 편지를 자주 써주던 레나의 성실함을 떠올리게 했다. 그래서였을까. 나도 모르게 너무 가까워지지 않으려 일정한 거리를 두려고 했는지도 모르겠다.

그런 생각이 들어서였는지 대화가 잠시 끊겼다. 어색한 공기를 대충 넘기기 위해 남은 차를 한 번에 들이켰다. 이제 슬슬 일어나는 게 좋겠다는 생각이 들었다.

"그럴 수 있다면 좋겠지만요. 하지만 그 애는 좋은 대학을 목표로 하고 있어요. 내년에 고3이라, 이제 곧 본격적인 수험생이에요."

"아아, 그렇겠네. 그렇게 말하면 나도 더는 할 말이 없고."

혼자 신나하던 미요 씨는 이내 납득한 듯 조용히 연기를 한 모금 내뱉었다. 흥미로워하던 이야기 주제도 그걸로 끝난 듯했고, 내 말에도 어느 정도 수긍한 것 같아 조용히 자리에서 일어섰다. 해넘이 국수에 다시 한 번 감사 인사를 건네자 미요 씨는 "됐어" 하며 가볍게 손을 저었다.

그런데도 그 주제에 아직 미련이 남았는지, 내가 나가려는 순간 미요 씨가 다시 한번 나를 불러세웠다. 돌아보니 카운터에 팔꿈치를 괴고 이쪽을 바라보던 그녀가 나른한 미소를 짓고 있었다.

"코이치 군은 유키 안 좋아해?"

질문을 받은 뒤, 잠시 침묵이 흘렀다. 그 몇 초 동안 나는 진심을 들여다보고 있었던 걸까, 아니면 적당한 말을 찾고 있었던 걸까. 나 자신도 확신할 수 없었다. 미요 씨는 그 침묵을 대답처럼 받아들인 듯 "곤란한 질문을 해서 미안. 잊어줘" 하고 말하며 꺼내놓았던 재떨이를 정리했다. 입가엔 옅은 미소가 떠올라 있었다.

"국수 잘 먹을게요. 새해 복 많이 받으세요."

"새해 복 많이 받아. 아이바 씨한테도 안부 전해줘. 코이치 군도 가끔은 놀러 오고. 곤란한 일 생기면 나도 힘이 되어줄게. 그리고 어린 여자애 울리면 안 돼."

문을 밀자 도어벨이 이번에도 맑은 소리를 냈다. 손에 든 짐이 많았던 터라 유흥주점을 나온 뒤에는 딴 길로 새지 않고 곧장 집으로 향했다. 걸으면서 조금은 생각을 정리하고 싶기도 했다.

연애도 결혼도 내게는 어려운 일이었다. 설령 누군가가 내게 호감을 보인다 해도 기쁨보다 먼저 떠오르는 건 부모를 죽인 과거를 들킬지 모른다는 불안이었다. '지금만 행복하면 된다'는 생각엔 좀처럼 빠져들 수 없었고, 늘 언젠가 죄를 고백해야 할 순간부터 상상하게 됐다.

집에 돌아오니 아재는 바닥에 누워 TV를 보고 있었다. "나 왔어." 코트를 벗으며 말을 건네자 "응, 수고 많았어" 하고 다정하게 맞아줬다. 미요 씨에게서 받아온 국수 포장을 보더니 "오오, 이거구나. 맛있겠네" 하며 만족한 표정을 지었다.

"왜 그래? 오늘따라 기운이 없어 보이는데."

갑작스러운 질문에 "응?" 하고 되물었다. 지금 생각해보면 그냥 좀 더 먼 길로 돌아올 걸 그랬다. 가까운 사람이 바로 알아챌 만큼 내 기분은 잠깐 걷는 걸로는 가라앉지 않았던 모양이다.

"고민이 있으면 새해가 오기 전에 털어버려."

아재의 말에 "아니야, 그냥 많이 돌아다녀서 좀 지쳤어" 하고 웃으며 대답했다. 완전히는 아니지만 그 말도 어느 정도는 사실이었다. "그래?" 아재는 그 말만 남긴 채 더 묻지 않고 고개를 끄덕였다.

집에 돌아온 뒤로는 느긋하게 시간을 보냈고, 해가 저물기 시작하자 아재와 함께 TV 특별 프로그램을 봤다. 남자 둘이 보내는 연말이라 그런지, 국수도 그저 구색만 갖췄을 뿐 특별하진 않았다. 음식도 가게에서 사 온 것들이고, 대청소도 하지 않은 방 안은 평소와 다름없는 분위기였다. 심야부터 근처 신사는 많이 붐빌 테니 정월 참배는 가지 않기로 했다. 오히려 나와 아재에겐 예년처럼 최소한의 노력으로 새해를 맞는 게 관례가 되어가고 있었다.

아재가 TV를 끈 건 새해까지 한 시간쯤 남았을 때였다. "이제 재밌는 것도 안 하네." 혼잣말하듯 중얼거리더니 해넘이 국수에 조용히 집중했다. 제야의 종소리를 듣고 싶다기에 나도 말없이 국수를 먹으며 조용한 시간을 함께했다. 그리고 감정이 머릿속에서 조금씩 정리되어 가던 찰나, 침묵에 등을 떠밀린 듯 나도 모르게 속내를 털어놓고 말았다.

"미요 씨한테 국수 받으러 갔을 때, 유키 얘기를 꺼내더라고. 사귈 생각 없냐고."

유키 이야기가 나오자 아재는 국수를 후루룩 삼키고 고개를 끄덕였다. 아마 미요 씨가 유키 이야기를 아재에게도 여러 번 물어봤던 모양이다. 놀라지도 않고 마치 이미 다 알고 있었다는 듯 국수를 먹던 손도 멈추지 않은 채 내 말을 들었다.

"그래서, 뭐라고 대답했는데?"

"음, 애초에 미요 씨는 유키가 날 연애 상대로 본다는 전제로 얘기를 하더라고. 근데 내가 사귀고 말고를 판단하는 것 자체가 좀 주제넘고 무책임한 일 같았어. 게다가 누구랑 연애 같은 걸 하기엔 지금까지의 내 삶에 문제가 많기도 하고."

"아재는 그런 여자 마음 같은 건 잘 모르지만, 그래도 널 싫어하진 않는 것 같더라. 타코야키 노점을 운영하는 게 너한텐 그리 자랑스러운 일은 아닐 수 있어도, 누구보다 성실하고 훌륭하게 일하고 있는 건 사실이야. 그건 걱정할 거 없어."

"그게 아니야. 사실은 나, 부모를 죽였을지도 몰라."

지금까지 한 번도 입 밖에 낸 적 없던 말이 자연스럽게 흘러나왔다. 누구에게 털어놓고 싶었던 적도 없었고, 가능하다면 무덤까지 가져갈 생각이었다. 하지만 감정과 기회가 우연히 맞물리면서, 믿을 수 있는 아재라면 괜찮을 것 같다는 생각에 처음으로 속내를 털어놓았다.

아재는 이번엔 정말 놀란 얼굴로 나를 바라보다가, 곧 이게 농담이 아니라는 걸 눈치챈 듯했다. 애초에 우리가 처음 만난 곳도, 갈 곳 없는 사람들이 모여드는 인력시장이었다.

아재의 인생도 내가 아직 잘 몰라서 그렇지 분명 평범하진 않았을 것이다.

"난 아주 어릴 때부터 어머니 없이 아버지랑 단둘이 살았어. 그래서 내가 죽였다는 건 아버지 쪽 이야기야. 일도 안 하고 술이나 도박에 빠진 전형적인 구제불능 부모였거든. 물론 그거 하나로 죽일 생각까지 하게 된 건 아니지만. 그날은 오랫동안 쌓여 있던 게 한꺼번에 터져 나오면서 나도 모르게 충동적으로……."

"뭐야, 칼로 찔렀냐?"

"아니, 그냥 정신없이 때리고 발로 찼어. 고삐가 완전히 풀린 것처럼 꽤 심하게. 그것도 아버지가 몸도 가누지 못할 만큼 취해 있을 때였어. 눈 내리던 밤이었고, 길가에서 움직이지 못할 때까지 때린 다음 주정뱅이가 추운 날 밖에서 자다 죽은 것처럼 보이게 하려고 그대로 눈에 파묻어버렸어. 내가 살던 곳은 완전한 촌동네라 밤엔 손전등 없으면 아무것도 안 보여. 그래서 그 자리에 두고 떠나면서 분명 죽었을 거라고 생각했고, 최소한의 준비만 해서 집을 나왔어. 그때는 오히려 냉정했지. 동요하지도 않았고."

시선을 마주치기도 미안해서 국수 간장 국물 위에 떠 있는 튀김 기름만 바라보았다. 멈춰 있던 젓가락은 다시 움직일 기회를 잃은 채, 테이블 위에 멍하니 놓여 있었다.

"그 뒤로는 이곳저곳을 떠돌며 도망쳤어. 처음엔 얼마 안 되는 돈으로 밥을 사 먹고, 공원 같은 데서 잠을 잤고, 그다음엔 노숙자 집락에 들어가게 됐지. 그러다 일용직 노동을 하게 되면서 아재를 만난 거고. 하지만 지금의 생활은 나한텐 너무 과분해. 언제 갑자기 끝나버릴지 모른다는 생각에 자꾸 불안해져. 내가 원해서 이렇게 된 건데도 편안하질 않아."

"그렇구나."

아재는 젓가락을 든 채 그렇게 중얼거릴 뿐이었다. 하지만 내 이야기를 조용히 받아들이는 눈치였다. 내가 털어놓은 과거를 섣불리 판단하기보다는 지금까지 함께 지내며 보아온 내 말과 행동을 곱씹는 듯한 표정이었다.

"그래, 죽여버린 거였구나."

"미안."

"응? 왜 사과해?"

"아니, 나 때문에 피해 볼까 봐."

"그렇게 따지면 이 아재도 조직에 있을 때 손가락까지 자른 사람이야. 피해라고 할 게 뭐 있겠냐. 그리고 코이치가 어떤 사람인지는 내가 잘 알아. 이렇게 착실한 네가 그런 짓을 할 정도면 나름 이유가 있었겠지. 지금 와서 같이 경찰서 가자고는 안 할 거니까 안심해."

 아재가 그렇게 말해주자 확실히 안도감이 들었다. 하지만 처음으로 누군가에게 과거를 털어놓고 나니 깊이 묻어둔 감정이 수면 위로 떠올랐다. 그날의 일은 이미 몇 년이 지났고, 상해치사였을 가능성도 있다는 생각에 내 마음속에서는 나름대로 정리가 되어 있었다. 시효만 넘기면 행방불명 상태로 복귀해도 남들처럼 살아갈 수 있을 거라며 스스로를 달래기도 했다. 하지만 지금은, 아버지를 죽였다는 공포보다 그 사실을 말해버렸다는 당혹감이 더 컸다. TV가 꺼진 조용한 거실에서 나도 모르게 본심이 흘러나와 버렸다.

 "하지만 몇 년이 지난 지금은 솔직히 잘 모르겠어. 사건이 있었던 날에 대해 알아보기엔 너무 늦었고, 경찰이나 병원처럼 신분을 밝혀야 하는 곳은 아예 근처에도 가지 않았으니까. 그래서 애매하긴 한데, 적어도 폭행을 당한 사람이 얼어 죽은 사건은 들어본 적이 없거든. 처음 도망쳤을 땐 눈앞의 생활을 버티는 것만으로도 벅차서 이상하게 여기지 못했지만 이렇게까지 무사히 지나온 걸 보면, 이제는 정말 아무도 날 찾고 있지 않은 것 같은 기분이 들어. 아버지는 사실 무사히 살아 있고, 어딘가에서 여전히 평범하게 살고 있을지도 몰라."

"그럼 좋은 거 아냐? 네가 안 죽인 거잖아."

"아니, 오히려 아버지가 살아 있다면 그게 더 불안해. 그런 상황에선 내가 뭘 해야 할지 더 모르겠어."

내 이야기를 듣던 아재는 젓가락을 그릇 옆에 내려놓았다. 그리고 신음하듯 가볍게 팔짱을 끼고 좌식 의자의 등받이에 몸을 기대었다.

"그러냐. 하긴 살아 있다면 널 원망할 수도 있겠지. 실제로 살아 있다면 지금도 코이치를 찾고 있을지도 모르겠네. 그건 그것대로 성가시겠군."

"그래서 지금 만나게 된다 해도, 내가 뭘 어떻게 해야 할지 모르겠어."

그런 가능성에 대한 두려움은 지금의 환경이 내게 과분하게 느껴질수록 더 커졌다. 그래서 유키에게 깊은 감정을 갖는 걸 스스로 포기하고 있었다. 문득 맞닿았던 유키의 가냘픈 손길이 떠오를 때마다, 마음속 깊이 잠가둔 뚜껑이 열려 그 안의 것들이 그녀를 더럽히진 않을까 두려웠다. 유키가 나를 의지하더라도 나는 내 감정을 드러내지 않도록 조심해야 했다. 단단히 뚜껑을 닫고 마음을 다잡아야만 했다. 그러니 유키와의 관계는 지금처럼 거리를 두는 것이 최선이라고, 다시 한 번 스스로에게 다짐할 수밖에 없었다.

벽에 걸린 시계의 초침이 조용히 움직이고 있었다. 이제 몇십 분이면 올해도 끝난다.

"뭐, 일단은 그날 죽이려고 해서 미안했다고 말해야겠지."

"응?"

한동안 침묵이 흐른 뒤 아재가 그렇게 말했지만 나는 바로 뜻을 알아차리지 못해 되물었다. 그러자 아재는 더없이 진지한 얼굴로 같은 말을 다시 반복했다.

"만약 아버지가 살아서 너한테 따지러 오면 그냥 당당하게 말하면 돼. 그날은 죽이려고 해서 미안하다고. 하지만 너도 힘들었다고. 일단은 사과부터 해야지."

"아아, 그런 건가. 응? 그런 거야?"

"나쁜 짓을 한 거니까 일단은 용서받고 어쩌고 하기 전에 사과부터 해야지."

지극히 맞는 말이지만 아재의 그 조언은 내 고민의 무게에 비해 어딘가 얼빠진 소리처럼 들렸다. 그래서 잔뜩 무거웠던 공기가 순간적으로 가벼워지듯 "후훗" 나도 모르게 웃음이 나왔다.

"그 말이 꼭 맞는 건 아니지만, 적어도 틀린 말은 아니네."

그렇게 웃으며 고개를 끄덕이자, 그런 표정을 지어줬으면 됐다는 듯 아재도 여유롭게 고개를 끄덕였다.

올바른 지도의 뒷면에서

"아재, 고마워."

"응? 애초에 네가 호적 얘기 꺼냈을 때부터 뭔가 복잡한 사정이 있겠구나 싶었어. 그보다도 나 역시 코이치한테 고마운 게 많지. 인생의 마지막을 사랑받는 타코야키 장수로 보낼 수 있었고, 이 동네에서 좋은 사람들도 많이 만났으니까."

멀리서 제야의 종소리가 울려 퍼졌다. 나는 귀를 기울이며, 새해가 시작되는 순간을 지켜보려 시곗바늘을 바라봤다. 하지만 아재는 108번의 종소리에 108개의 번뇌를 씻어내는 것 같진 않았다. 그는 종소리와는 전혀 다른 곳을 바라보고 있었다. 그 모습에 나도 모르게 "아재?" 하고 불렀다. 아재는 잠시 주저하듯 숨을 고르더니 천천히 얼굴을 들었다.

"코이치, 실은 나도 너한테 숨기고 있던 게 있어."

그 순간 가장 먼저 떠오른 건 미요 씨와의 관계였다. 며칠 전, 아재가 여자한테 줄 꽃다발 얘기를 꺼냈고, 미요 씨 생일이 가까워졌다는 말도 했었다. 그때 아재는 묘하게 들떠 있었고, 어쩌면 미요 씨에게 어떤 식으로든 마음을 전한 게 아닐까 생각했다. 하지만 지금의 떨떠름한 태도와 아까 미요 씨를 만났을 때의 분위기를 떠올리면 결과는 그리 좋지 않았던 것 같다. 그렇다면 잘 위로해줘야겠다는 생각이 들었다.

"이 아재 말이지, 불치병에 걸려버렸어. 나이도 많고, 제대로 된 치료법도 없다더라. 솔직히 말하면 시한부 선고까지 받았어."

"뭐?"

너무 갑작스러운 말에 나도 모르게 분노 섞인 목소리가 새어 나왔다. 당연히 무슨 말인지 쉽게 받아들일 수 없었고, 점점 커지는 동요가 가까스로 되찾았던 침착함을 갉아먹기 시작했다. 농담이었으면 좋겠다고 생각했지만 아재의 진지한 표정이 그런 희망을 단호하게 부정하고 있었다.

"병이라니······. 무슨 병인데?"

"대장암이래. 생각해보면 일용직으로 일하던 때부터 몸 상태가 계속 좋지 않았던 것 같아. 그래도 그땐 나이가 들어서 그런 줄로만 생각했지. 유흥주점에서 얘기하다가, 요즘 따라 이상하게 컨디션이 안 좋은 날이 많다고 했더니 큰 병원에 가서 진찰을 받아보라고 하더라고. 그래서 가봤더니, 이미 늦었대."

담담히 말하는 아재를 보며 나도 모르게 말문이 막혔다. 이야기를 들어보니 아직 누구에게도 알리지 않은 듯했다. 정말 최근에야 알게 된 사실이고, 아재 본인도 아직 마음의 정리가 되지 않았다고 했다. 내가 간신히 쥐어 짜낸 "저기, 얼마나 산다는데······" 하는 힘없는 물음에 아재는 조용히 "길어야 1년이래"라고 대답했다. 수술은 이미 소용이 없고, 지금부터 시도할 수 있는 치료도 많지 않다고 한다. 의사는 남은 시간을 좋아하는 곳에서 보내는 편이 더 낫다고 권했다고 했다.

"그래서 앞으로 어떻게 할지 며칠 동안 생각해봤는데 도무지 답이 안 나오더라. 무엇보다도 코이치 네가 제일 걱정돼서 말이야. 이제부터 네가 어떻게 살아가면 좋을지 계속 고민하고 있어. 솔직히 말하면, 아재가 너한테 피해를 끼치게 됐어. 미안하다."

아재답지 않은 낮은 목소리로 건넨 사과에 몸이 굳어버렸다. 상황이 제대로 파악되지 않을 만큼 혼란스러운 것도 이유였지만, 가장 큰 이유는 시한부 선고를 받은 아재에게 어떤 말을 해줘야 할지 도무지 떠오르지 않았기 때문이었다.

그때 내가 어떤 표정을 짓고 있었는지는 모르겠다. 하지만 분명 일그러져 있었을 것이다. 그런 나를 조금이라도 안심시키고 싶었던 걸까, 아재는 이제 이보다 더 암울한 소식은 없을 거라며, 최대한 밝은 목소리로 말하며 자세를 고쳐 앉았다.

"앞으로의 생활은 걱정하지 않아도 돼. 내가 죽기 전까지는 코이치 네가 앞으로도 지금처럼 지낼 수 있게 다 준비해둘 거니까. 그때까지는 최대한 오래 살 거다."

내 미래 따위는 전혀 걱정되지 않았고 사실 그런 말을 듣고 싶었던 것도 아니었다. 하지만 그건 아재가 누구보다 잘 알고 있었을 것이다. 알면서도 동요하는 나를 조금이라도 다독여주려 했던 거다. 생각해보면 아재가 며칠 전부터 보였던 이상한 거동이나 신체적인 변화도 병 때문이었다고 하면 다 설명이 됐다. 만약 가장 가까이서 지켜봤던 내가 그것들을 좀 더 일찍 눈치챘더라면, 지금쯤 전혀 다른 결과를 마주하고 있었을지도 모른다.

"미요 씨한테 꽃다발 주면서 사랑 고백이라도 해볼까 했었거든. 근데 이렇게 돼버리니까 도무지 용기가 안 나네. 그래서 코이치가 무책임하게 굴기 싫다고 했던 마음도 이제 좀 알 것 같아."

시간이 지나면서 머리로는 상황이 조금씩 이해되기 시작했지만 감정은 전혀 따라오지 못했다. 특히 눈앞에서 여전히 기운차게 말하는 아재를 보면서 이 모든 게 아직도 믿기지 않았다. 그런데도 아재는 그런 내 반응엔 신경도 쓰지 않은 채 벽시계를 힐끔 보더니 "어, 이제 새해야" 하며 TV를 켰다. 길게 이어진 무거운 분위기를 어떻게든 누그러뜨리려는 걸지도 몰랐다. 하지만 먹다 만 국수는 잔뜩 불어버려 본래의 맛은 이미 사라지고 없었다. 아재의 국수도 마찬가지였다.

TV로 시선을 돌리자, 우리와는 달리 밝은 분위기 속에서 새해를 축하하는 사람들이 보였다. 지금의 나에겐 그 모습이 오히려 비현실적인 광경처럼 느껴졌다.

여름에 무성하게 잎을 두르고 있던 나무들은 추운 계절이 되자 볼품없는 알몸을 드러낸 채 나란히 서 있었다. 하천 깊은 물속엔 까만 잉어가 조용히 숨어 있었다.

아재에게 불치병 얘기를 들은 지 두 달이 지났다. 길어야 1년이라는 선고를 떠올릴 때면, 괜히 기적을 믿고 싶어졌다. 하지만 의사의 진단은 매우 정확했고, 아재는 병을 자각한 뒤로 눈에 띄게 야위어갔다. 나이와 체력 탓도 있겠지만 하루하루 지쳐가는 모습을 지켜보는 건 몹시 괴로웠다.

아재는 자신의 병을 정말 가까운 사람에게만 털어놓은 것 같았다. 노점 단골손님들 대부분은 전혀 모르고 있었지만 유흥주점에서 만나는 친구들이나 미요 씨에게는 말했다고 했다. 평소 건강하던 아재의 갑작스러운 고백에 다들 나처럼 당황해했다고 한다. 진찰을 받아보라고 권했던 미요 씨는 조용히 남은 수명을 묻고는 "그래……" 하고 짧게 중얼거리며 막 피운 담배를 재떨이에 꺼버렸다. 그러고는 자기 옆자리에 앉아줬다고, 아재는 기뻐하며 말했다. "살아 있으면 마지막에 좋은 일도 생긴다니까" 하고 웃는 아재를 보면서 내심 화가 났다.

생활비 문제도 있어서 아재는 병을 발견한 뒤에도 노점 일을 쉬지 않았다. 정말 마지막까지 손님들에게 웃어 보이고 싶다며, 내가 끄는 포장마차를 뒤에서 조용히 밀어주었다.

처음 몇 주 동안은 아재가 포장마차를 밀어주는 힘이 분명히 느껴졌다. 한 달쯤 지나자 미는 것보다는 기대고 있는 쪽에 가까웠다. 두 달쯤 지났을 때 아재는 포장마차를 따라오지 못했고, 나에게 "먼저 가"라고 말한 뒤 조용히 뒤따라왔다.

집을 나서는 시간이 달라지면서 포장마차에 합류하는 시간도 점점 늦어졌다. 석 달쯤 지나자 아재는 그저 포장마차 옆에 앉아 있을 뿐, 더 이상 타코야키를 만들지 않았다. 의자에 앉아 신문을 읽는 척하면서 단골손님들에게는 "이젠 애한테 더 가르칠 게 없거든" 하고 농담처럼 얼버무렸다.

그 무렵부터 아재는 눈에 띄게 야위기 시작했다. 몸이 안 좋아지자 식욕도 떨어져서 식탁에 올린 음식을 자주 남겼다. 먹고 싶다는 음식을 사 와도 한두 입이 전부였고, 남은 음식을 처리할 때마다 복잡한 기분이 들었다.

반년이 지날 무렵엔 폐에도 전이가 됐는지 기침도 심해졌고 활력이라는 것을 전혀 찾아볼 수 없게 되었다. 자주 기침을 하게 되자 먹는 장사를 하는 입장에서 좋지 않다고 스스로 판단했는지도 모르겠다. 아니면 밖을 돌아다닐 힘도, 잠깐이라도 자리에 앉아 있을 기력조차 사라진 걸지도 모른다. 이 무렵부터 아재는 집에서 지내는 일이 많아졌고, 휴식을 즐기던 유흥주점에도 가지 않았다. 상점가에서 마주친 지인들은 "아이바 씨한테 무슨 일 있냐"고 걱정스럽게 묻곤 했다. 그럴 때마다 잘 지내고 있다는 말은 좀처럼 꺼내기 힘들었다.

아재가 걱정했던 내 미래는 여전히 정해진 게 없었다. 물론 아재가 세상을 떠나면 내가 갈 곳도 딱히 없긴 했다. 하지만 어떻게든 할 생각이었다. 아니, 낮 동안에는 그런 고민보다 아재의 사후에 내가 무엇을 해야 할지를 계속 생각하고 있었다.

아재가 세상을 떠난 뒤, 나는 제대로 명복을 빌 수 있을까? 가능하다면 언젠가 길거리에서 숨을 거둔 하마 씨처럼 행려사망인으로 남지 않도록 돈이 들더라도 제대로 된 묘지를 마련해주고 싶었다. 하지만 그런 분야에 대한 지식도 부족했고, 무엇보다 아재에겐 호적이 있으니 사망 시점에 가족에게 연락이 갈 수도 있다. 아재는 자식은 없다고 했지만, 먼 친척쯤은 있지 않을까 하는 생각이 자꾸 들었다. 하지만 아재의 사후 문제는 병으로 힘들어하는 본인에게 차마 꺼낼 수 없어서 결국 입에 올리지 않았다.

집중하지 않으면 물조차 마시기 힘들어진 건 아주 최근의 일이었다. 딱딱한 음식은 거의 먹지 못했고, 이 무렵부터는 내가 먼저 말을 걸지 않으면 아재가 입을 여는 일도 거의 없었다. 의식은 계속 몽롱한 상태였고 TV만 멍하니 바라보고 있었다. 늘 이런저런 대화 주제를 먼저 꺼내던 아재였기에 완전히 달라진 외모까지 더해져 전혀 다른 사람처럼 보였다. 그렇게 조용한 모습을 보고 있으면, 어쩔 수 없이 끝이 가까워졌다는 걸 실감하게 됐다. 병은 말기였으며, 치료는 이미 포기한 상태였다. 고통을 덜어주는 약은 있어도 낫게 해줄 약은 없었다.

그 무렵부터 아재는 세계 여행 방송을 자주 보기 시작했다. 예능처럼 시끌벅적한 프로그램이 아니라 마치 먼 나라를 산책하듯 담담하게 진행되는 조용한 분위기의 방송이었다. 아재는 가끔 기침을 하며, 어두운 방 안에서 TV에 비친 여행지 풍경을 멍하니 바라보고 있었다. 그때 아재가 보고 있던 장면은 하얀 건물과 파란 하늘이 인상적인 어느 외국의 풍경이었다.

"아재, 해외에 가본 적은 있어?"

중간부터 나도 옆에서 함께 TV를 보다가 프로그램이 끝난 뒤 말을 걸었다. 아재는 의식은 있었지만 내 말에 곧장 반응하지 못했고, 목소리에도 힘이 없었다.

"없네……. 일본 밖으로 나가 본 적도 없어. 영어라도 할 줄 알았으면 좀 달랐을 텐데."

"나도 없어. 외국어도 전혀 못하고. 그래도 요즘엔 가이드가 안내해주는 여행 상품도 싸게 나온다니까, 그런 걸로라도 갈 수 있다면 한번 가보고 싶네. 아재는 해외에 간다면 어느 나라에 가고 싶어?"

"으음, 어디가 좋으려나. 풍경이 참 예쁜 나라가 있었는데, 그게 어디였더라."

"그럼 국내는? 홋카이도랑 오키나와, 어디까지 가봤어?"

별것 아닌 질문이었는데 아재는 잠시 말이 없었다. 침묵이 길어져 이상하다는 생각에 "아재?" 하고 불렀다. 그러자 내 목소리에 반응하듯 몸을 살짝 움직이며, 중얼거리듯 대답했다.

"여기네, 여기야."

"여기? 뭐가?"

"여기까지야. 코이치랑 같이 온 이곳이 아재가 지금까지 와본 곳 중 제일 멀어. 내가 가본 데라곤 손가락으로 셀 수 있을 정도거든."

"말도 안 돼."

나는 쓴웃음을 지으며 얼버무렸지만 아재는 그저 미소만 지었다. 어쩌면 '어디까지 가봤냐'는 내 질문에 아재는 자신의 삶을 되짚어봤는지도 모른다. 그리움이 어린 눈빛과 표정은 내 짐작이 틀리지 않았음을 말해주는 듯했다.

"저기, 코이치. 마지막으로 아재 이야기를 들어주지 않을래?"

그 말을 듣고 나는 "당연하지" 하고 고개를 끄덕였다. 아재는 수다스러운 성격이지만, 나는 아재의 과거에 대해 거의 아는 게 없다. 나보다 몇 배는 더 오래 살아온 인생이라 기억조차 흐릿할 만큼 많은 일을 겪었기 때문일 수도 있고, 어쩌면 일부러 말하지 않은 걸 수도 있다. 예전에 잡담 도중 새끼손가락이 왜 없는지 물었을 때도 자세한 이야기는 해주지 않았다. 혹시 그 배경엔 차마 입에 담기 힘든 피비린내 나는 일이 있었던 건 아닐까. 그래서 나도 더 묻지 못한 채 지금까지 그냥 지내왔다.

하지만 죽음을 선고받은 아재가 먼저 입을 열었기에 나는 조용히 귀를 기울였다. 아재는 중간에 담배를 피우려 테이블 위로 손을 뻗었지만 두세 모금쯤 빨아들이고는 만족했는지 불도 끄지 않은 채 재떨이 가장자리에 기대놓았다. 하얀 연기는 몇 센티미터쯤 곧게 뻗다가 이내 흔들리며 희미해졌고, 종이에 싸인 마른 잎은 서서히 타들어갔다. 열기가 지나간 자리는 조용히 재로 변해갔다.

"아재는 젊었을 때 야쿠자가 되고 싶었어. 조직 세계의 정의니, 의리니 하는 게 괜히 멋져 보였거든. 그래서 지금의 너 정도 나이였을 때 고집을 부려서 결국 그런 조직에 들어갔었지."

"역시 그런 업계에 있었구나."

내 말에 아재는 잠시 주저하다가 "한때는" 하고 고개를 살짝 끄덕였다.

"하지만 현실은 상상과는 많이 다르더라. 간부급이 되거나 본부를 자유롭게 드나드는 위치면 좀 낫겠지만 똘마니는 그냥 노예처럼 부려 먹혀. 제일 중요한 건 돈이야. 조직에 들어간다고 영화처럼 살 수 있는 게 아니더라고. 말단은 '상납금'이라고 해서 매달 무슨 수를 써서든 돈을 만들어 바쳐야 했어. 못 가져가면 반쯤은 맞아 죽는 거고.

처음엔 나름대로 열심히 해보기도 했는데, 나중엔 그냥 무서워서 필사적으로 움직이게 되더라. 편하게 잘 곳도 없고, 끼니도 제대로 못 챙기면서 말이야. 내 주제에 싸움 좀 한다고 남자의 길이니 뭐니 착각했던 것부터가 잘못이었지."

내가 맞장구를 치자 아재는 새끼손가락이 없는 자기 손을 내려다보았다.

"조직 세계에 있었던 건 고작 2~3년뿐이야. 계속 견습생 취급만 받았고, 경찰 명단에도 안 올라 있는 그냥 양아치였지. 나처럼 밑바닥에서 굴러다니던 애들이 여럿 있었어. 그런 애들이 간부급 놈들 호화롭게 사는 거 보고선 언젠간 자기들도 저렇게 될 거라고 꿈을 꾸는 거야. 뭐, 결국 그놈들 사치도 다 밑에서 착취한 돈으로 유지되는 건데 말이지.

나도 비슷했을 거야. 일단 머리 숙이고 조직에 들어간 이상 멋진 형님들 눈에 들어 밥이라도 얻어먹고 중요한 역할을 맡아 위험한 다리도 건너보고, 그런 자극이 필요했던 걸지도 몰라. 하지만 내가 상상했던 일들은 하나도 경험하지 못했어. 그때 조직 이름을 앞세워 여자를 등쳐먹거나 선량한 사람들을 협박해서라도 위로 올라갔다면 뭔가 달라졌을지도 모르지. 그치만 아재는 이런 어중간한 성격이라 혈기는 넘쳤어도 나쁜 짓엔 쉽게 손이 안 가더라. 필사적으로 일하다 벽에 부딪힌 뒤로는, 꽤 이른 시점부터 도망칠 방법만 생각하고 있었어.

똘마니였다고 해도 나만 스스로를 야쿠자라고 생각했을 뿐이야. 그 녀석들한테 나는 그냥 호구였지. 그러니까 엄밀히 말하면, 아재는 너나 미요 씨가 생각하는 그런 사람이 아니야. 이 새끼손가락을 자른 것도 정말 바보 같은 일이거든. 언제부턴가 그 생활이 지긋지긋해져서 그만두려고 도망치다가 결국 붙잡혀서 이렇게 된 거야."

잘못된 꿈을 꾸었고, 소중한 젊은 시기를 착취당하는 데 써버렸다. 그런 하찮은 과거를 남들 앞에서 당당히 떠벌릴 수는 없었을 거다. 야쿠자로 살았다고 말은 해도, 정작 아르바이트해서 번 돈만 상납했을 뿐이라 자랑할 무용담 하나 없었던 것이다. 당시의 아재에겐 등에 문신을 새길 돈도 없었다. 온갖 일을 겪고도 조용히 있었던 게 아니라 애초에 떠벌릴 만한 이야기가 없었던 거다. 얻은 건 없는데, 희생은 컸다. 결국 아재는 고작 그런 이유로 새끼손가락을 잃고 말았다.

"역시 아팠어?"

"그야 편할 리가 없지. 그때 나는 너무 무서워서 사람들 앞에서 울어버렸어. 정작 제일 괴로웠던 건 그런 나 자신이 한심하게 느껴졌다는 거야. 바닥에 떨어진 손가락을 보고는 너무 놀라서, 그 순간엔 아픈 건 중요하지도 않았고."

그걸로 일단 조직에서는 벗어날 수 있었다. 이후 아재는 잠시 공장에서 일했다고 한다. 의미 없이 시간을 흘려보낸 탓에 제대로 된 경력 하나 남지 않았다. 이제 와서 좋은 직업을 택할 수도 없었다. 그래서 성실하게 일하자고 마음먹고 잃어버린 시간을 되찾기 위해 열심히 일하기 시작했다. 하지만 그곳에서도 내부 문제에 휘말려 사람을 때리는 일까지 벌어졌고, 결국 해고당하고 말았다.

"젊은 혈기 탓이지. 나도 모르게 울컥했어. 그걸로 내 원칙이라도 지켰다면 그나마 나았을 텐데. 나중에 생각해보니까 아무리 봐도 잘못한 건 나더라고. 세상 물정도 모르고 상식도 없이 저지른 실수를 순순히 인정할 만한 지혜조차 없었던 거야. 그냥 '상대방이 잘못했어, 그래 틀림없어' 하고 단정했어. 옛날부터 잘못된 판단만 하면서 인생을 낭비해왔고. 난 내가 진짜 싫다."

문제를 일으켜 공장에서 잘린 뒤, 아재는 줄곧 일용직 노동자로 살아왔다. 그렇게 수십 년이 흘렀고 이제는 더 이상 어디에도 갈 수 없는 몸이 되어 죽음을 기다리고 있다. 그런 이야기를 하던 아재의 기침 소리는, 어쩐지 몹시 허무하게 들렸다.

"싫은 인생이야. 아무것도 남지 않은, 참 하찮은 인생이었어."

아무것도 하지 못한 채, 아무것도 하지 않은 채, 나고 자란 땅밖에 모른 채 생을 마감하는 건 드문 일이 아니다. 하지만 스스로 고향에 뿌리내린 사람과 아무리 발버둥 쳐도 끝내 다른 곳에 뿌리를 내리지 못한 사람 사이엔, 분명 후회의 깊이가 다를 것이다.

아재는 모든 걸 털어놓고 나서 눈을 감았다. 내가 대답할 말을 찾고 있다는 걸 느꼈는지 조용히 말을 덧붙였다.

"이야기하고 싶어서 꺼낸 건 아니야. 코이치 너만큼은 나처럼 어리석은 선택은 하지 말라고 그 말만 하고 싶었을 뿐이야. 넌 이렇게 열심히 살고 있으니까, 나처럼 하찮은 일에 인생을 낭비하면 안 돼. 잘난 척할 자격도 없는 내가 너한테 해줄 수 있는 말은 이 정도뿐이야."

"그렇지 않아. 난 이미 아재한테 충분히 많은 걸 받았어."

나는 반사적으로 그렇게 부정하며 말했다. 아재는 은근히 기쁜 듯 "그러냐" 하고 미소를 지었다. 눈가가 촉촉해 보였던 건, 내 기분 탓이었을까.

그 전에도, 그 뒤로도 아재가 자신의 과거를 그렇게 솔직하게 털어놓은 건 이때뿐이었다. 일용직 노동자로 일하던 오랜 세월 동안 누구를 만나 어떤 시간을 보냈는지, 가족이나 친척이 있었는지조차 알 수 없다. 내가 조금 더 관심을 갖고 물어봤더라면 이야기해줬을지도 모른다. 하지만 이제 아재에겐 그런 기억이나 경험을 풀어놓을 시간도, 기력도 남아 있지 않았다. 남은 생애 동안 그가 말할 수 있는 글자 수는 과연 얼마나 될까. 그런 생각이 들 만큼 초췌해진 아재의 모습은 처음 만났을 때와는 많이 달라져 있었다.

내 방 창문 너머로 지금까지 아재와 함께 끌고 다녔던 포장마차가 보였다. 처음엔 내 손으로 조립했고, 영업을 하면서 점점 더 편리하게 개량해왔다. 상판에는 타코야키의 연기와 기름이 스며들어 오랜 세월의 흔적이 고스란히 남아 있었다. 아재에게 물려받은 이 방에서 추억이 깃든 장사 도구를 바라보며 이제 정말 끝이 가까워졌다는 걸 절실히 느꼈다.

"오, 코이치. 그 뒤로 아이바 씨는 좀 어때?"
상점가에서 물건을 사러 돌아다니던 중 지인인 사이토 씨가 말을 걸어왔다. 사이토 씨는 나보다는 아재와 더 가까운 사이로 미요 씨의 유흥주점에서 함께 술을 마시곤 한다고 들었다. 정확한 나이는 알 수 없지만 겉모습으로 보아 아재와 비슷한 또래처럼 보였다. 거리에서 전자제품 매장을 운영하고 있으며, 우리도 자주 이용하던 가게였다. 아마 일을 마치고 돌아가던 길이었는지 사이토 씨는 편한 차림으로 내 옆에 나란히 섰다.

나는 아재가 먹고 싶다고 했던 비싼 고기와 유동식이 든 장바구니를 들고 "역시 기운이 없으시죠" 하고 대답했다. 사이토 씨가 지금 돌아가는 길이냐고 묻기에 고개를 끄덕였다.

"코이치. 그 뭐냐, 아이바 씨한테 이야기는 들었어?"

"그 이야기요? 무슨……."

"네 이야기 말이야. 아, 얼굴 보니까 모르는 눈치네. 아니, 됐어. 나도 어제오늘 아이바 씨랑 얘기한 거라. 아마 오늘 밤쯤엔 그 얘기가 나오지 않을까 싶은데."

"제 이야기라뇨? 그게 뭔데요?"

거듭 되물었지만 사이토 씨는 아재를 통해 듣는 게 좋을 거라며 자세한 얘기는 하지 않았다. 서서 몇 마디 주고받은 뒤 헤어졌는데, 말만 꺼내놓고 알려주질 않으니 괜히 더 궁금해졌다. 집에 돌아와 아재를 재촉할까 하다가, 아재가 말하고 싶을 때까지 기다리는 게 나을 것 같아 아무것도 모르는 척했다. 그날은 아재가 스키야키가 먹고 싶다고 해서 만들어줬는데, 몇 입 먹고는 금세 젓가락을 내려놓았다. 몸 상태가 좋지 않았던 건지 그날 아재는 무척 피곤해 보였고, 바로 누워 잠들어버렸다. 뒷정리를 하다가 우연히 계약서처럼 보이는 종이를 발견했지만, 아재가 먼저 말해줄 때까지는 일부러 모른 척했다.

 아재가 내 이야기를 꺼낸 건 그로부터 이틀 뒤였다. 이별이란 언제나 갑작스럽게 찾아오는 법이지만 아재와의 작별은 우연이 아니라 의도된 것이었다. 그날 아재는 컨디션이 조금 나아졌는지 긴히 할 말이 있다며 나를 불렀다. 그의 곁에는 여러 가지 자료가 놓여 있었고, 테이블 위에는 예금 통장이 든 은행 서류와 연락처가 적힌 도쿄 지도가 펼쳐져 있었다.

 "이 아재는 이제 얼마나 더 버틸 수 있을지 모르니까 말이야."

 이야기를 들어보니 사이토 씨의 인맥을 통해 내가 앞으로 일할 곳을 알아봐 준 것 같았다. 너무 갑작스러운 일이라 머릿속이 복잡해졌고, 생각을 정리할 틈도 없이 이번 달 안에 이 집에서 나가야 한다는 말까지 들었다.

 "도쿄 스미타 구에 있는 작은 공장이래. 사이토 씨가 너를 믿고 소개해준 곳이야. 사정이 좀 있어도, 일손이 부족해서 사람을 뽑는다고 했대. 기숙사에서 지내면서 일할 수 있고 금속 가공을 하는 공장이라던데, 갈 거지?"

 갑자기 도쿄라는 말을 듣자 마음이 흔들리고 말았다. 하지만 그런 내 반응에는 아랑곳하지 않고 아재는 말을 계속 이어갔다. 나도 모르게 말을 끊은 건 조금이라도 생각을 정리할 시간이 필요했기 때문이었다.

"아니, 아니 잠깐. 다음 일자리를 구해준 건 고마운데, 그래도 굳이 타코야키 노점까지 그만둘 필요는 없잖아. 왜 갑자기 그러는 거야?"

"타코야키 노점은 내가 죽으면 못 하잖냐. 영업 허가증도 그렇고, 사업자 서류 같은 것도 전부 내 명의니까. 미안하다. 코이치가 모처럼 열심히 해줬는데 정말 미안하게 생각해."

"그야 그럴지도 모르지만, 사과하지 않아도 돼. 그래도 갑자기 도쿄라니. 아니 그것보다 아재는 어떡하려고. 혼자잖아."

내가 걱정해준 게 기뻤던 걸까, 아재는 잠시 미소를 지은 것 같았다. 천천히 이어지는 힘없는 목소리에서 그의 삶이 오래 남지 않았다는 게 느껴졌다.

"네가 그렇게 신경 쓸 필요는 없어. 난 이미 충분히 많은 걸 받았고 그것만으로도 만족해. 언제 죽을지 모를 나를 기다리며 시간을 낭비할 필요는 없어."

어쩌면 아재는, 내게 먼저 말을 꺼냈다간 거절할까 봐 조용히 준비해온 걸지도 모르겠다. 내 앞날을 걱정해주는 것만으로도 충분히 고마웠지만 아재의 상태를 생각하니 마음이 복잡했다. 그의 의도는 충분히 이해한다. 하지만 내가 지은 죄를 떠올리면 이렇게까지 해주는 게 오히려 미안하고 면목이 없었다.

아재는 몇 번 기침을 하고 천천히 호흡을 가다듬은 뒤 혼자 조용히 고개를 끄덕였다. 마치 망설이는 나를 타이르듯, 혹은 등을 밀어주듯, 주름진 손으로 예금 통장과 도쿄 지도가 담긴 지도첩을 앞으로 내밀었다.

"이 아재는 네가 정말 대단하다고 생각해. 내가 일용직 일을 몇십 년이나 했더라. 그 오랜 시간 동안 같은 장소, 같은 방식에 익숙해져 있었는데, 넌 인력시장에 와서 몇 년 만에 나를 데리고 밖으로 나가줬어. 코이치가 같이 장사하자고 했을 때 정말 기뻤어. 난 이제 아무것도 못 할 거라고 생각했거든. 그런데 그런 말을 해준 네가 멋지다고 생각했어. 게다가 그렇게 훌륭한 포장마차까지 만들어냈잖아."

"그렇게 따지면 아재도 정말 대단하지. 아니, 난 아재와 함께라면 뭐든 해낼 수 있을 거란 생각이 들어서 같이하자고 한 거야. 아마 다른 사람이었으면 안 됐을 거야. 아재의 친화력도 그렇고, 날 믿어주고 늘 신경 써줬잖아. 그러니까 노점이 잘된 것도 사실 대부분은 아재 덕분이었어. 이 집도 아재 덕분에 구할 수 있었고. 아니지, 사실 내가 음식 장사를 해야겠다고 마음먹게 된 것도 아재 덕분이었어. 노점 얘기를 처음 꺼낸 것도 아재였잖아."

아재가 일방적으로 내 칭찬을 늘어놓자 나도 가만히 있을 수 없어 아재가 얼마나 대단했는지 이야기해줬다. 지금까지 둘이 함께 해왔는데 정작 중요한 이야기가 나도 모르게 결정되는 건 싫었다. 아재의 말을 얼마든지 들어줄 수는 있지만 그저 가만히 듣고 있기만은 싫었다.

내 말을 들은 건지 못 들은 건지, 아재는 계속 말을 이어갔다.

"약속이었으니까. 내가 죽은 뒤에 네가 갈 곳을 찾아주는 거. 이건 내가 너한테 주는 선물이야. 돈도 생활이 곤란하지 않을 만큼은 모아뒀어."

아재는 자세를 바로잡으려는 듯 몸을 살짝 움직였다. 그리고 내 눈을 똑바로 바라보며 마지막 말을 꺼냈다.

"그러니까, 코이치. 넌 이제 이 집을 떠나서 거기서 일해."

전혀 예상하지 못했던 말이라 아재의 제안 앞에서 선뜻 대답이 나오지 않았다. 그렇다고 곧바로 받아들일 수도 없었다. 이 시점에서 새로운 환경에 적응해야 한다는 각오는 이미 되어 있었지만, 문제는 아재를 혼자 두고 떠나는 일이 계속 마음에 걸렸다는 점이었다.

"코이치, 너 도쿄에 가면 가능한 많은 사람들과 친해져. 그러면 언젠가 죗값을 치러야 하는 날이 오더라도, 그 사람들은 코이치 네가 절대 살인을 할 사람이 아니라는 걸 알아줄 거야. 그건 내가 보장할게. 난 네가 나쁜 녀석이라고 생각하지 않아. 그러니까 네가 다시 돌아오길 기다려줄 사람들을 꼭 만나. 그때 나는 없겠지만, 그런 사람들과 어울려 사는 게 너한텐 훨씬 좋을 거야."

만약 아재가 더 나은 환경에서 자랐다면, 분명 훨씬 더 많은 사람들에게 둘러싸인 채 죽음을 맞이했을 거라고 생각한다. 나 같은 놈이랑 이렇게 조용한 방에서 생을 마감할 사람은 아니었다. 그런데도 아재는, 그런 마지막 순간마저 혼자여도 괜찮다는 듯 담담히 받아들이고 있었다.

"그래도, 그러면 아재가……."

"나는 어떻게 되든 괜찮아. 그것보다 네가 더 중요해. 난 이제 언제 죽을지 모르니까, 그걸 기다릴 필요는 없어. 괜찮아. 난 어떻게든 될 테니까. 너한테 주는 이 돈도 전 재산은 아니야. 내 앞일 같은 건 코이치가 걱정하지 않아도 돼. 오히려 나는 살아갈 날이 많은 네 쪽이 더 걱정이야. 그러니까 죽어가는 아재를 안심시킨다 생각하고 이걸 받아줘. 넌 그냥 앞만 보면서 가."

죽음을 직감한 아재의 말을 더는 부정할 수 없었다. 그래서 뭔가 다른 방법은 없을지, 적어도 내가 받은 은혜를 아재에게 조금이라도 되갚을 수 있는 길은 없는지 필사적으로 생각했다. 하지만 남아 있지 않았다. 내가 할 수 있는 일도, 아재의 시간도.

꽤나 망설였다. 오래 망설인 끝에 조용히 통장을 향해 손을 뻗었다. 도쿄 지도 위에는 공장의 위치와 연락처가 적혀 있었다. 그 모든 건 아재가 나를 위해 준비해둔 호의였다. 왜 이렇게까지 해주는지, 지금까지 함께해온 시간을 떠올리며 어렴풋이 짐작할 수 있을 것 같았다. 하지만 그것뿐이었다. 지금의 나로선 아재의 모든 마음을 헤아리기엔 아직도 너무 부족한 인간이라는 생각이 강하게 들었다. 뜨거워진 몸으로, 절대 다 갚을 수 없는 은혜를 받고 있다는 사실을 실감하고 있었다.

받아야 할 것을 받아든 순간, 이곳에서의 생활이 끝났다는 걸 실감했다. 내가 조용히 고개를 끄덕이자 아재는 만족한 듯 바라보다가 부드럽게 웃으며 고마움을 전했다.

"코이치, 정말 고맙다. 이곳에 와서 마지막으로 아주 좋은 추억을 남길 수 있었어. 네가 마음 아파할 일은 없어. 이제 여기까지면 돼. 이런 하찮은 날 데리고 와줘서 고마워. 괜찮아,

넌 괜찮아. 분명 잘될 거야."

아재는 잠시 말을 멈췄다가 마지막 인사를 건넸다.

"마지막으로 너와 함께 있을 수 있어서, 다행이었어."

아재와 함께한 시간은 어느덧 5년이었다. 일용직 노동자로 일하던 시절 처음 만났고, 그 후 타코야키 노점을 함께 운영하며 지냈다. 가족도, 친척도, 혈연으로 이어진 사이도 아니었다. 어쩔 수 없이 함께해야 했던 상황도 아니었다. 그럼에도 계속 곁에 있을 수 있었던 건, 내가 아재를 존경할 수 있었기 때문이었다. 그리고 아재 역시 나를 존중해줬기에 이 특별한 관계를 오늘까지 이어올 수 있었다고 생각한다. 그게 흔히 말하는 지음(知音)이라면, 앞으로 또다시 지금의 내 마음을 이해해줄 누군가를 만날 수 있을까.

지금까지 지낸 어떤 보금자리보다도 짐이 많아져 있었다. 그래서 준비에도 시간이 걸렸고, 방을 완전히 정리해 나가기까지는 꽤 오랜 시간이 필요했다. 놓고 갈 물건과 가져갈 물건을 골라내는 동안, 선택의 시간이 길어질수록 어중간하게 세워둔 각오가 점점 무뎌졌다. 거실에서 기침하며 누워 있는 아재를 볼 때마다 새롭게 시작할 곳에 대한 기대보다는 내가 떠난 뒤 이 집이 어떻게 변할지를 자꾸 상상하게 됐다.

아재는 겉보기엔 밝고 유쾌한 사람 같지만 누구보다도 남을 먼저 생각할 줄 아는 사람이었다. 본인 앞에서 이런 칭찬을 하면 쑥스럽다며 손사래를 쳤겠지만, 이건 결코 과장이 아니었다. 그 사람됨만 봐도 어떤 이야기든 기꺼이 들어줄 거라는 믿음이 생겼다. 어설픈 조언을 늘어놓는 대신 갈 곳 잃은 감정의 종착지를 함께 찾아주는 사람이었다.

그런 아재였기에 나는 내 과거를 털어놓을 수 있었고, 상점가 사람들도 우리를 기꺼이 이웃으로 받아주었다. 미요 씨 역시 전혀 귀찮아하지 않고 아재를 살뜰히 챙겨주고 있었다. 좋아하거나 사랑하는 감정까지는 아니더라도 적어도 싫어하지는 않는다는 건 확신할 수 있었다. '기회만 주어진다면, 어쩌면…….' 그런 막연한 기대를 품지 않았다면 거짓말일 것이다. 그런 미요 씨의 감정을 이용하는 일은 나 자신이 봐도 분명 나쁜 짓이었다. 하지만 아재가 내 미래를 위해 새로운 환경을 준비해준 것처럼, 나도 누군가에게 조금은 폐를 끼치더라도 아재의 행복을 바라고 싶었다.

아직 영업이 시작되기 전, 유흥주점의 문을 열자 아무도 없는 실내에 도어벨 소리만 쓸쓸하게 울려 퍼졌다. 안쪽에서 영업 준비를 하던 미요 씨는 나를 보자마자 모든 걸 알아챈 듯했다. 내가 곧 이곳을 떠날 거라는 사실도 이미 알고 있었는지 침착하게 "앉지 그래?" 하며 자리를 권했다.

"갑자기 아재가 이번 달 안에 도쿄로 떠나라고 하더라고요. 자기는 병으로 죽어가고 있으면서, 이젠 괜찮다면서요. 일할 곳도, 살 곳도, 예금까지 전부 준비해놨더라고요."

내가 이야기를 꺼내자 미요 씨는 가게 준비를 하던 손을 멈추고 "그래" 하고 복잡한 목소리로 중얼거렸다. 나는 비교적 밝은 목소리로 동정을 구하듯 쓴웃음을 지으며 말했다.

"왜 그렇게 서두르는지 모르겠네요."

"뭐 좀 마실래?" 하고 묻기에 커피를 부탁했다.

"설탕이나 우유 넣을래?"

"아뇨, 괜찮아요."

미요 씨는 내 대답에 다시 한 번 "그래" 하고 조용히 중얼거리더니 영업 준비 중이던 부엌에서 커피를 타기 시작했다.

"그래도 갈 거잖아?"

그 질문엔 답하지 않았다. 대답하는 순간 밀려올 죄책감이 두렵기도 했고 애초에 결심을 다지기 위해 온 것도 아니었으니까. 이 결심은 혼자 걷기 시작한 눈길처럼, 걸음을 옮길수록 점점 단단해질 것이다. 지금 이곳에 온 건, 아쉬움이나 후회를 남기지 않기 위해서였다.

커피를 타주는 미요 씨 앞에서 나는 가져온 예금 통장의 금액을 다시 들여다보았다. 가장 아랫줄에 찍힌 숫자는 75만

엔. 적지 않은 돈이었다. 아재는 자신의 마지막 생활비는 따로 남겨두었다고 했지만, 일용직 노동자로 살며 모은 돈만으로는 이 정도 액수를 마련하기 힘들었을 것이다. 곁에서 함께 지내온 내가 보기엔, 여기에 와서 번 돈의 대부분을 내게 건넨 것이 분명했다.

"아재는 앞으로 남은 시간을 보낼 정도의 돈은 따로 있다면서 제게 꽤 큰돈을 줬어요. 하지만 그 통장에 든 돈은 사실상 아재가 가진 전 재산일 거예요. 아마 일용직 노동자로 일하던 시절부터 조금씩 모은 저축에 소중히 간직해온 물건들까지 몽땅 팔아야 겨우 마련할 수 있었겠죠. 그런데도 아재는 제가 길에 나앉지만 않으면 된다면서 자기 뒷일은 신경 쓰지 말라고 했어요. 정말, 저만 생각하고 있는 거예요."

"응."

"아재를 혼자 쓸쓸히 죽게 하고 싶지 않아요. 그런데 제가 곁에 남아 있어서 아재가 마음 불편해지는 것도 싫어요. 떠나라고 말한 이상, 상점가 분들이 만들어주신 기회를 저버리고 싶진 않아요. 그래도, 아재를 혼자 보내는 건 정말 더 싫어요."

"맞아."

미요 씨는 중얼거리듯 맞장구를 친 뒤 잠시 뜸을 들이고는

다 끓인 커피를 내 앞으로 내밀었다. 도무지 입에 댈 기분은 아니었지만 잠깐 얼굴 가까이에 가져다댄 커피잔의 김이 시야를 부드럽게 흔드는 듯했다.

"그래서, 미요 씨께 부탁드릴 일이 있어요."

"응, 뭔데?"

언젠가 곤란한 일이 생기면 자신에게 부탁하라고, 미요 씨가 말한 적이 있었다. 그때는 그저 호의만 고맙게 받았고, 정작 내가 미요 씨에게 폐를 끼칠 일은 없을 거라고 생각했다. 하지만 만약 그 말을 떠올려 무언가를 부탁하게 된다면, 그건 나 자신이 아닌 다른 사람을 위해 쓰고 싶었다.

"아재의 마지막을 지켜봐주실 수 있을까요? 계속 간병을 부탁드리는 건 아니에요. 그냥 정기적으로 먹을 걸 사서 전해주시는 정도면 충분해요. 아재가 잘 계신지만 확인해주시면 돼요. 그때까지 필요한 돈은 여기 있어요. 부탁드릴게요. 제 은인이에요. 말도 안 되는 부탁이라는 건 잘 알아요. 그래도 아재가 혼자 죽게 놔둘 수는 없어요."

다른 사람에게 부탁하는 방법조차 알지 못했다. 사회에서 멀어진 채 이곳까지 흘러들어온 나에게는, 세상을 살아가는 데 필요한 기본적인 예의조차 익숙하지 않았다. 어떻게 해야 진심이 전해질까 고민하다가 조용히 자리에서 일어나 고개를 숙였다. 지금의 내가 할 수 있는 일이라고는 간절하게 매달리는 것뿐이라는 사실이 부끄러웠다. 그래도 마음만은 꼭 전하고 싶어서, 그 순간만큼은 온 힘을 다했다.

미요 씨는 잠시 입을 다물었다가, 신중하게 단어를 골라가며 말했다.

"코이치 군, 고개 들어. 괜찮아. 네 마음은 잘 알겠어."

그 말에 얼굴을 들자, 미요 씨는 못 말리겠다는 듯하면서도 부드러운 표정으로 웃고 있었다.

"그 사람은 나에게 맡겨. 이제 아무것도 걱정하지 않아도 돼."

그 한마디가 깊은 안도감을 주었다. 간신히 목을 타고 나온 감사의 말에는 힘이 없었고, 한 번 더 숙인 고개는 쉽게 들 수 없었다. 그리고 미요 씨의 호의를 기대할 수 있다는 사실을 깨닫는 순간, 이제부터는 내가 아재의 인생에 끼어들면 안 된다는 생각이 들었다. 내가 떠나고 나면 아재의 마지막을 지켜보는 건 미요 씨가 될 테니까. 두 사람의 관계에 찬물을 끼얹을 수는 없었다.

그다음 날, 더는 쓸 일이 없는 포장마차를 쇠 지렛대로 해체했다. 아재는 창문 너머로 그 모습을 조용히 지켜보고 있었다. 그날 밤부터 떠날 준비를 시작했고, 사흘 뒤에는 이곳을 나설 채비를 마쳤다. 짐은 혼자 들고 갈 수 있을 만큼만 추려냈고, 새로운 환경에 필요 없는 물건은 모두 두고 가기로 했다. 조립과 해체 작업에 쓰던 도구, 작업복, 포장마차에서 사용하던 타코야키 철판도 모두 추억이 담긴 물건이었지만, 아재가 사는 집에 남긴 채 등을 돌렸다.

"그럼, 나 갈게."

떠나는 날 이른 아침, 짐을 어깨에 멘 채 작별 인사를 건네자 처음 만났을 때보다 훨씬 야위고 늙어 보이는 아재는 좌식 의자에 앉아 "그래" 하고 힘없이 한 손을 들어 보였다. 내가 마지막으로 본 생전의 아재는 힘없는 미소를 띤 얼굴이었다.

"잘 지내. 열심히 하고."

구름 한 점 없이 맑은 하늘 아래, 역으로 향하는 길은 아지랑이로 아른거렸다. 길은 처음부터 곧게 뻗어 있었다. 탁 트인 풍경 속을 걷다 보니 추억이 깃든 이 동네를 떠날 무렵에는 더 이상 망설임이 남아 있지 않았다. 달아오른 기온에 흘러내리는 땀을 훔치며, 나는 아스팔트 위를 묵묵히 걸어갔다.

아재가 세상을 떠난 건, 그로부터 석 달 뒤였다.

───────

처음 발을 디딘 도쿄는 이상하게도 어딘가 그리운 느낌을 풍겼다. 유명한 관광지를 조금 벗어나자 시골 풍경과 크게 다르지 않은 조용한 주택가가 나타났다. 지도에 표시된 목적지는 낮은 지대 쪽에 있었다. 칠석이 다가와서인지 길가엔 소원을 적은 종이가 매달린 대나무 장식이 드문드문 보였다. 물을 뿌린 도로를 지날 때는 잠시 시원한 듯했지만, 곧바로 눅눅하고 무거운 공기가 피부에 들러붙는 듯했다. 전자제품 매장 앞을 지나칠 때, TV에서는 노스트라다무스니 공포의 대왕이니 하는 주제의 특집 방송이 흘러나오고 있었고, 하굣길의 아이들 몇 명이 몰입한 채 화면을 바라보고 있었다.

공장은 반대 차선의 차가 서로 양보해야 겨우 지나갈 수 있을 듯한 좁은 뒷골목에 자리하고 있었다. 상상했던 것보다 훨씬 작은 규모였고, 열린 셔터 너머로는 묵직한 기계음이 울려 퍼지고 있었다. 그 소리를 온몸으로 느끼는 순간, 나는 내가 이방인이라는 사실을 새삼 자각하며 잔뜩 긴장하기 시작했다.

"실례합니다. 오늘부터 여기서 신세 지게 된 카코이입니다."

바깥의 뙤약볕에서 어둑한 실내를 들여다보니, 대형 선풍기가 돌아가고 있었다. 인력시장에서 일할 때 몇 번 본 적이 있는, 주황색 날개의 공장용 선풍기였다. 선풍기 커버 틈새엔 바람을 막을 만큼의 먼지가 쌓여 있었고, 좁고 균일한 작업장 안의 공기를 열심히 휘저어대고 있었다. 공장 바닥은 틈새마다 먼지가 쌓여 있고, 세월에 따른 열화로 도장 코팅이 벗겨져 표면이 울퉁불퉁하게 일그러져 있었다.

내 목소리를 듣고 안쪽에서 얼굴을 내민 건 50~60대로 보이는 마른 남성이었다. 실내인데도 모자를 쓰고 있었고, 정밀한 작업을 해서인지 안경도 쓰고 있었다.

"카코이 씨? 오, 생각보다 젊은걸."

딱 봐도 전문가 같은 모습에 긴장했지만 목소리는 모난 데 없이 부드러웠다. 앞으로 신세를 지게 될 이 남자의 이름은 카와이 토쿠시게 씨였다. 명함을 받아본 건 태어나서 처음이었다. 어떻게 반응해야 할지 몰라 일단 직감적으로 손을 내밀었더니 카와이 씨는 "우선은 직장 예절부터 배워야겠네" 하고 웃었다.

아재가 내게 마련해준 보금자리는 카와이 씨 부부가 함께 운영하는 작은 공장이었다. 기업으로부터 1차로 하청을 받은 공장에서 금속을 가공하면, 그걸 내려받아 더 정밀하게 가공하는 2차 하청 공장이었다. 내부에는 전용 기계들이 여럿 배치되어 있었고, 그 사이사이로 좁은 통로가 나 있었다.

"요즘은 불경기라 어디든 다 힘들어. 주변 공장들도 문 닫는 데가 많고, 자금 돌리기도 어렵다더라고. 업계 전체가 그런 분위기라 젊은 사람들도 좀처럼 오려고 하지 않아. 그래도 우리 공장은 아직 사람이 손으로 만들어야 하는 부품을 생산하니까, 그건 다행이지. 다만 젊은 직원이 한 명도 안 들어오는 게 문제야. 그래서 말인데, 와줘서 정말 기뻐."

나는 받아준 것에 대한 감사한 마음을 담아 고개를 숙였다. 사이토 씨의 소개로 오게 된 자리였고, 아재가 이어준 인연이기도 해서 꼭 기대에 부응하고 싶었다.

직원이 되는 건 일정한 기술을 익힌 뒤부터였고, 그때까지는 단순 보조로 일하면서 일한 만큼 현금을 직접 받기로 합의했다. 세세한 계약을 피하고 싶었던 나로서도 그 편이 더 마음이 놓였다. 시간이 지나 정식 고용이 되더라도 그때 상황을 잘 설명하면 지금처럼 유연한 방식이 계속될지도 모른다. 보통 사람들보다 사정이 복잡해도 괜찮다고 말했으니까.

일은 내일부터 시작이었고, 생활 공간으로는 공장 부지 밖에 있는 낡은 아파트 방을 마련해주었다. 다다미 여섯 장이 깔린 원룸으로 욕실은 없지만 에어컨은 설치돼 있었다. 작은 부엌도 갖춰져 있어 최소한의 생활은 가능해 보였다. 이 건물은 선대 사장 때부터 소유하고 있던 것으로, 예전에는 공장 직원들이 실제로 거주하기도 했다고 한다. 물론 집세는 급료에서 차감되지만 도쿄치고는 말도 안 되게 저렴한 편이었다. 근처엔 공중목욕탕이 있고, 2층에 있는 방 창문 너머로는 좁은 골목길을 오가는 사람들의 활기도 느껴졌다.

공장에는 금속에 구멍을 뚫는 전용 보르반과 원형 부품을 가공하는 길쭉한 형태의 선반(旋盤)이라는 기계가 있었다. 이 밖에도 금속을 압축 가공하는 기계도 있었지만, 현재는 의뢰가 없어 가동하지 않는다고 했다.

카와이 씨는 키카 비교적 작고, 허리도 약간 굽어 있었다. 마른 체형에 근육도 거의 없었지만 앙상한 몸으로 커다란 기계를 능숙하게 다루었다. 그런 모습을 보며 나도 하루빨리 기술을 익히기 위해 애썼다.

그중에서도 가장 조작이 까다로워 고생했던 건 선반이었

다. 공장 안에서 가장 큰 기계로 주로 원기둥 형태의 부품을 가공할 때 사용된다. 회전하는 금속에 절삭 공구를 밀착시켜 불필요한 부분을 깎아내며 원하는 형태로 정밀하게 다듬는 방식이다. 하지만 완성된 제품의 오차는 1밀리미터는커녕 그 이하인 '미크론' 단위만 허용된다. 선반의 사용법을 익힌 뒤에도 이상적인 수치에 도달하려면 꽤 오랜 시간과 치밀한 연습이 필요했다.

절삭 공구를 어떻게 갖다 대느냐에 따라 금속이 깎이는 양은 크게 달라졌다. 게다가 까다로운 점은 수치를 정확히 맞췄다 해도 마찰열로 금속이 팽창해 최종 사이즈가 달라질 수 있다는 것이었다. 그럼에도 불구하고 손끝에 온 신경을 집중해 부품을 다듬는 작업은 금세 내게 잘 맞는 일처럼 느껴졌다.

어려울수록 오히려 더 큰 보람을 느낄 수 있었다. 무엇보다 기술을 익히기 위해 경험과 지식을 쌓는 일은 지금까지 해온 어떤 돈벌이에서도 겪어본 적 없는 일이었다. 아주 조금씩이라도 매일 발전하는 게 느껴지는 작업은 즐거웠고, 내 적성에도 잘 맞았다.

물론 그렇다고 해서 앞날에 대한 불안이나 내 과거 문제가 해결된 것은 아니었다. 길거리 생활로 시작해 인력시장에서 일하고, 아재와 함께 지내다가 여기까지 오게 됐다. 나에게는 늘 과분한 행운처럼 느껴졌고, 그럴 때마다 이 생활이 언제 끝날지 모른다는 막연한 두려움이 마음 한켠에 남아 있었다.

하지만 불평 한마디 없이 이른 아침부터 늦은 밤까지 손을 멈추지 않고 일할 수 있었던 건, 이 일이 아재가 내게 마련해 준 자리였기 때문이었다. 앞으로도 내가 이곳을 떠날 이유는 없을 것 같았다.

카와이 씨는 과거의 실력을 인정받아 오랫동안 도쿄 시내 전철에 들어가는 유압 실린더를 납품해왔다고 했다. 선대 사장인 아버지는 증기 기관차 부품을 만들었다고도 했다. 카와이 씨는 기술자로서 그 사실을 자랑스럽게 이야기했다. 그 말을 들으며 나도 언젠가는 그런 일을 해보고 싶다고 생각했다. 이 일을 하면서 만족스러움을 느끼고, 스스로 긍지를 가질 수 있는 경험을 해보고 싶었다. '저건 내가 만들었다'고 말할 수 있는 무언가를 언젠가는 나도 만들어낼 수 있기를.

이 세상에 가치 있는 무언가를 내 손으로 만들어낼 수 있다면. 그런 마음으로 지금은 그저 묵묵히 해야 할 일을 하나하나 꼼꼼히 해나갔다. 손에 쥔 핸들의 무게가 익숙해질 때까지. 하루하루 쌓여가는 시간들이 언젠가 나만의 정답을 보여줄 그날까지.

아재의 장례식은 바람이 선선해진 가을 무렵 조용히 치러졌다. 발인 전날 밤에는 미요 씨를 비롯해 상점가 지인 몇몇과 아재와는 분위기가 전혀 다른 동생이 상주로 참석했다. 아무래도 아재는 내가 떠난 뒤 말년을 동생에게 의탁하려 했던 모양이다. 내가 장례식장에 도착했을 때, 아재를 돌봐준 미요 씨와 동생은 이미 익숙한 사이처럼 보였다.

아재의 동생은 평범한 회사원으로 일한다고 했고, 얼핏 보기엔 예의 바르고 조용한 인상이었다. 장례식에는 그의 아내만 참석했는데, 이미 다 큰 자식이 둘 있다고 들었다. 미요 씨의 말을 빌리자면 아재와 동생 사이에는 혈연적으로 다소 복잡한 사정이 있는 듯했다. 그래도 형의 비보를 듣고 직접 나서서 장례를 치러줄 정도라면 사이가 나쁘진 않았던 것 같다. 아재의 과거를 떠올려보면 혹시나 동생에게 누가 될까 봐 아재 쪽에서 먼저 거리를 둔 건지도 모르겠다. 장례식장에서 아재가 살던 지역 사람들에게 고개를 숙이는 동생의 모습에서는 아재 못지않은 진지함이 느껴졌다.

나중에 들은 바로는 내가 아재와 함께 지냈던 셋방은 동생의 처가 소유의 집이었다고 한다. 아재는 나에게 '부동산을 가진 지인이 있다'고 말했지만, 사실은 동생에게 전화를 걸어 도움을 청했던 거였다. 몇 년 동안 연락 없이 지내다가 나와 함께 노점을 시작한 것을 계기로 다시 동생에게 연락을 했던 것이다.

나는 미요 씨의 연락을 받고서야 도착했기에 아재의 임종을 지키지는 못했지만, 관 속의 아재는 평온한 표정을 짓고 있었다. 익숙하지 않은 상복으로 갈아입은 뒤, 발인 전날 밤 빈소를 지키며 몇 달 만에 마주한 사람들에게 감사를 전하고 조용히 주변을 둘러보았다.

소규모의 장례식이었다. 그래도 인력시장에서 계속 일하다가 어느 날 병으로 허망하게 세상을 떠나는 것보다는 훨씬 복 받은 마지막이었다고 생각한다. 주변 이야기를 들어보니 내가 떠난 뒤에도 술친구 몇 명이 종종 아재를 찾아와 말동무가 되어줬다고 했다. 장례식 날, 사이토 씨는 상복 주머니에 손을 찔러 넣은 채 다른 술친구들과 함께 "이젠 우리도 나이가 있으니, 남 일이 아니지" 하며 웃고 있었다. 그 와중에도 문득문득 먼 곳을 바라보는 그의 눈빛에는 말로 다 하지 못한 쓸쓸함이 묻어 있었다.

화장은 정오 무렵 시작되었고, 화장로 앞에서 아재를 배웅한 뒤에는 한동안 기다려야 했다. 처음 겪는 장례 절차라 가만히 앉아 있는 것도 마음이 편치 않았다. 화장이 끝나려면 한 시간쯤 걸린다고 해서, 그사이 바깥 공기라도 쐬고 싶어 화장장을 나섰다. 같은 생각이었는지 시설 출입구 근처 계단에 앉아 담배를 피우고 있는 미요 씨가 눈에 들어왔다.

미요 씨는 나를 보더니 손으로 옆자리를 툭툭 두드리며 앉으라는 신호를 보냈다. 이미 아재를 돌봐준 일에 대해 몇 번이고 감사를 전했지만, 미요 씨는 아직 내게 더 하고 싶은 말이 있는 듯했다. 잠시 말없이 침묵을 지키던 미요 씨는 옆에 앉은 나를 향해 조용히 입을 열었다.

"유키를 만났어. 최근에 코이치 군이 전혀 안 보여서 무슨 일이 생긴 건 아닌가 걱정하더라고. 그래서 그 사람이 병으로 아프고 코이치 군도 사정이 어려워져서 급히 도시 쪽으로 일하러 갔다고 말해줬어. 코이치 군, 그 애한텐 아무 말도 안 해준 거구나. 안됐더라. 어린애가 그런 표정을 짓고 있는데."

그 말을 듣자 가슴이 죄어드는 기분이었다. 지금으로선 더 이상 변명할 말도 없었다.

"죄송합니다."

내가 중얼거리듯 고개를 숙이자 미요 씨는 조용히 한숨을 쉬었다. 축 처진 어깨가 살짝 흔들렸다.

"죄송해야 해. 코이치 군도 그렇고, 그 사람도 그래. 마지막에 한번쯤은 무책임해도 괜찮으니 자기 마음을 털어놔도 좋았을 텐데."

미요 씨는 눈을 내리깔며 혼잣말처럼 쓸쓸히 말했다.

"덕분에 그 사람의 임종을 제대로 지킬 수는 있었지만 나와 그 사람의 관계는 결국 남인 채로 끝나버렸어. 왜 계속 함께 있었는지, 그걸 생각하면 허무해져."

평소의 미요 씨답지 않게 좀처럼 보기 드문 감정 표현이었다. 그리고 미요 씨의 불만이 다소 추상적이긴 했지만, 그 말만으로도 두 사람이 함께한 시간이 어떤 것이었는지 충분히 짐작할 수 있었다. 아재는 몇 번이고 고맙다고 말하면서도 끝내 미요 씨의 마음을 붙잡으려 하지는 않았던 것 같다.

대답할 말을 찾을 수 없었다. 아니, 미요 씨는 내가 뭐라고 답하기 어려울 걸 알면서도 이런 말을 꺼낸 거였다. 어차피 그 정도밖에 생각하지 않았던 거겠지. 그런데도 그런 말이 부드러운 입술에서 아무렇지 않게 흘러나온 듯 느껴졌다. 처음부터 대답을 기대하지도 않았을 것이다.

"나만 혼자 힘들어했지."

분명 미요 씨는 장례식이 끝나면 아재와의 만남과 그와 함께한 기억들에 조용히 뚜껑을 덮을 것이다. 이제는 그 기억에 새로운 장면이 더해질 일도 없으니, 냄새조차 날아가지 않도록 투명한 병에 담아 조심스레 닫아두려는 것처럼 보였다. 소중한 추억이니까 선반에 조용히 올려두긴 하겠지만, 다시는 그때와 같은 감정에 젖지는 않을 것이다. 그래서 후회

없이 마음을 정리하기 위해 나를 옆에 앉혀 이런 이야기를 들려주는 것처럼 느껴졌다.

미요 씨는 거의 필터만 남은 담배를 비벼 끄고 금속제 휴대용 재떨이에 넣은 뒤 자리에서 일어났다. 잠깐 고양이처럼 기지개를 켜더니 복잡한 감정을 털어내려는 듯 평소보다 조금 밝고 의식적인 목소리로 말했다.

"저기, 코이치 군. 마지막으로 한마디만 해도 될까?"

"음, 뭔데요?"

내가 올려다보듯 고개를 들자, 온화한 표정의 미요 씨가 나를 부드럽게 걷어찼다.

"바보."

미요 씨는 그 한마디만 남긴 채 돌아섰다. 나는 그 뒷모습을 쫓아갈 자격도 없었기에 남겨진 말을 조용히 되새길 수밖에 없었다.

화장이 끝난 뒤, 납골함에 뼈를 담으며 다시 마주한 아재는 이미 알아볼 수 없을 만큼 변해 있었다. 화장 후에는 온몸의 뼈가 거의 그대로 남을 줄 알았기에 절반 이상이 사라진 유골을 보고 조금 놀랐다. 허벅지뼈나 골반처럼 큰 뼈는 형태를 유지했지만 자잘한 뼈들은 연소 과정에서 가루처럼 사라진다고 했다. 그래서 눈앞의 유골이 정말 아재라는 실감은 잘 나지 않았다. 그럼에도 뼈를 하나하나 담으며 느낀 건, 이제 아재는 정말 이 세상에 없다는 명확한 사실이었다.

아재를 처음 만난 건 인력시장 근처 공중목욕탕이었다. 길거리 생활에서 막 거처를 옮긴 직후라 오랜만에 하는 목욕조차 긴장이 됐다. 머리에 피가 쏠려 탈의실로 실려 나왔을 때, 아재는 나를 진심으로 걱정해주었다.

아재는 겉으로는 낙천적인 사람처럼 보였지만 실은 타인을 세심하게 걱정해주는 사람이었다. 내가 세상 물정을 잘 모를 때 인력시장에서 우연히 다시 만난 아재는 아무 조건 없이 필요한 작업 도구를 알려주었고, 가게에서 대신 돈을 내주기까지 했다. 노숙자 집락에서 뛰쳐나온 날, 당장 어떻게 먹고살아야 할지 막막하기만 했던 그때를 떠올리면 지금도 마음이 아득해진다. 생각해보면 거친 환경 속에서 육체노동을 이어가며 정신적으로 버틸 수 있었던 건, 아재가 나를 인력시장 사람들과 자연스럽게 이어주었기 때문이었다.

혼자서 살아갈 수 없다고 단정할 순 없지만, 나와 비슷한 처지의 사람들과 관계를 맺을 기회가 없었다면 지금보다 훨씬 초췌했을 것이다. A군과 유키가 나와의 관계 속에서 잠시나마 답답함을 털어낼 수 있었던 것처럼, 인력시장에 갓 들어섰던 시절의 나 역시 아재를 자주 찾았던 기억이 난다.

아재의 유골이 담긴 납골함에 뚜껑이 닫혔다. 그리고 화장장 직원의 담담한 안내에 따라 모두 함께 자리를 옮겼다. 걸음을 옮기며 떠오른 건 아재와 함께 인력시장을 나와 노점을 꾸려가며 살아가던 날들이었다.

아재는 내게 감사하다고 말했다. 그리고 자신의 과거가 하찮았다고 털어놓았다. 아재는 나를 만나기 전부터도 그렇게 밝은 사람이었을까? 늘 밝게 살아왔지만, 아무런 보답도 받지 못한 건 아니었을까? 아니면 어느 순간부터는 그냥 그렇게 살아야겠다고 마음먹고, 결국 마지막엔 이렇게 몇 사람이라도 장례식에 찾아와주는 복을 누리게 된 걸까. 아재의 인생을 떠올리다 보면 과연 그가 정말 행복했을지 의문이 든다. 얼마 남지 않은 시간을 들여 내게 다음 보금자리까지 마련해준 아재를 생각하면, 나는 정말 그럴 만한 가치가 있는 인간이었을까 하는 생각이 든다.

한 가지 마음에 걸리는 게 있다면 그날 그 자리에서 '나도 아재와 만나서 다행이었어'라는 말을 바로 전하지 못했다는 점이다. 말하지 못한 이유는 그 말 뒤에 '앞으로도 잘 부탁해'라는 말을 더는 이어갈 수 없다는 걸 스스로 알고 있었기 때문일 것이다.

아재의 유골은 동생이 가져가기로 되어 있었다. 젊은 시절엔 함께 고생한 사이였다고 한다. 집안 묘지에는 들어가지 못하지만 따로 묘를 마련할 계획이라고 했다. 그렇게 긴 여정을 살아온 아재는 마침내 돌아가야 할 곳으로 돌아가게 되었다.

  뒤에 남겨진 건 나와 아재가 함께 살던 셋방과 유품이라고 할 만한 몇 가지 물건뿐이었다. 미요 씨가 미리 어느 정도 정리를 해두었던 덕분에 하루 만에 셋방을 말끔히 치울 수 있었다. 이제는 창밖으로 우리 포장마차도 보이지 않고, 함께 슈퍼에서 사 온 반찬을 먹으며 보던 TV도, 낮은 테이블도, 아재가 마음에 들어 하던 좌식 의자도 모두 사라졌다. 모든 사정을 알고 있는 집주인에게 깊이 고개를 숙인 뒤, 셋방 문을 열쇠로 잠갔다.

공장 작업에 어느 정도 익숙해진 건 이곳에 온 지 반년쯤 지났을 때였다. 해가 뜨기 전 이른 시간에 일어나 간단히 밥을 먹고 작업복으로 갈아입은 뒤, 카와이 씨 부부보다 먼저 공장에 도착했다. 영업 시작 전에는 도구를 준비하고 청소를 하거나 가끔 선반 기계를 만지작거리기도 했다. 일한다는 것 자체가 즐거웠고 무엇보다 나 스스로 성장하고 있다는 실감이 들어 좋았던 것 같다. 다만 빨리 제 몫을 하고 싶다는 마음과 함께 열심히 일할수록 내 역할과 책임이 점점 커지는 것 같아 마음이 복잡해질 때도 있었다.

외경 절삭, 절단, 곡면 절삭, 보링, 드릴링 등 선반으로 할 수 있는 금속 가공의 종류는 의외로 많았다. 오차 없이 정밀한 제품을 제작할 때는 여전히 카와이 씨가 직접 맡았지만, 비교적 허용 오차가 넓거나 공정이 단순한 부품은 내가 맡게 되는 일이 점점 많아지고 있었다. 그 외의 작업 시간에는 보르반을 사용해 설계도에 따라 수주 받은 부품에 구멍을 뚫었다. 이쪽도 높은 정확도가 요구됐기에 계산과 작업에 몰두하다 보면 어느새 해가 저물어 있었다.

그런 날들이 계속되면서 기술뿐 아니라 신뢰도 함께 쌓여갔다. 카와이 씨에게서 전체 업무의 30퍼센트 정도를 분담받게 되었을 무렵, 공장을 이어받는 이야기가 조심스럽게 오가기 시작했다.

"일단 우리는 큰 금액은 아니더라도 계속 흑자를 내고 있어. 규모는 줄었지만 일은 꾸준히 들어오고 있으니까. 만약 내가 일을 할 수 없게 되는 상황이 온다면, 카코이 군이 이 공장을 맡아주는 것도 충분히 좋은 기회가 될 거라고 생각해.

아무래도 역사가 오래된 공장이라 내 세대에서 끝내는 건 아쉽기도 하고 말이야."

휴식 중에 내준 차를 마시며 그 말을 들은 나는 "생각해볼게요"라고 답했다. 카와이 씨 부부는 자식이 없었고, 그래서 오래전부터 공장의 미래를 걱정해왔던 듯하다. 기술만 제대로 전수받을 수 있다면 후계자에게 따로 조건을 요구할 생각은 없어 보였다.

하지만 공장을 이어받으라는 제안을 받았을 때, 개인적으로는 선뜻 내키지 않았다. 수많은 문제로부터 도망쳐온 내게 그런 자격이 있다고는 생각되지 않았기 때문이다. 지금 맡은 일에 책임감을 가질 수는 있었지만, 오랜 역사를 지닌 공장을 물려받는 일은 너무 큰 부담처럼 느껴졌다. 어차피 카와이 씨도 평생 현역으로 일할 생각이었기에 지금은 앞날에 대해 깊이 고민하지 않기로 했다.

공장을 이어받는 문제에 대해 진지하게 생각해보게 된 건 그로부터 몇 개월이 더 지난 뒤였다. 공장에서 일한 지 1년이 넘고 어느 정도 내 기술을 인정받기 시작했을 무렵이었다.

"신칸센 부품이요?"

증기 기관차 시절부터의 제작 경험이 있었기에 들어온 의뢰였다. 그동안은 비교적 작은 부품을 납품하는 일이 많았기에 그런 큰 의뢰를 받았다는 말에 조금 놀랐던 기억이 난다. 신칸센이라면 나조차도 익히 알고 있는 이름이었다. 구체적인 내용은 브레이크에 사용되는 유압 실린더 제작이었다. 오래된 부품을 한꺼번에 교체할 예정이라고 했다.

기쁘게도 이번에는 처음으로 카와이 씨의 제작 보조를 맡게 되었다. 중요한 역할은 아닐지 몰라도 큰 의뢰에 참여하게 됐다는 사실만으로도 자신감이 생겼다. 작업 준비와 정리를 도우며 카와이 씨의 기술을 바로 옆에서 지켜볼 수 있었다.

한 번은 설계도를 바탕으로 직접 제작에 도전해보기도 했다. 하지만 아직 숙련된 기술에는 미치지 못해, 피스톤 로드와 로드 부시의 결합이 정확하게 맞지 않았다. 아마 소재가 서로 다르다는 점을 충분히 고려하지 못했던 것 같다. 어쨌든 그 일을 통해 내 부족함을 깨달았고, 실습을 통해 감을 익혔다는 점이 가장 큰 수확이었다.

공장에서 제작한 부품은 납기 안에 납품되었고 문제없이 잘 작동했다. 내가 관여한 제품이 제대로 작동하는 모습을 보자 기쁨이 밀려왔다. 물론 내가 맡은 건 전체 중 아주 작은 부분에 불과했지만, 공장에서 만든 부품이 실제로 역에서 사용되는 걸 직접 확인할 수 있다는 건 감개무량한 일이었다.

내가 처음 신칸센을 타본 건 아재와 함께였고, 이번에 부품 제작 의뢰를 받은 신칸센은 바로 그때 우리가 탔던 열차였다. 그런 우연이 특별하게 느껴져 다음에는 꼭 내 기술로 부품을 만들고 싶다는 생각이 들었다.

공장 선풍기 바람을 쐬며 목장갑으로 이마의 땀을 닦았다. 메모와 수학식이 빼곡한 설계도를 옆에 두고, 나는 묵묵히 작업을 이어갔다. 카와이 씨에게 합격 판정을 받고 목표였던 오차 수 미크론 단위의 제품을 무사히 납품한 뒤에는 머리가 닳아 짧아진 연필로 설계도에 조용히 체크 표시를 남겼다.

그걸 잠시 바라보다가 결심을 굳히듯 심호흡을 했다. 여기까지 왔다면 이제는 괜찮을 거라는 생각이 들었다. 다시 공장에서 맞이한 여름, 바깥에선 매미 울음소리와 풍경이 딸랑거리는 소리가 들렸다. 그날 퇴근길, 바람에 흔들리는 칠석 대나무 장식을 보며 거기 모인 아이들과 함께 나도 소원을 적어볼까 하는 생각이 잠시 스쳤다. 하지만 과거와의 끝맺음을 앞둔 지금, 굳이 소원을 빌 필요는 없을 것 같아 그만두었다.

아재의 묘를 참배하러 간 건 낮에도 서늘한 기운이 감돌기 시작한 9월 무렵이었다. 장례식에서 처음 만났던 아재의 동생 집에 들러 인사를 드리고, 1주기를 맞아 마련한 묘소의 위치를 안내받았다. 기억이 맞다면 예전에 인력시장에서 일할 때 한 번 파견 나간 적이 있던 지역 근처였다. 그래도 익숙한 동네는 아니었기에 중간부터는 마치 여행하듯 걸어갔다. 묘소에는 꽃집에서 산 꽃과 향, 그리고 아재가 좋아하던 술과 안주를 들고 갔다.

  아재가 잠든 작은 개인 묘는 넓은 공원묘지의 가장자리에 있었다. 동생이 적어준 약도가 한눈에 들어와 정오쯤엔 무사히 묘를 찾았고, 준비한 음식과 함께 향도 피울 수 있었다. 묘 앞에 두 손을 모은 채 눈을 감고 서 있자 아재와의 그리운 기억들이 떠올랐다. 그 회상이 잦아든 뒤에는 조용히 마음속으로 근황을 전했다.

아재가 마련해준 공장에서 잘 지내고 있다는 것. 공장을 물려받아보라는 제안을 들었다는 것. 금속 가공 기술을 익히기 위해 열심히 노력 중이라는 것. 그리고 아재와 함께 처음 탔던 신칸센의 부품 제작에 참여하게 되었다는 것. 도쿄에서의 생활도 이제는 익숙해져 큰 불편 없이 지내고 있다는 것까지. 나는 그런 이야기들을 마음속으로 하나하나 전했다.

하지만 아재에게 진심으로 전하고 싶었던 건 앞날에 대한 불안과 갈등에 관한 이야기였다.

"있잖아, 아재. 나 이제부터 어떻게 해야 후회 없이 살 수 있을까? 요즘엔 그 생각만 계속 들어."

털어놓은 속내에 아재의 묘비는 말없이 침묵으로 답할 뿐이었다. 공원묘지 앞 버스 정류장의 낡은 시간표를 보니 다음 버스가 오기까지는 한 시간이 더 걸릴 듯했다. 하필 내가 공원에서 나오기 직전에 한 대가 지나간 모양이었다. 할 수 없이 시간을 때울 겸 다음 정류장 방향으로 천천히 걸어가기 시작했다. 도시와 달리 주변 풍경은 한적했고, 하늘에는 구름 한 점 없이 거짓말처럼 푸른 빛이 펼쳐져 있었다.

"음, 다음은 몇 시지?"

평일 한낮이라 그런지 완행만 정차하는 작은 역의 승강장엔 아무도 없었다. 양쪽으로 선로가 있는 고립된 구조였고, 돌아가려면 왼쪽에서 오는 전철을 타야 했다. 시간표를 보니 다음 열차는 30분 뒤에나 도착한다고 되어 있어 그대로 얌전히 자리에 앉아 기다리기로 했다. 나와 아재가 살던 목조 건물의 셋방은 아재가 죽고 7개월쯤 지난 후 철거되었다고 한다. 추억이 깃든 장소가 또 하나 사라졌다는 사실이 괜스레 쓸쓸했다. 그런 감상에 눌리듯 플라스틱 의자의 등받이에 몸을 기대자 어디선가 삐걱거리는 소리가 났다.

그날부터 단 한 번도 돌아가 본 적 없는 고향으로 가는 완행열차를 기다렸다. 도쿄 방면으로 떠나는 전철을 눈으로 배웅한 뒤 조용한 승강장에서 쭉 이어진 선로를 바라보았다. 공장에는 고향에 다녀오겠다고 말해두고 며칠 휴가를 받아놓은 상태였다. 그 며칠 동안 아재의 묘를 찾아가고, 오랜만에 고향으로도 돌아가볼 생각이었다.

어떻게 해야 후회가 남지 않을까. 요즘 들어 계속 그 생각만 머릿속을 맴돌았다. 많은 걸 바라지 않는다면 지금처럼 영원히 계속될 것 같은 시간을 조용히 살아가는 것도 하나의 방법일지 모른다. 하지만 돌이켜보면, 나는 눈길을 걸어가기 시작했던 그때보다 훨씬 나은 환경에 와 있었다. 상상했던 것보다 훨씬 먼 곳까지 와버린 것이다. 오히려 그렇기 때문에 이제는 이 여정을 끝내야 할 때라는 생각이 들었다.

　전철에 올라탔다. 3칸짜리 완행열차에는 몇몇 노인만이 자리에 앉아 있었다. 창밖으로 흘러가는 풍경을 바라보며 앉아 있자 안내 방송에서 점점 익숙한 역 이름이 들려왔다. 얼마 지나지 않아 다른 승객들은 모두 내리고 차량에는 나 혼자만 남게 되었다. 목적지가 가까워질수록 숨이 조금씩 가빠졌지만, 긴 여행을 통해 경험한 시간과 만남을 떠올리며 마음을 차분히 다잡을 수 있었다.

　다양한 일을 조사하고 과거와 마주하기엔 하루만으론 부족할 것 같았다. 그래서 역 근처 호텔에 묵기로 하고 본격적으로 움직이는 건 다음 날부터 하기로 했다. 호텔이라 불리는 곳에서 묵는 건 처음이라, 좁지만 깔끔한 방이 낯설게 느껴졌다.

　아버지의 행방을 제대로 추적하고 싶었다. 그날로부터 이미 많은 시간이 흘렀다. 지금 와서 신문이나 뉴스를 뒤져봐야 자세한 정보를 얻기란 어렵다. 진실을 알고 싶다면 직접 고향으로 돌아가 확인하는 수밖에 없다. 그날의 사건은 결국 사고사로 처리된 걸까? 아니면 여전히 내가 범죄자로 수배되어 있는 걸까? 혹시, 아버지는 그날 죽지 않고 아직 살아 있는 걸까?

그중에서도 아버지가 살아 있을 가능성이 가장 막막했다. 예전에 아재에게 털어놓았던 내 마음은 지금도 달라지지 않았다. 만약 아버지가 살아 있다면, 나는 정말 그를 만나야만 할까? 아들의 돈을 훔치고, 술에 취해선 폭력을 일삼던 성범죄자 아버지가 여전히 이 세상 어딘가에 살아 있다는 사실이야말로 내게는 가장 끔찍한 소식이었다.

아재의 묘를 다녀온 뒤 지친 몸을 달래고, 다음 날 아침부터 정보를 수집하기 시작했다. 짐은 호텔에 두고 가벼운 차림으로 오랜만에 고향 땅을 밟았다. 평일 아침이라 그런지 예전 모교의 중학생들이 몇 명 지나가는 게 보였다. 공장에 다닐 때처럼 이른 시간에 호텔을 나섰지만, 쌀쌀한 아침 공기를 마시고서야 너무 일찍 나왔다는 걸 실감했다.

그때 문득 걸음을 멈췄다. 차도 건너편을 보니 형광색 조끼를 입은 어른이 서 있었다. 초등학교 앞이라 통학하는 아이들을 위한 교통 봉사 중인 듯했다. 평범한 60대 남성으로 보였고, 신호를 기다리는 아이들과 친근하게 이야기를 나누고 있었다.

"저기, 실례합니다. 잠깐 여쭐 게 있는데요."

횡단보도를 건너 그에게 말을 걸었다. 그제야 남자의 얼굴이 눈에 들어왔다. 멀리서 봤을 땐 얼핏 비슷해 보여 혹시나

했는데, 가까이서 보니 내가 아는 사람이었다. 그는 마치 주민 자치회 소속이라도 된 듯, 내가 사람을 찾는다고 말하자 "누구를 찾는데? 아마 내가 아는 사람일 거야" 하고 자신 있게 말했다. 갑작스러운 질문에도 그런 대답이 나오는 걸 보니, 역시 이곳은 시골이구나 하는 생각이 들었다.

"이구치 츠요시라는 사람을 찾고 있어요. 나이는 50대쯤 되고, 이 근처에 살았던 것 같아요."

그 밖의 특징도 덧붙였지만 남자는 "이구치 씨라" 하고 기억을 더듬듯 중얼거릴 뿐이었다.

"어디선가 들어본 것 같긴 한데."

미안하다는 듯한 말투였다. 하지만 첫 번째 조사로는 그 정도 반응이면 충분했다.

고맙다고 인사한 뒤 다음으로 향한 곳은 아버지와 단둘이 살던 아파트였다. 길은 여전히 기억에 선명했다. 풍경 곳곳이 변해 있긴 했지만 전혀 알아보지 못할 정도는 아니었다. 그렇게 그리운 길을 따라 걷다 보니, 아파트는 예전 모습 그대로 남아 있었다.

처음엔 멀찍이서 건물을 바라보다가 안에 사는 사람들을 확인하려고 천천히 다가갔다. 내가 유소년기부터 청소년기까지 살았던 방에는 이미 다른 가족이 들어와 있는 듯했다.

문 앞에는 어린이용 자전거가 놓여 있었고, 그 옆엔 말라버린 나팔꽃 화분이 방치돼 있었다. 화분엔 히라가나로 '다나카 다이치'라는, 전혀 모르는 이름이 적혀 있었다. 열린 창문 너머로는 어머니로 보이는 여성과 아이의 목소리가 들려왔다.

당연한 일이다. 죽은 사람에게 계속 방을 임대해줄 수는 없었을 테니까. 아주 오랫동안 해왔던 어렴풋한 생각이 이제야 수면 위로 떠오른 기분이었다.

그날 이후로는 아침을 간단히 먹고, 예전에 아버지가 드나들던 장소들을 찾아다녔다. 누군가의 입에서 내가 확신할 수 있는 이야기 하나만 들을 수 있다면 그걸로 충분했다. 하지만 아버지가 백수가 되기 전까지 다녔던 운송회사에서도, 자주 들르던 파친코 가게에서도 그에 대한 소식은 들을 수 없었다.

아버지를 아는 사람과 마주친 건, 그 뒤로 몇 명을 더 만나본 후였다. 담뱃가게 주인은 신문을 읽다 말고 "아아, 이구치 씨 말이지" 하며 신문을 내려놓았다.

"그 사람 확실히 요즘엔 안 보이네. 예전엔 정기적으로 와서 담배를 사갔는데. 뭐, 뻔하지. 이 앞에 편의점이 생겨서 그쪽으로 가는 걸 거야."

가게 주인의 말을 들으면서 나도 모르게 말문이 막혔다.

처음엔 성이 같아서 다른 사람을 착각한 건가 싶었지만 주인이 말한 남자의 특징은 분명 아버지와 일치했다.

"저기, 한 1년 정도 됐다는 말씀이시죠? 그 사람이 안 오기 시작했다는 게."

아버지가 살아 있었다. 그 사실이 빠르게 현실감을 띠자 불쾌한 땀이 흘렀다.

"그래, 딱 1년쯤 됐겠네. 아니, 그보다 더 됐나? 그때쯤 본 게 마지막인 것 같네. 저기, 형씨? 괜찮아?"

마음의 동요가 표정에 드러났던 모양이다. 담배 가게의 작은 창구 안을 들여다보며 최대한 평정심을 되찾으려 애썼다. 만약 그게 사실이라면. 그렇다고 해도 이곳을 떠나기 전에 물어볼 수 있는 건 물어봐야겠다고 생각했다. 그 남자의 성격과 분위기, 그리고 직업은 무엇인지. 가게 주인 말로는 큰 특징 없이 사람 좋아 보이는 인상이고 직업은 페인트공이라고 했다. 자주 페인트가 묻은 작업복 차림으로 담배를 사러 왔었다고 한다. 어떤 종류의 담배냐고 묻자, 내가 어린 시절부터 봐왔던 담뱃갑을 내밀었다. 그 시점엔 생각이 너무 복잡했지만 일단 정보를 알려준 가게 주인에게 고맙다고 말한 뒤 자리를 떴다. 고마운 마음에 주인이 내밀었던 담배도 그대로 샀다.

직업이 페인트공이라 했으니 주변을 조사해보면 찾을 수 있을지도 몰랐다. 다만 아버지와 마주칠 가능성을 생각하니, 발걸음이 자꾸만 무거워졌다. 일단 마음의 정리를 하지 않으면 그다음 단계로 넘어갈 자신이 없었다. 애초에 아버지가 살아 있다는 걸 확인하고, 내가 무엇을 하고 싶은 건지조차 알 수 없었다.

하지만 다르게 생각하면 내가 살인을 저지르지 않았다는 게 확실해진 것이기도 하다. 그렇다면 공장을 이어받을 수도 있고, 관청에 가서 여러 가지 절차를 밟을 수도 있다. 당당히 남들처럼 살아갈 수 있다. 하지만 동시에 내가 범죄자가 아니었다면 오늘까지 내가 보낸 그 길고도 고된 시간은 대체 뭐였나 싶어 허무함이 밀려왔다. 게다가 성범죄자인 아버지가 살아 있다는 사실은 여전히 용납하기 힘들었다.

그날 밤, 아버지가 어떻게 살아남았는지는 알 수 없었다. 내가 떠난 뒤 누군가가 발견한 건지, 아니면 처음부터 기절한 척을 했던 건지. 다만 그동안 누구에게도 쫓기지 않았다는 걸 떠올리면, 아버지가 살아 있었다는 사실도 어쩐지 납득이 갔다. 사람이 기절할 만큼, 죽을 만큼 때렸느냐고 묻는다면 솔직히 기억에 자신은 없었다. 하지만 쓰러져 움직이지도 않는 사람을 끝까지 때려 죽일 만큼, 나는 그렇게 철저한 인간은 아니었다. 적어도 내가 어중간한 인간이라는 것만큼은 분명했다.

버스 정류장 벤치에 앉자 어느새 미간에 힘이 들어가 있었다. 정말 깊은 생각에 잠겨 있었던 것 같다. 그래서 누군가 어깨를 건드릴 때까지, 누가 나를 부르고 있다는 사실조차 알아채지 못했다. 얼굴을 들었을 때, 순간적으로는 알아보지 못했지만 어딘가 낯이 익은 여자가 서 있었다.

"어, 역시 이구치 군 맞지? 나 기억나? 초중학교 때 같은 반이었잖아."

이런 깡촌에서 하루 종일 돌아다니다 보면 아는 얼굴 한두 명쯤 마주치는 것도 이상한 일은 아니었다.

"아아, 혹시 스즈키?"

내 기억이 맞다면 초등학교 때 두 번, 중학교 때 한 번 같은 반이었던 여자애였다. 많이 어른스러워진 데다 마지막으로 대화를 나눈 지도 오래돼서 떠올리는 데 조금 시간이 걸렸다. 애초에 친구라고 하기도 애매한 사이였기에 상대 역시 나를 어떻게 대해야 할지 고민하는 기색이 역력했다.

"너무 오랜만이야. 뭔가 어른스러워졌다고 해야 하나, 순간적으로 이구치 군이 맞나 싶어서 헷갈렸어. 어? 이구치 군, 한동안 행방불명됐다고 하지 않았나? 언제 돌아온 거야?"

이야기를 들어보니 그날 일은 제법 유명했던 모양이다. 야간제 고등학교였지만 친구도 있었고 아르바이트도 하고 있었기에 나를 신경 써주는 사람들도 분명히 있었다. 다만 그들 사이에선 내가 실종됐다는 소문만 돌았을 뿐, 범죄를 저지르고 도망쳤다는 인식은 없었던 듯했다. 대부분은 단순한 등교 거부나 무단결석 정도로 여겼고, 스즈키 역시 밖에서 우연히 마주친 남자 친구들에게 그런 이야기를 들었다고 했다.

"나는 자세한 건 모르지만 이구치 군네 집도 뭔가 사연이 있었다면서, 다들 그냥 일거리 찾아 도시로 간 거 아니겠냐고들 하더라고."

궁금했던 당시 상황을 듣고 나니, 이번엔 내가 대답할 차례였다. 진실이 뭐냐고 묻기에 어떻게 대답해야 할지 몇 초 동안 망설이다가 "그래, 뭐 비슷해" 하고 중얼거리듯 말했다.

스즈키와 이야기를 나눌 수 있어서 마음이 제법 편안해진 기분이 들었다. 대화를 이어가다 보니 당시 친하게 지냈던 그리운 얼굴들이 하나둘 떠올랐다. "걔는 잘 지내?" 하고 묻자, 각자 이미 취직해서 열심히 일하고 있고, 그중에는 아이가 생긴 친구도 있다고 했다. 좀 더 자세히 알고 싶은 마음도 있었지만 레나 문제까지 떠오르면서 대화에 온전히 집중할 수 없었다. 스즈키가 과연 어디까지 알고 있는지 궁금했지만 차마 캐묻지는 못하고 다른 화제를 꺼냈다.

"스즈키는 지금 어떻게 지내?"

"나 요양보호사로 일해. 오늘은 원래 쉬는 날이었는데 급하게 불려 나갔다가 이제 집에 가는 길이야. 그런데 버스 정류장에 이구치 군이랑 닮은 사람이 앉아 있지 뭐야."

"그랬구나. 대단하네. 열심히 일하고 있고."

"이구치 군은 무슨 일 해?"

"지금은 도쿄에 있는 작은 공장에서 일해."

"우와, 좋겠다. 기술자구나. 그런데 여긴 무슨 일로 온 거야? 고향에서 다시 살려고?"

"아니, 관청에 볼일이 있어서."

"아아, 그렇구나. 그럼 금방 돌아가겠네."

"일단 며칠은 머물 생각이야. 휴가도 받았고 호텔도 선불로 예약해놨거든. 굳이 일찍 돌아갈 필요도 없고."

"이 근처에 호텔 같은 게 있었어?"

"여기 말고 옆 마을 쪽이야. 역 근처에 있는 비즈니스호텔인데 이름에 '힐'이 들어가는 곳이었어. 뭐였더라. 갑자기 생각이 안 나네."

그렇게 서로 가벼운 근황을 주고받고 있을 무렵 스즈키가 탈 버스가 도착했다. 버스 창문 너머로 손을 흔드는 모습이 보여서 나도 똑같이 손을 흔들었다. 그녀를 배웅한 뒤, 나도 다시 걸음을 옮기기 시작했다.

전혀 예상치 못한 인물과의 재회였지만 겨우 몇 분에 불과했던 스즈키와의 대화가 마음을 훨씬 가볍게 해주었다. 그 시절 또래 친구라는 사실이 중요했는지도 모른다. 나는 언젠가 이런 장면을 마주했을 때, 평범한 인생을 사는 상대방에게 질투심을 느낄 거라 생각해왔다. 하지만 실제로는 마음에 여유가 있었고, 근황을 나누는 대화도 화기애애했다. 그때 문득 깨달았다. 나는 과거의 공포를 떨쳐내기 위해서가 아니라 내가 손에 넣은 일상에 만족하고 있었기에 이곳으로 돌아온 것이었다.

문득 아재가 해줬던 말이 생각났다. 만약 아버지가 살아 있다면, 나는 어떻게 해야 할지 모르겠다고 중얼거렸을 때 그가 해줬던 대답이.

"죽이려고 해서 미안해……라."

실제로 그렇게 말할 리는 없겠지만, 그런 당당한 사고방식이 중요할 것 같았다. 여기까지 왔으니 아버지와 얼굴을 마주해도 괜찮을 것이다. 다시 이 땅을 떠나더라도 이번엔 털어내야 할 것들을 전부 털어내고 나서 돌아가고 싶었다.

이제부터 어떻게 되든 상관없다는 건 아니지만, 어떻게 되든 간에 지금의 나라면 괜찮지 않을까 하는 생각이 들었다. 아버지가 살아 있다면 더욱 그렇다. 이제 충분하다고 할 만큼 오랜 고통을 겪었으니까. 그러니 이제 여기서 결별하고, 나는 내 인생을 걸어가면 된다.

공중전화 부스 안의 전화번호부에서 지역 페인트집을 확인했다. 이 마을에는 페인트집이 두 곳 있었다. 두 번째 가게에 전화를 걸었을 때 이구치 츠요시라는 직원이 있다고 했다.

"네, 맞습니다. 정말인가요?"

분명 이구치가 그곳에서 일한 적이 있다고 했기에, 지금도 있는지 밑져야 본전이라는 심정으로 물어보았다. 입으로는 아무렇지 않은 척했지만 발밑은 초조하게 땅을 차고 있었다. 공중전화 부스에 몸을 기댄 채, 미묘하게 이어지는 침묵에 가슴이 마구 두근거리는 것을 느꼈다.

"네?"

이구치 츠요시는 이미 죽었다고 했다. 간 질환 때문이라고 했다.

호텔방 침대에 누워 천장을 바라보았다. 아버지가 일했던 페인트집을 찾아가 이구치 츠요시의 아들이라고 밝히고 그의 이야기를 들었다. 얼마 안 되는 유품을 받아 호텔로 돌아왔지만, 그 뒤로는 대체 무엇을 어떻게 받아들여야 할지 몰라 그저 멍하니 시간을 흘려보냈다.

아버지는 몇 년 전부터 그곳에서 일하기 시작했다고 한다. 생활비를 벌어오던 내가 사라진 뒤, 돈 때문에 사회 복귀에 성공한 것이다. 얄궂게도 아버지는 나 같은 사람이 고생하지 않아도 혼자서 충분히 살아갈 수 있는 사람이었다.

직장에서의 인상은 그리 나쁘지 않았던 것 같다. 오히려 아들이라고 밝힌 내게 안타까운 눈길을 보냈다. 그는 열심히 일했고, 지각 한 번 결근 한 번 없이 근무했다고 했다. 낮은 월급에도 불만 한마디 없었다고 직원은 덧붙였다. 이곳에도 사연 있는 직원들이 많은지, 대화를 나누는 말투에서 어딘가 동병상련의 감정이 느껴졌다.

이야기를 들어보니 백수였던 아버지는 내가 이 마을을 떠난 지 몇 달 뒤 급성 알코올 중독으로 병원에 실려 갔다고 한다. 입원 후에야 자신의 처지를 제대로 깨달았는지, 그때부터 일자리를 찾기 시작했다고 한다. 나와 함께 살던 시절부터 워낙 술고래였기에 이미 장기 상태가 엉망이었을 것이다. 그런데도 굳어진 습관은 쉽게 고쳐지지 않아 페인트집에 고용되어 성실히 일하면서도 술은 계속 마셨다고 한다. 그럼에도 그런 몸으로 5년이나 근무했다는 사실이 오히려 놀라웠다.

증상이 눈에 띄게 심해진 것은 일을 하던 중이었다고 한다. 전화로 들은 대로 그는 구급차에 실려 갔고, 고치지 못한 생활 습관 때문에 생긴 간경화로 검은 피를 토했다고 한다. 결과적으로는 이미 늦은 상태였는지, 아버지는 입원한 병원에서 그대로 세상을 떠났다.

이구치에게 외동아들이 있었다는 사실을 누군가 기억하고 있었다. 내 얼굴에서 아버지와 닮은 모습을 알아본 동료가 정리해둔 아버지의 물건을 건네주었다. 그 안에는 작업복과 작업 도구, 오일 라이터와 지갑 등의 소지품이 들어 있었다.

유품이 든 쇼핑백을 들고 돌아가는 길, 모처럼 단단히 굳혔던 각오는 허공을 가르는 허무함에 무너지고 말았다. 죽었다고 생각했던 아버지가 실은 살아 있었고, 살았다고 믿었던 아버지가 실은 죽어 있었기 때문이다. 무엇에 화를 내야 할지, 무엇을 슬퍼해야 할지 전혀 정리가 되지 않았다.

복잡한 감정에 휩싸여 식욕조차 없었고, 호텔에 도착하자마자 쓰러지듯 잠들었다. 잠에서 깨어 목마름을 느낀 순간, 어느새 20시간이 넘도록 제대로 된 음식을 먹지 않았다는 사실이 떠올랐다.

일단 뱃속에 무언가를 집어넣고 싶었다. 그다음 관청에 가서 내 호적 상태를 확인해보기로 했다. 이제는 경찰을 피해

다닐 이유도 없고 아프면 거리낌 없이 병원을 이용할 수 있게 되었다. 보금자리를 찾느라 고생할 필요도 없다. 그렇게 나 자신을 다독이며 최소한의 짐을 챙겨 호텔을 나서려던 참이었다.

"코이치로…… 맞지?"

로비에서 들려온 목소리에 순간 몸이 굳었다. 익숙한 그 목소리가 내 이름을 부르는 순간, 고개를 돌리기도 전에 온몸에 긴장감이 퍼졌다.

"오랜만이다. 오랜만인데……. 정말 오랜만이야."

로비의 작은 대기 공간에 있던 건 다름 아닌 레나였다.

"오, 오랜만이야."

어른이 된 레나의 인상은 꽤 달라져 있었다. 중학생 무렵의 앳된 모습은 온데간데없고 겉모습은 어엿한 성인 여성이 되어 있었다. 순간, 이런 곳에 그녀가 있을 리 없다고 생각하며 환각인지 의심했다. 하지만 내가 묻기도 전에 레나가 먼저 상황을 설명해주었다.

"어제 낮에 스즈키한테 연락을 받았어. 코이치로와 우연히 만났다고 하더라. 스즈키는 나와 코이치로가 사귀었다는 걸 알았으니까, 네가 갑자기 마을에서 사라진 걸 내가 계속 신경 썼다는 걸 알고 굳이 알려준 거야. 며칠은 여기서 묵는다는 것과 호텔 장소도 알려줘서 한 번 기다려봤어."

시골에서는 사람들 사이의 거리가 훨씬 가깝다는 걸, 결코 넓다고 할 수 없는 호텔 로비에서 절감했다. 스즈키와 마주쳤을 때 충분히 예상할 수 있었을 텐데, 눈앞에 닥친 일에만 너무 신경이 쏠려 있었다. 아무 준비도 되어 있지 않았기에 목소리도 나오지 않았고, 몸도 움직이지 않았다. 그녀 앞에서 보여야 할 적절한 태도가 반사적으로 나오지 않았다. 그러고 있는 몇 초 사이, 레나가 작게 한숨을 쉬었다.

"미안해. 코이치로가 말하고 싶지 않으면 말 안 해도 괜찮아. 나도 코이치로가 힘든 상황이었다는 건 어렴풋이 알고 있었으니까. 오늘도 난, 그냥 하고 싶은 말만 하러 왔을 뿐이거든."

오랜만에 재회한 그녀의 말에는 가시가 돋아 있었다. 나를 만나지 못한 긴 시간 동안 그녀가 쌓아 올린 감정은 분노였을지도 모른다. 말없이 떠난 것에 대한 불만과, 그보다 훨씬 더 큰 죄가 나에게 있었으니까.

계속 말없이 있는 나를 보다 못했는지, 레나가 분명한 말투로 말했다.

"나, 결혼했어."

레나의 약지를 내려다보니 분명 반지가 끼워져 있었다. 다소 갑작스러운 소식에 놀라긴 했지만 딱히 이상할 일은 아니었다. 나는 "축하해" 하고 말했지만, 레나는 뭔가 불만스러운 듯 그 말에는 대답하지 않았다.

"올해 아이도 태어났어. 나, 엄마가 된 거야. 하지만 계속 코이치로 생각은 하고 있었어. 어떻게 지내나 궁금했지. 말해두지만 좋아하는 감정과는 달라. 코이치로와의 관계는 자연스럽게 소멸됐다고 생각해. 하지만 계속 걱정은 했어. 코이치로가 혼자 고생했다는 건 알고 있었고, 어딘가로 사라져버린 것도 분명 이유가 있을 거라 생각했어. 아니, 처음엔 어디선가 사고가 나서 죽었을까 봐 불안했어. 연락도 전혀 없고, 어디로 갔는지 아무도 몰랐으니까."

"미안."

"아니, 괜찮아. 그런데 이제야 조용히 돌아온 걸 보니까 좀 어이가 없긴 해. 나를 안 만나더라도 한 마디 정도는 해줄 수 있었을 텐데. 말을 전해달라고 하든 편지를 쓰든 방법은 많았잖아."

말수가 적어진 나를 보며 레나는 납득하지 못하겠다는 태도를 보였다. 강하게 주장하는 그녀의 눈가가 왠지 모르게 빨개진 듯해 미안한 마음이 들었다. 역시 내 혈연이 범한 죄를 무시한 채 넘어갈 수는 없을 것 같았다.

이제야 마음의 정리를 마친 나는, 겨우 몸을 움직여 깊이 머리를 숙였다. 마음속으로 심호흡을 한 뒤, 최소한의 성의를 보이기로 다짐했다.

"우리 아버지가 저지른 짓이 정말 용서받을 수 없는 일이라는 걸 잘 알아. 미안해. 너에게 준 깊은 상처를, 내가 할 수만 있다면 평생에 걸쳐 보상하고 싶어. 하지만 아버지는 이미 죽어버렸으니까. 그러니까 부족한 부분은 아들인 내가……."

"응? 그게 무슨 소리야?"

내 사죄를 레나가 중간에 가로막았다. 얼굴을 들자 비꼬는 게 아니라 정말 어리둥절한 표정이었다.

"코이치로 아버지가 왜?"

이어지는 말에 나도 모르게 동요하는 목소리가 흘러나왔다.

"어?"

잠시 침묵이 흐른 뒤, 먼저 입을 연 건 레나였다.

"난 코이치로가 아무 말도 없이 행방불명됐으니까, 내가 얼마나 걱정했는지 말해주려고 했던 거야. 건강한 모습만 확인하면 돌아가려고 했는데, 나야말로 미안해. 막상 너를 만나니까 나도 모르게 가시 돋친 말이 나와버렸어. 하지만 코이치로 아버지와 난 아무 상관이 없어."

그 목소리에서는 아까와 같은 불만은 전혀 느껴지지 않았고 진실을 숨기려는 기색도 없었다. 그래서 오히려 더 이해할 수 없어 혼란스러웠다. 다시 레나에게 우리 아버지와 만난 적이 있냐고 완곡하게 물었더니 레나는 분명히 "없어"라고 대답했다.

"너한테 몇 번 이야기를 들은 적은 있었지. 직업을 잃었다든가, 계속 술만 마신다든가 하는 그런 이야기밖에 기억나지 않아. 실제로 만난 적도 없고 사진 같은 것도 못 봤는데. 미안, 혹시 내 기억이 틀린 걸까?"

이야기하면 할수록 맥이 빠지는 느낌이 들었다. 오랫동안 믿어왔던 사실이었기에 레나 본인을 눈앞에 두고도 의심이 갔다. 하지만 몇 번을 확인해도 무언가를 숨긴다는 느낌은 전혀 들지 않았다. 그날의 커다란 모순 앞에서, 결국 할 말을 잃고 말았다.

"저기, 혹시 뭔가 착각하고 있는 거 아냐?"

초점을 잃은 눈으로 얼굴을 들자 침착한 태도의 레나가 나를 걱정하듯 바라보고 있었다. 그리고 그녀는 내가 고향에서 자취를 감춘 진실을 알고 싶어 했다.

"시간은 괜찮아? 이야기 좀 해줘. 지금까지 어디서 뭘 했는지 알고 싶어."

아버지는 그날 밤 내게 지독한 거짓말을 했다. 왜 그런 거짓말을 했는지 이해하고 싶지 않았다. 단순히 골려주려는 의도였을지도 모르고 그 이상의 특별한 이유가 있었을지도 모른다. 하지만 그게 거짓말이었다 해도 그날 밤 아버지의 말에는 신빙성이 있었다. 내가 그 말을 믿은 건 한 번도 레나와 만난 적 없는 아버지가, 내가 한 번도 언급한 적 없는 레나의 특징을 정확히 알고 있었기 때문이다.

그때부터 이 문제에 관해서는 생각하는 걸 피하고 있었다. 생각하면 할수록 정신이 이상해질 거라는 걸 직감적으로 알았기 때문이다. 그리고 고향을 뛰쳐나갔던 당시의 험난한 생활 속에서는, 그런 일로 정신을 갉아먹을 여유조차 없었다.

하지만 당사자를 눈앞에 두고 하나씩 확인해보니 금세 짐작 가는 바가 있었다. 내가 그 시절 모은 현금을 숨겨둔 곳은 레나에게 받은 편지 봉투 속이었다. 그 편지는 레나가 처음 보낸 편지였다. 아버지가 설령 내 돈을 가져갔다 해도, 다른 사람의 마음이 담긴 편지 내용까지 들여다보지는 않았을 거라 믿었다. 하지만 그 편지에 동봉된 레나의 사진을 아버지가 봤다면 모든 게 맞아떨어진다.

당시에 레나와 사귀었다는 이야기는 내 입에서 한 번도 나온 적이 없다. 그런데도 아버지가 나와 레나의 관계를 알고 있었다는 것은 아마 돈을 빼가기 전에 편지를 읽었다는 뜻일 것이다. 그때 아버지가 어떤 감정을 느꼈는지 짐작할 수는 없다. 하지만 그 편지를 보고 아무 생각도 하지 않았다면 오히려 그게 더 이상했을 것이다. 레나의 편지에는 실직한 아버지 대신 계속 일하는 나를 걱정하는 내용이 적혀 있었으니까.

레나와 이야기를 나눈 곳은 호텔에서 멀지 않은 곳에 있는 카페였다. 창문은 스테인드글라스로 장식되어 있었고, 좁은 가게 안은 차분한 인테리어와 달리 제법 떠들썩했다.

그날 밤 무슨 일이 있었는지, 왜 아무 말도 없이 자취를 감췄는지, 그리고 지금까지 어디를 떠돌았는지 모두 말해주었다. 다행히 오해가 풀리자 레나는 관심을 갖고 내 이야기에 귀 기울여 주었다. 처음에는 어딘지도 모르는 곳에서 방랑하다가 노숙자 집락에 끼어 살게 되었다고 말했을 때는 요란스럽게 놀라는 모습이었다. 일용직 노동자로 일했던 몇 년과 아재와 함께 타코야키 노점을 운영했던 일, 그리고 지금은 도쿄의 작은 공장에서 일하고 있다는 사실까지. 간단한 내용이었지만 머릿속으로 지금까지의 여정을 하나하나 떠올리며 신중하게 말을 꺼냈다. 덕분에 이렇게 긴 거리를 여행하며 곳곳에서 다양한 경험을 쌓았다는 걸 새삼 실감할 수 있었다.

 내가 살인범이 아님을 알게 되고, 레나에 대한 죄책감도 함께 사라진 지금, 마치 무거운 짐을 어깨에서 내려놓은 듯한 안도감을 느꼈다. 하지만 아버지에 대한 진실과 감정이 정리되지 않은 상태에서, 지금껏 겪은 고생과 보통의 인생을 포기하면서까지 필사적으로 살았던 시간들이 대체 무엇이었나 하는 복잡한 감정이 밀려왔다. 내가 포기하며 살아온 것들은 분명 남은 시간 동안에도 되찾을 수 없을 만큼 많았다.

 레나는 고등학교 졸업 후 이곳 관청에서 일하기 시작했고, 3년 뒤 직장에서 만난 연상의 남성과 결혼했다고 했다. 최근에는 아들을 낳았고, 오늘은 친정 부모님이 아이를 봐주고 있다고 했다.

 테이블 위의 아이스 커피와 아이스티는 시간이 지날수록 줄어들었다. 미지근한 냉방 탓에 얼음도 금세 녹아 얼마 남지 않은 커피 맛이 점점 밋밋해지기 시작했다. 이제 가야 할 시간이었다. 계산을 마친 뒤 레나와는 가게 앞에서 헤어지기로 했다.

 "코이치로는 아직 좋은 사람 못 만났어?"
 "응, 전혀. 아직도 혼자야."
 "그렇구나. 그래도 다행이야. 이제 코이치로는 못 만날 거라고 생각했거든. 정말로 미안해. 처음에 못되게 굴어서."

"아니야. 오히려 나야말로 미안해. 폐를 끼쳤네."

"이제 돌아갈 거야?"

"관청에 들렀다가 내일 돌아갈 것 같아. 직장에서 맡은 일도 있으니까. 그래도 천천히 돌아가고 싶긴 해. 관광으로 온 건 아니지만 서두를 이유는 없거든."

"알았어. 그럼 조심히 가."

서로 연락처를 묻지는 않았다. 하지만 이게 마지막이라는 느낌도 들지 않았다. 그럼 잘 가. 그 말과 함께, 예전과 똑같이 각자의 길을 걸어갔다. 등을 돌린 직후 레나가 내 이름을 불러 다시 돌아보았다. 고개를 돌리자 그곳에는 나와 전혀 다른 환경에서 살아온 레나가 서 있었다.

"코이치로한테는 이제부터 반드시 좋은 일이 생길 거야."

레나는 잠시 말을 멈췄다가 다시 중얼거렸다.

"너는 반드시 행복해질 자격이 있으니까."

그 누구에게서도 들을 수 없는 귀중한 말을 들은 기분이었다. 다만 그 의미를 곱씹고 이해하기에는 아직 마음의 여유가 없었다. 지금은 새로 알게 된 사실 때문에 혼란스러워, 복잡한 감정을 추스르지 못하고 있었다. 하지만 레나는 그래도 괜찮다는 듯, 선뜻 대답하지 못하는 나를 미소로 배웅해주었다.

나는 관청에 들러 주민등록과 건강보험을 확인했다. 처음으로 내 정보를 조회해보니 바뀐 건 주소뿐이었다. 나중에 들은 바로는, 그곳은 아버지가 일을 다시 시작하기 전에 살던 셋방이었다. 전에 살던 집보다 집세도 싸고 직장에서도 가까운 곳이었는데, 직장에서 제공해준 곳일 수도 있었다. 다만 아버지가 내 주소까지 함께 변경했다는 점은 의외였다. 건강보험 쪽엔 그동안 연체된 금액을 모두 지불할 생각이었다.

"저기, 그게 정확히 무슨 말씀이시죠?"

담당 직원은 과거 몇 년 치까지 정확히 납부되었다고 말해주었다. 내가 낸 적이 없었기에 자세한 상황을 물어보니, 그제야 통지서와 납부서가 모두 아버지 앞으로 발송되었다는 걸 알게 되었다.

"지난 1년 정도의 납부는 확인되지 않지만, 작년 5월분까지는 면제 신청 없이 제대로 납부되었네요."

아버지 외에는 그럴 만한 사람이 없었다. 그날 관청에 등록된 모든 정보를 현재 정보로 변경했다. 나머지 납부서를 포함해 앞으로 중요한 서류는 모두 현재 주소로 발송되도록 조치했다. 절차는 조사나 면접 없이 건네받은 서류에 기입하는 것만으로 마무리되었다. 한때 포기해야 한다고 생각했던 사회적 위치를 이렇게 쉽게, 하루 만에 되찾고 보니 오히려 뭔가 허무한 느낌이 들었다.

도쿄로 돌아가서 밟아야 할 절차도 남아 있었지만, 여기서 할 수 있는 일은 이제 모두 끝났다. 아무것도 없는 시골 길을 걸으며 내가 상상한 것은 페인트 가게에서 성실하게 일하며 두 사람 몫의 건강보험료를 납부한 아버지의 속마음이었다.

간에 병이 생겼다는 사실은 몇 년 전부터 알고 있었을 것이다. 그 몇 년 동안 나를 찾으려고 하면 얼마든지 찾을 수 있었을 텐데. 하지만 아버지의 직장에서 그런 이야기는 듣지 못했다. 아버지는 나를 어떻게 생각했을까. 오래전에 크게 싸우고 뛰쳐나간 아들을 아버지는 어떻게 바라보고 있었을까. 병원 침대에 누워 천장을 올려다보며, 마지막으로 어떤 감정을 품었을까.

그리운 풍경 속을 하염없이 걸으며 최대한 상상해보았다. 그런데도 아버지에 대해 생각하면 할수록, 레나가 헤어지기 직전에 했던 말만 머릿속에 맴돌았다.

도쿄로 돌아갈 날이 되어 호텔에서 짐을 정리했다. 챙겨온 물건은 많지 않았지만 관청에서 받은 서류와 아버지의 유품이 담긴 쇼핑백이 더해지면서 짐이 조금 늘어났다. 최대한 한 곳에 넣으려 짐을 싸다가 아버지가 생전에 사용했던 도구를 손에 쥐어보았다.

 페인트공으로 일하며 입었던 작업복이 위아래로 두 세트가 있었다. 그 옷 주머니에는 낡은 지갑과 라이터 하나가 들어 있었다. 지갑과 라이터는 어릴 때 본 기억이 났다. 지갑 안을 확인해보니 돈은 없었지만, 대신 다양한 가게의 회원증과 포인트 카드가 나왔다.

 그 밖에도 병원 진찰 명세서 같은 종이나 과거 계약 관련 서류도 잔뜩 있었다. 대충 훑어본 뒤, 필요 없다고 생각되는 것들은 옆으로 치웠다. 의외로 서류의 양이 많게 느껴졌지만 막상 살펴보니 두꺼운 것들의 대부분은 몇 권의 지도책이었다.

 그중에는 특정 지역의 도로 지도가 두 권, 일본 전역과 동일본의 지도가 한 권씩 있었다. 특히 동일본과 일본 전역의 지도책은 오래되어 보였다. 지도책 사이로 말라붙은 메모가 삐져나와 있어 펼쳐보니 그 안엔 메모가 잔뜩 적혀 있었다. 다양한 메모와 함께 이동 경로가 선으로 그어져 있었다. 물론 그것들은 모두 아버지의 삐뚤빼뚤한 글씨로 적혀 있었다.

 나 역시 지도를 살 기회가 많았고, 아버지와 같은 방식으로 사용하고 있었다. 지도를 샀던 각 지역에는 추억도 많았다. 빈 캔을 줍던 장소를 기록한 세세한 메모나 인력시장 근처 여관의 위치와 가격 메모까지, 다시 읽기만 해도 당시의 기억이 생생히 되살아났다. 그게 내가 걸어온 역사라는 생각에 전부 버리지 못하고 소중히 간직하고 있었다.

그런 경험으로 미루어 보아, 지도책 하나에서도 알아낼 수 있는 정보가 많을 것 같았다. 나는 지금까지 아버지가 젊은 시절에 무엇을 했는지 궁금해한 적이 없었다. 문득 관심이 생겨 그중 가장 두꺼운 지도책을 펼쳐 보았다.

표지에는 1973년이라고 적혀 있었다. 내가 태어나기도 전, 아버지가 지금의 나와 비슷한 나이에 샀을 법한 지도책이었다. 표지에는 작은 일본 지도가 그려져 있었고 빗물에 젖은 적이 있었는지 종이 일부가 들뜬 상태로 말라 있었다. 펼쳐 보니 지도책 전체에 한 개의 선이 그어져 있었다. 처음에는 그 선이 무엇을 표시한 건지 알 수 없었지만, 페이지를 절반 정도 넘기자 확신이 들었다. 모든 장마다 직접 그은 선은 쉼없이 이어지고 있었고, 곳곳에는 날짜와 도착한 시간도 기록되어 있었다.

그것은 일본 일주에 도전했을 때의 기록이었다. 중간에 한 번 탈것에 문제가 생겼는지 '이상 생김, 렉카'라는 글자도 쓰여 있었다. 수리한 점포 이름으로 보아 일본 일주에 사용한 탈것은 바이크였던 것 같다. 그 밖에도 통과 지점마다 잔금이나 야영, 숙박업소에서 쉬었다는 기록이 남아 있었다. 그곳에 적힌 것은 내가 모르는 아버지라기보다, 아직 아들의 얼굴도 모르는 한 남자의 여행 흔적이었다.

이 지도책에는 아무것도 적혀 있지 않은 페이지가 몇 장에 걸쳐 남아 있었다. '일본 일주 때의 기록'이 아니라 '일본 일주에 도전했을 때의 기록'이라고 표현한 이유는, 반환점을 통과하고 얼마 지나지 않은 지점에서 '기계 트러블, 유감'이라는 글자와 함께 길게 이어지던 선이 멈춰버렸기 때문이었다. 치기 어린 도전은 시간과 자금 부족으로 어쩔 수 없이 실패한 것 같았다.

아버지에게서 일본 일주에 도전했다는 이야기는 한 번도 들은 적이 없었다. 그래서 그런 과거를 알게 된 지금은 매우 의외였다. 다만 아들인 내게 그런 이야기를 하지 않은 이유를 왠지 알 것 같기도 했다. 확실한 결승점 직전이라면 몰라도 중간을 겨우 넘긴 지점에서 끝난 어중간한 결과를 굳이 털어놓고 싶지는 않았을 것이다. 게다가 이 도전은 아버지의 긴 인생 중 한 가지 추억에 불과했을지도 모른다. 그 밖의 지도책들은 시기도 제각각이고 지역도 다 달랐다.

아무래도 운송업에 종사하던 시절 사용하던 책인 것 같았다. 거리 일러스트가 그려진 표지의 지도책을 집어 들었다. 트럭 글러브 박스에 오랫동안 처박혀 있었는지 지도첩 모서리는 전부 둥글게 닳아 있었고, 표지 곳곳에는 얇고 하얀 균열이 생겨 있었다.

배송을 위한 경로를 그린 선이 있었고, 그 옆에는 시간으로 보이는 숫자가 적혀 있었다. 한 장이 아니라 여러 페이지에서 그런 업무용 메모를 발견했다. 예상했던 대로 운송업자로 일하던 시절 사용한 것으로 보였고, 지도 발행 연도 역시 내가 함께 살던 때와 일치했다.

내가 아는 아버지는 줄곧 이 동네에서만 살아온 사람이었다. 하지만 젊은 시절의 아버지는 지금의 나와 마찬가지로 여러 지역을 전전하며 경험을 쌓고 필사적으로 살았다. 그 여정이 얼마나 가혹했을지는 지도책에 남은 상처만 봐도 충분히 알 수 있었다. 다른 지도책들은 당시 어떤 일을 했는지 알아내기엔 정보가 너무 적었지만, 어쩌면 영업 쪽에서 일하지 않았을까 하는 추측이 들었다.

새삼 아버지가 지독하게 성실한 사람이란 생각이 들었다. 먼 길을 떠났다가 돌아온 지금도 그런 생각은 변함없다. 아버지는 사고가 나기 전까지 정말 문제 하나 일으키지 않는 사람이었고, 술이나 도박도 가끔 즐기는 정도였으며, 회사도 쉽게 결근한 적이 없었다. 실제로 나는 중학교에 올라갈 때까지 정말 평범하게 생활했고, 잇따른 야간 운행으로 지친 아버지를 볼 때마다 나를 키워준 은혜가 더 깊게 느껴지곤 했다.

아버지가 실직한 날의 기억은 선명하다. 지금까지 들어본 적 없는 미안해하는 목소리로 회사를 그만뒀다고 말했다. 하지만 당시의 나는 전혀 비난할 생각이 없었다. 그래서 '이제부터 어떻게 살 거냐'는 말 대신, 불쑥 튀어나온 말은 '한동안 쉬어도 되잖아'였다. 나도 이제 곧 일할 수 있으니까, 굳이 사과할 필요는 없다고 했다.

사고의 트라우마로 괴로워하는 아버지를 가까이서 지켜보았다. 당시의 나는 이제부터 내가 아버지를 챙겨야 한다는 사명감을 느꼈던 것일지도 모른다. 내심 은혜를 갚을 수 있다고 생각했다. 아버지를 존경했기 때문이다. 그 마음을 말로 전하기보다는 행동으로 보여주는 것이 더 가치 있을 거라 믿고 의욕을 불태웠다. 아버지가 그랬던 것처럼 나도 아버지에게 도움이 되고 싶었다.

아버지는 내가 고등학교를 졸업할 때까지의 돈은 마련할 수 있다고 했지만, 나는 그 제안을 사양하고 일을 시작했다. 지금 돌이켜 보면 잘못된 선택은 그때부터였던 것 같다. 아버지는 성실했기에 망가져 버린 사람이었다. 다만 정말로 아버지를 망가뜨린 건 교통사고의 트라우마가 아니라, 비참한 환경에 놓이고도 전혀 비난하지 않은 아들인 내가 아니었을까.

내가 만약 장래를 비관하며 아버지를 원망했다면, 혹은 아버지의 과실을 동정하면서도 일반 고등학교에 진학했다면 아버지는 여전히 자식을 부양해야 한다는 책임을 짊어질 수 있었을 것이다. 흔들리는 자신의 존재 의미를 아들을 통해 찾을 수 있었을지도 모른다.

그런데도 나는 아버지의 유일한 존재 의미를 나름의 선의로 빼앗아버리고 말았다. 그때 나는 상처 입은 아버지를 혼자 내버려 두었다. 그래야 상처가 빨리 나을 거라는 생각에서였다. 하지만 그 탓에 아버지는 누구를 위해서도 일할 수 없게 되었고, 나약한 자신만을 위해 살아야 했다. 그래서 술에 의존했고, 내가 일하는 것을 부정했다. 무의식중에 내가 싫어할 행동을 반복했다. 이런 아버지를 그냥 내버려 두라고, 이런 나한테 쓸데없이 시간을 낭비하지 말라고 말하는 것 같았다. 적어도 지금의 내가 아버지라면 그렇게 생각했을 것이다. 다양한 사람들과 만나 경험을 쌓으며 그 시절보다 조금이나마 아버지 나이에 가까워진 지금은 그렇게 생각한다.

그때부터 모든 것이 어긋나버렸다. 나는 아무리 노력해도 칭찬하지 않는 아버지에게 서운함을 느꼈다. 상태가 계속 악화되는 아버지를 보며 허무함에 빠졌다. 만약 그날 한 걸음이라도 먼저 다가섰다면, 아버지의 마음 깊은 곳에 새겨진 트라우마를 지워내진 못하더라도 앞날에 대한 불안은 덜어줄 수는 있었을 것이다.

내가 좀 더 빨리 진심을 전했더라면 아버지는 정신적으로 궁지에 몰리지도, 아버지로서의 존재 의미를 잃어버리지도 않았을 텐데. 중요한 순간에 나는 잘못된 생각으로 모든 책임을 짊어졌고, 멋대로 책임감을 느껴 아버지가 지던 짐을 억지로 빼앗아버렸다. 단지 아버지를 존경한다고, 그 한마디를 하지 못한 채.

내가 성실하게 일하는 대신 아버지에게 떼를 썼다면, 아버지는 자신의 죄와 마주할 시간이 줄어들어 조금씩 상처를 치유할 수 있었을지도 모른다. 하지만 그건 어디까지나 결과론일 뿐이다.

가져온 가방에 짐을 챙겨 넣고 호텔 방을 나왔다. 그때 라이터를 미처 넣지 않았다는 걸 깨닫고는 별생각 없이 주머니에 집어넣었다. 체크아웃 시간만 신경 쓰느라 돌아갈 기차 시간까지는 알아보지 못했다. 오늘 중에 돌아갈 수 있으면 좋겠다고 생각하며, 일단 아침 겸 점심을 먹기 위해 문을 연 가게를 찾기 시작했다. 새로운 가게를 찾기 귀찮아 어제 레나와 함께 갔던 카페에 들어가 적당히 끼니를 때웠다.

아버지의 묘는 당연히 세워지지 않아, 그 문제는 이제부터 천천히 생각해봐야 했다. 결국 다시 관청으로 가 유골이 보관된 장소를 확인하고, 그 밖의 행정 절차와 상속에 관한 이야기도 들었다. 그렇게 낮 동안 이런저런 일로 시간을 보냈고, 가장 가까운 기차역에 도착했을 때는 이미 해가 저물 무렵이었다.

"네, 죄송합니다. 그래서 내일 출근이 늦어질 수도 있을 것 같아요."

공장에 있는 카와이 씨 부부에게 사정을 설명하자 천천히 돌아와도 괜찮다고 이해해주었다. 고향의 아버지가 돌아가셨다는 말을 들으면 누구라도 그렇게 대답할 수밖에 없었을 것이다. 공중전화에서 전화카드를 챙긴 뒤, 드디어 돌아가기 위해 역으로 향했다.

몇 년 전 그날 떠날 때 이용했던 역이기도 했다. 개축 공사는 하지 않은 듯, 옛 모습 그대로인 역의 승강장을 보니 어쩔 수 없이 감상에 젖었다. 돌아왔을 때도 몇 번 봤지만, 인상적이라고 느낀 건 지금이 처음이었다.

이제는 무언가로부터 도망칠 필요가 없다. 지금까지와 달리 본명으로 일할 수 있고, 병원에도 갈 수 있으며, 누군가와 가정을 이룰 수도 있다. 그런 남들과 똑같은 생활을 이제부터는 보낼 수 있게 되었다.

공장을 이어받으라는 말도 이제는 승낙해야겠다고 생각했다. 그렇게 되면 언젠가 내 집도 마련할 수 있을 것이다. 땅을 사게 되면 지도에도 내 개인정보가 실린다. 나라는 존재를 분명히 증명할 수 있게 되는 것이다. 앞으로는 누구에게도 들키지 않으려고 지도 뒷면에서 살아갈 필요가 없다.

모든 진실을 알게 되고 다시 이곳을 떠나기 위해 전철을 기다리는 지금, 복잡한 감정을 정리할 여유가 마음속에 조금씩 생겨나기 시작했다. 솔직히 내가 죽였다고 믿었던 아버지가 살아 있었다는 사실을 생각하면, 고향을 떠나 오늘까지 견뎌온 고생이 대체 무엇이었나 하는 억울함을 금할 수 없다. 하지만 그 마음은 앞으로의 긴 인생에서 조금씩 해소해나갈 수밖에 없다. 무엇보다도 가장 마음에 걸리는 건, 죽은 아버지가 아들인 나를 어떻게 생각하고 있었는가 하는 점이다.

차츰 저물어가는 하늘을 올려다보며, 아무도 없는 벤치에 앉아 나도 모르게 중얼거렸다.

"아빠……. 아빠는 나를 대체 어떻게 생각한 거야."

그건 이제 확인할 길이 없다. 자연스럽게 흘러나온 속내에 대답해주는 목소리는 당연히 없었다.

전철이 도착할 때까지 아직 조금 더 기다려야 했다. 문득 주머니에 손을 넣었더니, 호텔을 나설 때 우연히 챙긴 아버지의 라이터가 들어 있었다. 그 오일 라이터를 몇 초 동안 만지작거리다 며칠 전에 담배를 샀다는 걸 떠올렸다. 아버지의 행적을 찾을 때 동네 담뱃가게에서 산 담배였다. 평소엔 피우지 않지만 지금은 감상적인 기분을 가라앉히고 싶었다. 아마 내 인생에서 지금처럼 담배를 피우고 싶었던 적은 없었을 것이다. 새싹이라 적힌 담뱃갑 위쪽을 뜯어 담배 한 개비를 입에 물었다.

"음, 어라?"

하지만 손에 쥔 아버지의 라이터는 아무리 부싯돌을 튕겨도 불이 붙지 않았다. 자잘한 흠집과 파손이 많은 물건이라 당연한 일이기도 했다. 그럼에도 담배를 피우려던 마음을 접을 수 없어 불을 붙이기 위해 몇 번이고 부싯돌을 돌렸다. 그런데도 라이터는 마찰음만 낼 뿐 불은 끝내 켜지지 않았다.

"뭐, 그렇겠지. 이 라이터 아주 옛날부터 가지고 있었으니까, 게다가 그렇게 비싼 것도 아닌 싸구려고. 오히려 이런 걸 지금까지 가지고 있었다는 게 신기하네."

아무도 듣지 못할 말을 혼자 중얼거리고 나서 아버지와 마지막으로 마주했던 그날 밤, 아버지가 눈길 위에서 필사적으로 이 라이터를 찾았던 것을 떠올렸다. 내가 어린 시절 선물로 줬다는 이유만으로 이런 싸구려 라이터를 계속 소중히 간직하는 아버지가 쑥스러웠다. 몇 번이나 이젠 버려도 되지 않냐고 말해도 아버지는 대답도 하지 않고 계속 사용했다. 이미 나는 아버지에게 정이 떨어진 상태였는데도, 자식이 준 선물을 끝까지 소중히 간직했다는 사실이 안타까웠다. 그 기억을 지금 다시 떠올리고 말았다. 나는 아버지를 이해하기 위해 너무 먼 길을 돌아온 것 같았다.

"아아…… 이제 와서. 이제 와서 이러기냐고……."

불만을 중얼거리는 순간, 눈시울이 뜨거워졌다. 치익, 치익, 하고 작은 부싯돌이 움직이는 소리가 신기하게도 아버지의 목소리와 겹쳐지는 듯했다.

"왜……."

망가졌으면 그냥 버릴 것이지. 그랬다면 지금 이런 기분은 느끼지 않아도 됐을 텐데.

"미안해……. 이런 아들이라서, 정말 미안해……."

다시 내게 돌아온 라이터를 힘 빠진 손으로 쥐었다. 불이 붙는 걸 포기할 무렵 떨리는 입술에서 담배가 바닥으로 떨어졌다. 다시 주울 여유도 없이, 그저 지금은 넘치는 감정을 견디며 전철이 오기만을 기다렸다.

떨리는 입술을 다물고, 망가진 라이터를 한 번 더 힘껏 쥐었다. 손 안에서 부싯돌이 작게 울렸다. 희미하게 피어오른 불꽃은, 끝내 붙지 못한 채 눈앞에서 사라져갔다.

올바른 지도의 뒷면에서

1판 1쇄 인쇄 2025년 8월 11일
1판 1쇄 발행 2025년 8월 25일

지은이 아이자키 유
옮긴이 김진환

발행인 황민호
본부장 박정훈
책임편집 윤혜림
기획편집 김선림 신주식 최경민
마케팅 이승아
국제판권 이주은 장희정
제작 최택순 성시원

발행처 대원씨아이㈜
주소 서울특별시 용산구 한강대로15길 9-12
전화 (02)2071-2094
팩스 (02)749-2105
등록 제3-563호
등록일자 1992년 5월 11일

www.dwci.co.kr

ISBN 979-11-423-2620-2 (03830)

- 이 책은 대원씨아이㈜와 저작권자의 계약에 의해 출판된 것이므로 무단 전재 및 유포, 공유, 복제를 금합니다.
- 이 책 내용의 전부 또는 일부를 이용하려면 반드시 저작권자와 대원씨아이㈜의 서면동의를 받아야 합니다.
- 잘못 만들어진 책은 판매처에서 교환해드립니다.